舞男

严歌苓 著

上海文艺出版社

……到后面你就知道我是谁了。我说后面,那前面是一定有了,既然有前有后,说明我是知道整个事情的人。自然包括结局。 在这世上混长远了,像我,知晓的事体便多一些。一件事物不单知道它们的前头、后头,还知道它们的里头和外头。

我知道他能看见我。就从那日,去年十一月初三。他给他的女学生们示范华尔兹,一只手臂在上,伸在他自己左边太阳穴斜上方,一只手臂在下,松松地环了一个小半圆,两条长腿做圆规,一条支撑,另一条伸出去划圈。如此,一个圈转得极圆,再转的时候,他看到了我。转第三圈,他又看到我。我的样子跟他熟悉的男人很两样,这是他注意到我的缘由。

五彩探照灯刷过来,刷过去,明追着暗,暗绕着明,将明未明之间，他能看见我也在场。这个舞厅八十多岁了，它像我一样知晓太多的底细。很多事体是先有底细，再有开头的。

他带着十个女人跳华尔兹。她们跟他无法旗鼓相当，看她们把舞跳成什么了？

大家叫他舞师。叫他杨老师。楼梯口的小黑板上写了白字，他的名字是"杨东"。"杨东/国标舞、拉丁舞/每周下午六点到八点。"女人们背后叫他"东东"。我也学会了：东东是东西的发嗲的叫法。"小东东"，"坏东东"，"不知是什么东东"。

闲话间他滑过来，马上跟我相撞，肩膀打水漂一样擦过我，给我让了路。好舞者全身都是眼睛，后背也晓得你过来，汗毛擦汗毛地跟你交错。舞池小，人多，可是不碍的，一只鱼缸里装再多的金鱼，都各自游得开。鱼不靠眼睛，靠身上电波。这池子里跳长了，跳好了，就都是金鱼。恐怕只有叫杨东的这位感觉到这个老舞池究竟有多挤。挤满了我们这样的舞者。

女人都是上了岁数的。做"婆"的人：外婆，好婆，阿婆。最年轻的四十四五岁，她叫张蓓蓓。名字嗲吧？蓓蓓最初心是高的，看不上这位上大课的杨东舞师。让我想想，他们俩最初是怎样的。

跟我在这里头回见阿绿不一样。我是直奔阿绿来的。看见弄堂口烟纸店柜台上的《良友》登了一张阿绿的照片，好了，我死心塌地要她了。阿绿是何等一个妙物！那么投我胃口，头次见我一袭紫色。我一口气买了十张舞票给她。我是迷紫色的。她怎么知道？深深的紫，有种邪性，色温从最暖到最冷，都在内。

而蓓蓓找杨东教跳舞，是退而求其次。跟杨老师做朋友交往，蓓蓓更屈尊了一步，于是就沦落到这个"婆"的大课堂里。她心仪的那个舞师是个名流，姓叶，叶大师，人家当面这样拍马屁。叶大师的名气跟我阿绿可以较量的。叶福涛是大师的姓名，假如你有兴趣记住的话。去年十月，蓓蓓由两个女伴陪着，来这里过夜生活。先在边上长廊落座，点了一圈喝的。搞不清她们这些女人现在都喝的什么名堂，喝起来手不是手，嘴不是嘴，不太登样就是了。

舞厅有个经理，姓温，油腔滑调得很，跟阿绿那个经理像一个人。他步子都是皮条客的步子，一溜跑圆场来到张蓓蓓耳边。对的，不是身边，是耳边，那种轻和小，逢迎趋势直达蓓蓓戴一克拉钻坠的耳边。"张总，不好意思啊……"（总就是我们时代的大亨、大班）女大亨张蓓蓓养着一个律师行，打国内国外（尤其国外）的官司。叫她张总有点不二不三，听上去她该叼根雪茄烟。新中国的摩登尊称而已吧，我猜。蓓蓓没有问他何故"不好意思"，只把耳朵多伸给他一点。温经理又是一声"不好意思"，相信把张总的毛撸顺了一点。

"叶老师今天不能来……"

张蓓蓓马上把脸转给温经理。温经理好难为的样子，脸上笑容和愁容混在一起，都在和稀泥。叶大师今天没空了，请张总多多包涵。蓓蓓总不是很高兴，嘴上不响，对两个女伴笑笑，意思是这些人就这样不上路，什么阶层什么教养，舞场大师你能指望他什么？她请温经理明天再约叶大师。她眼睛扫一扫下面那几个舞师，想看看哪一个清爽相一点，不惹她讨厌，可以消磨一晚。温经理还不走。

"不好意思啊……"

蓓蓓的不开心上脸了。叶福涛明天也没空，课时都约出去了。约给谁了？这个不清楚。叶老师单独上课的女学生我们不好打听。蓓蓓看着他。皮条客的样子活生生的。

阿绿的经理一样嘴脸。我出的钱多，他圆场跑到另一个男人面前说一样的话。也是一脸笑成稀泥。

蓓蓓这样身份的女人脾气都懒得发在温经理身上。她说那就约下周。同样礼拜五。

温经理替叶大师夸了一阵蓓蓓，到底是张总啊，外头读过书的人，知书达理，通情达理，派头就是不一样。蓓蓓和女伴们已经闲话别的去了。

舞厅里的黄金时间到了。五个人的乐队开始吹拉。一点也没想瞒你，他们就是混时间，混钱。一池子人头你上我下，巨大一锅煮滚的黑馄饨。男舞师都下了池子，只剩一个还坐在岸上。可能女人们嫌他太老实相了，不会逗她们开心。门票一张两百六，一小时舞费四五百，还要请喝请吃，买不来开心图什么？

蓓蓓推两个闺蜜，（你看我学得快吧？女人的好友现在叫闺蜜），让她们快去救救他。都下了池子，他做一支男壁花，多难为情？快，行行好。两个女伴都扭捏，说邀他起来就像要带坏他一样。你忍心带坏这么个老实头？再说他不小了吧？有三十出头了吧?还没给女人带坏呢,在这里还混什么?

女人找男人也图嫩。时代到底两样了。

蓓蓓看着他,可怜他。第三支舞曲终了。可恶的温经理又来了,自己也清楚多么不识相。他这回晓得是定规来讨骂的,人矮到蓓蓓的肩膀。蓓蓓的坐相就是没劲,赖在沙发里。温经理说:"叶老师请问张总,下礼拜四晚上九点,可以吗?"

蓓蓓火气轰地烧起来。不过她在一秒钟之内找回来自己,对两个女伴说,在这种地方跳跳舞的大师,也摆这么大的谱哦。过去叫舞娘,舞女,现在叫大师了。一个女友帮腔。能赚钱的都是大师,叶大师一小时八百,一天你算算看。还不算有钱女人送的名牌礼物、名牌车好不啦?

温经理长身瘦腰,撅在那里等三个徐娘风言风语。蓓蓓接受了由叶福涛大师定的约定,好不甘的。那怎么办?要名牌货嘛。

那一个礼拜蓓蓓在舞厅外是怎么过的,不去讲它了。杨东还是辛辛苦苦教他的老女生。总是在黄昏,灯光和天光衔接之时,我同他相会。我们俩在舞池里交错。一个笨拙老女生差点撞了我,他用力拉她,一旋。不然这是个蛮赞的旋转,一百五十斤重的老女生实在笨不过,人转过去了,脚没转过去,咯咯笑地栽进他的怀里。他用尽全力把她捞起来。那是一把码头工的力气。

他立定在那里,喘得有点乱。老女生问他怎么了。他问她看见没有。看见什么了?那个诗人呀。哪个诗人?……他写了许多诗歌，还有小说，顶有名的叫《火贩》和《Lane——里弄》。哦。知道这个诗人吗？知道啊。

杨东知道她什么也不知道。既没看见，也不知道。更不读诗。就当是什么也没有发生吧。来，继续跳。

大概是第十次见面，我告诉阿绿我什么事也不做，除了写书。阿绿问，哪里赚钞票呢？她一个头牌舞女，月收两千元，开口还是钞票。我告诉她，写书的人必定要有点钞票的。太多钞票不行，不过一点钞票定规是要有的。我就是这样一个有一点钞票的人，父亲留给我同妹妹的钞票，足够我游手好闲。有点钞票，还游手好闲，对于写书，这两样都不可以缺少。阿绿问，你那些诗不赚钱吗？不赚。我告诉她，诗赚钱是很丢人的。

阿绿这夜穿红旗袍。那种红是黑的开端，红色一直递进，一直深入沉底，就必定黑了。见过这种玫瑰吧？红得没底，底就是黑。女人的底，都是你什么也看不见的。好，姑且就叫它红旗袍。两个开衩到胯下，窗帘开这么高，屋里什么家私都晒太阳。吊袜带是什么颜色？我喜欢黑色，反衬肉白的蚕丝袜，可以做美食的前餐，给眼睛佐酒。喜欢阿绿由不正经开始，越往里，倒糊涂了，不知道她是不是真的不正经。你做出比她还浪的样子，她会扑哧一笑，伸手在我鼻尖上刮一下，意思是，她装浪是有钱赚的，我何苦来哉？已经讨到一桩不赚钞票的生活了嘛——写诗。我说，阿绿我爱你。她白我一眼：喏，又来一桩不赚钱的事体。

菲律宾人奏完一曲，一张张脸都是要化的巧克力。他们一分钟吹奏一首曲子，不停地从铜管里控出唾沫。到明天早晨四点，菲律宾人唾沫一桶。

阿绿像一段贵重丝绸，挂在我手腕上，由我挽着去休息。她抱起她的红铜小暖炉，我替她点上一根烟。一个男人走上来，一个胖佬。他邀请阿绿跳一曲。阿绿一手揉着脚踝。意思他不明白吗？赏光吧，夏小姐。（阿绿姓夏？）我眼珠要跳出眼眶了。你找死啊？胖佬决心不看我，挽起阿绿的酥手。阿绿叼着我给她点的烟跟他跳，眼睛斜睨，嘴巴歪歪，还有点地包天。她对我有三寸柔肠，烟可以把胖佬隔开一尺。跳到我跟前，她抛给我一个杜十娘的眼神，说的是你哪里知道我的悲伤。

我跟阿绿耳鬓厮磨了几个月，打听她的身世是妄想的。口音听出她爹娘当中有个苏州人。要么是带坏她那个家伙跟苏州沾边。她是很小给人带坏的，这点我有数。对阿绿最大的放心就是，她还能坏到哪里去。

跳了一曲，胖佬把阿绿带到舞池对面的长廊，给她叫了一杯马爹利。我两眼射出子弹，穿过舞池，穿透王融辉。就是胖佬。我从舞厅经理那里打听到，王融辉做股票投机，钞票是有一些的，标标价，值十个我是小意思。女人最终归钞票多的男人，哪怕不是真男人，像王胖子这种。夜深了，该死的红旗袍为姓王的穿的。阿绿隔着池子望我，那么小个池子，被她望宽了，大洋一般。

女人最终归于有钞票的人，亘古不变的天条。让我来看看这群"婆"们，早先也是有人样的，样子都还好呢。她们先归了有钱男人，样子没了，男人们打发她们出来快活。男人们用她们生养，带领小孩，管教佣人，唠叨他们少喝点，吃维他命，衣服要穿暖，偶然制定家宴菜单。在她们上空床的时候，男人们面前的小妖精走马灯似的一直旋转。现在她们成了婆，功臣，不需要男人打发，自己也要出来找个杨老师这样的贴心东东。

该是杨东会张蓓蓓的时候了。再等等，让我听听杨东怎么跟她的"婆"学生们讲那个作家。十七岁成名，一时红极，上海滩、南京城、北平学府，不念他的小说和诗就是古董，就是粗鄙，就是缺斯文少摩登，就是黄包车夫和马大嫂（沪语谐音：买、汰、烧——女佣）。杨东原来不缺斯文。他过去当过两年导游，上海滩文化历史总要懂个皮毛。作家跟那个姓夏的名舞娘怎样了？热恋了吗？这是不用说的。作家么，可以去热恋一棵梧桐树，慢说一个红透的舞娘。杨东说："就这样讲吧，世上有两种人，一种是人，一种是诗人。诗人就是给女人去爱的。诗人还有个爱好，决斗。所以都活不长。普希金晓得吧？……决斗死的。"

颠三倒四的，不过有点儿真见。这个东东不是我一直以为的东东。

诗人名叫石乃瑛，回去查查看，图书馆有他许多诗和书的。三十年代末已经有名得不得了了。谁都要跟他挂钩，国民党，共产党，汪精卫，日本人。他谁也不得罪，谁也不靠近，写他的诗，追他的舞女，什么也不打搅他。

这个东东不简单。难怪他一看见我就疑似熟人，处处为我让路。

我看见张蓓蓓进来了。杨东在我后面看见了她。此刻中年女生们已经退场。好在她们知道斤两，舞跳成那样不能在晚上的舞场现世。还有，她们之所以做丈夫的定心丸，也是因为守财奴的美德，宁愿跳下午一点的茶场，最奢华也不过跳下午四点到晚上八点的香槟场，一百元一张门票。比之晚场两百元门票，再加六百七百八百买个舞男，她们是怎样也想不开的。一百元跟东东跳个香槟场，再小吃他一点豆腐，满足了呀。

杨东坐在舞池边上，看着四十多岁的张总来到长廊桌子前坐下，二郎腿架得十分丈夫。生意做到舞厅里来了。一边打电话一边四周看，想看哪个 waiter 眼力价好，注意到了她。眼力价最好的就是温经理。他拿起酒水单，等着女老总电话通完。好了，蓓蓓挂了电话，他爱犬一般撒欢地扑上去。

温经理告诉蓓蓓，叶老师已经来了，好像在后面换衣服。张蓓蓓点了一瓶苏打水，漫不经心地看看表。叶老师和她都准时。这次没有看见蓓蓓的两个闺蜜。她们每回来都是蓓蓓结账。看来蓓蓓也肯把自己当竹杠给人敲。舞池里慢慢填满了人。一个四十八九岁的女人此刻进来。不是一个人，随从一大帮。女人很瘦小，五尺高最多了，于是四肢的效率高过一般人，动作快得有点抽筋。引人注目的是她个个手指头上都戴了戒指。好在她一只手只有五个指头，假如有第六个，那也要用钻石去打扮的。说话听不见她声音，只见两手流星。随从叫她滕太。看去不是大陆货。

蓓蓓看着这个戴了半个首饰店的瘦女人。温经理到她身边去了。温经理狗鼻子，人家账户里的数位他闻得出似的。跟滕太讲了几分钟，不知何故，两人都向蓓蓓看过来。蓓蓓掉转开脸，不要做他们的谈资。就算一份谈资也是见得人的：美国留学十年，房产国内国外十来处，自己养活自己，养活爹妈，养得还很华贵。这一点她心里硬气，同时也有点儿虚：女人靠自己致富？残了一半了。

做女人方面，滕太比张蓓蓓胜一筹。丈夫就是她的公司：丈夫的大把进项就是她的进项，想如何开销便如何开销，买浪漫买欢爱这年头有钱怕买不来？

蓓蓓摘下眼镜。看近处需要眼镜，看远处需要摘下眼镜。这个岁数麻烦一天天多起来。温经理带来个精瘦男子，背头铮亮，黑绸子衬衫挂在衣架上一般。叶福涛头一眼看是镖局的杀手，再一眼是上海滩的白相人。

我的阿绿熟人里，这两种人不要太多哦。

蓓蓓也认识叶大师，看过他来舞厅表演的盛况。他一个生日一般要过五六天，不然女学生们孝敬不过来。去年生日蓓蓓领教过，两排舞男舞女加中老年学生列队欢迎，叶大师直挺挺一根旗杆，丝绸衬衫就是一面黑旗飘过人脸的甬道。蛋糕十层宝塔，某个阔太太专门为他定制。此刻蓓蓓见温经理在叶福涛和滕太之间两头忙，好像他们的中国话还需要他翻译。蓓蓓又看看手表。这个见面礼介绍仪式该结束了吧？那帮随从也一一握了手。蓓蓓喝一口苏打，一嘴气泡沸沸的。

身边来了个人。

"张总！……"

张蓓蓓看见温经理的笑脸就晓得出变故了。

"实在是……不好意思！叶大师今天的辰光已经被约掉了！我不晓得！他通知我太晚，所以我没有来得及通知您张总！"

温经理整个脸搁在一耳掴子的最佳击打距离内，任打任啐。张蓓蓓有点儿想拿起桌上的苏打瓶子，不过总不能往温经理脸上砸，那张脸比他人还累，实在不容易。她喉咙低沉，脸上的肉有些横，哦……她从温经理面前转过脸，看着叶大师接过滕太的随从上供的一杯果汁。叶大师从不沾酒，镖局杀手也要好习惯来滋养的。

蓓蓓把脸转给温经理。不是上礼拜就约好了吗？你们这是有名的老舞厅，怎么这样拆烂污？！知道我是干什么的？我的律师行专门跟不讲诚信的人打官司……这些话是我从她心里看到的。她一开口，我意外了。这个女人有点儿德行。她说都是因为钱；想要涨价，没问题啊，明说嘛。能不能问一下，那位太太付叶老师多少？温经理害怕地往后缩。温经理你怕什么？明说吧。市场竞争嘛，热门货价钱浮动是自然的。温经理张开两只巴掌。一千块。比蓓蓓原定的价多两百。两百就卖掉诚信。蓓蓓叫温经理去舞池告诉叶大师，她不同意改动时间，价钱呢，十根手指，再翻一翻。温经理为难得一张脸又笑又哭。温经理你得两百回扣。蓓蓓把回扣的两张钞票往温经理跟前一推。

好了。温经理揣起了钞票。我说过女人归有钞票的男人，这话我收回；男人也归有钞票的女人。管他男人女人，只要有钞票。这个世界一向就这点出息。

温经理没了板眼的圆场跑到池子里，人矮了四五分。蓓蓓看他的侧面，两手抱在小肚子前面，青衣唱二黄呢。叶福涛朝蓓蓓看过来，笑了一笑，蓓蓓把脸转开，不给他讲和道歉的机会。一眨眼温经理又回来了，苦头吃足的样子。滕太不肯让，她跟叶老师直接约定的，约在张总您之前。不要放屁。我知道蓓蓓嘴里就是这四个字。不过受过十年洋教育的蓓蓓常受洋罪，话吐出来要人看到这十年教育。

蓓蓓吐出的话是："两千不够是吧？三千好了。叶大师嘛，这个身价不过分。"她说得诚心诚意，又拿出一百元钞票，像出最小的牌那样出到温经理面前。温经理这一回是不敢伸手了。随便怎么也不敢，只说他再去说说看。

温经理下了池子。一秒钟之后，叶大师低下头，这个数把他都难倒了。他搞不清滕太和张总谁的腰板更硬，女老总比十个指头都是宝石的滕太太账户更深也难说。叶福涛转向蓓蓓，仰着头，抱了拳，拜了几拜，白相人或者镖局阿哥的派头完整了。他替两个女人结束了争夺，今晚归了滕太，女老总，多有得罪，以后好生伺候。

张蓓蓓在他的那个作揖动作做完之前转回脸。我先了结这场扯皮。我主动。跟我作揖，陪笑，你也配！这是女老总给的难堪。不能马上离开。蓓蓓知道，离开就难为情死了。好比跟男人约会，男人甲不到，赶紧联络男人乙。蓓蓓婚姻没经过，约会没少经过。她眼睛在舞池里撒网。杨东跟一个老女生刚跳完,回到池边搁了浅。老女生想同他攀谈,这是最受罪的时候。跟五六十的老姨妈谈话,老天爷,她们寂寞了三个月憋足的话都能把你淹死。张蓓蓓那一次见到杨东心里就生出的怜惜此刻帮了她自己和杨东大忙。两分钟后,蓓蓓叫来温经理。

"那个男孩叫什么?"

"姓杨,叫杨东。在这里教了七八年了。老老师了。跳得蛮好……"皮条客进入角色气都不换,"还参加过两回国际比赛!"

一定没拿到名次。不用问的。蓓蓓不动声色。温经理继续推销。杨东人太老实,不大讲话,也不太会打扮,年纪轻轻少白头,染染能年轻五岁吧,他偏不。跳得蛮好的,蓓蓓承认。请他上来喝一杯。

杨东来到张蓓蓓面前,也不觉得什么荣幸。叫他坐,他就坐下。蓓蓓已经后悔了,这么个东东,愣头愣脑,如何跟他熟起来。马蒂尼行吗?嗯。不会醉吧?不会。醉了可就跳不了了。那就不喝好了,可乐吧。蓓蓓向不远处的温经理打个手势,温经理的皮条扯成了,向一个waiter打了个手势。waiter来到他们桌子边上。一瓶可乐。加冰,杨东补充。跳热了?蓓蓓笑笑。

杨东摇摇头。跟老太太跳,壮志未酬啊。他眼睛盯着舞池里的叶福涛和滕太。滕太穿紧身黑上衣,黑裙子,裙摆很大,转起圈细腿骨节毕露,如同竹柄黑伞。叶大师就是大师,跳得确实呱呱叫。嗯,是很好。杨东没有心不服的意思。蓓蓓说,你跳得也不错。杨东抬起头,感激地看着蓓蓓。这是个不难看的东东，厚厚的头发飘一层白，脸还是娃娃，两个鼻孔微微外翻，嘴唇嘟嘟的在赌气一样。跳一支曲子吧？

蓓蓓跟杨东在舞池里摆好功架。蓓蓓近五尺七的个子到达杨东耳垂。杨东的气吹在蓓蓓额前的碎发上。蓓蓓说她不大会跳，杨东要她只管跟着。两人跳到舞池另一边，都专心得有点呆。我一个步子上去，他们差点没让过。杨东把蓓蓓猛力一扯，悠了大半个圈子。蓓蓓是那种手脚松垮上下身矛盾的人，给他这一悠，就成了一袋子散了口的沙，顿时一地都是。她问他怎么了，他摇摇头，说是自己没带好。杨东此刻还不想告诉她，他是为了不让她撞上我。

杨东跟她提起我，是很后面的事。

"你知道那个有名的作家吗？石乃瑛？"

这是二〇〇五年，张蓓蓓跟杨东在岳阳路上散步。关于我，蓓蓓大致已经清楚是怎么一桩事情了。上海滩有多种地图，明的暗的，明的是地名路名画出的，暗的是某某家族创建此园，某某阔佬修建此楼、此医院、此图书馆、此饭店；某某大人物曾在此居住，某某文人骚客戏子明星曾在此喝咖啡，在此聚会、跳舞、写作、鬼混，……在此活着或死去。

杨东带蓓蓓走的，是那张暗的地图。我鬼混的地方可不少，给老上海滩画了一张又大又乱的暗中地图。他俩一块踏秋，说明了问题：他们已经超过青年舞师和中年女生的关系了。秋天适合男女出轨。我跟其他人看法不同，他们都把艳遇活跃期归结给春天。

秋天，一年的好光景正在离开，雁都要离开了嘛，不知哪里有种不幸，人们脆弱而不舍，想要心有所归。这就是蓓蓓跟杨东散步的前提。

蓓蓓明白，春天在舞场上，他给她来的那猛一扯，差点成个笑话倒在滕太和叶福涛面前，就是为了躲我，给我这个多年前的浪子让路。他们在一些烂书里看到我的传说。上海滩霉臭的烂书都进了古董店。

所以他们在古董店里读到我这一段。

阿绿对我说，断了吧，你争不过他的。夜夜到舞厅烧钞票，寻死啊？她觉得王融辉伸个小拇指也比我腰粗。王胖子伸个大拇指，就是上海股市的柱子，动一动就天翻地覆。我坐在阿绿背后。镜子里，她拿着兔子毛粉扑，可的香粉（等于七十年后时髦女子用的奥迪妆粉）在她微黑的脸盘上下霜。一定要暗脸色才能出来这种冷银的脸盘，这是上海人不懂得看的好看。上海人浅薄，只要剥壳鸡蛋一般的皮肤。阿绿是夜生活染出的冷肤色。我坐在缎面被子里抽烟，看她妆扮。夜晚鬼妆扮，老婆婆们都这样说。她的公寓房比我的公寓还大，却懒得走出睡房去用浴房里的马桶，在房间角落吊一块旧缎子被面，挡住一个漆木马桶。房间淡淡一股尿碱和花露水气味。带穿衣镜的柜子和床，粉白油漆斑驳，做出法国乡下的老旧，可是怎么看都还是下贱人的住处。梳妆台镜子上贴着方块纸头，毛笔字是我的。自从认识我她一共学了二百六十多个字。她的下贱楚楚动人。我说嫁给我吧。

她从镜子里横我一眼。又来了？作家诗人对她有什么用？跳舞场女子对诗人呢，只能害死他。嫁给我。我从被窝里跳起来，两个虎口掐住她脖子。不要烦好吧？她想扭开头颈，气管在我手指尖下咕噜噜动弹。虎口进一步卡紧。嫁不嫁？镜子里的阿绿向我仰起头来看，那么就掐死我好了。有一种危险的热情飞快地来了，它让你一眨眼能越过人和兽的虚线。要永远占有，就先要把她杀死，一块一块骨头埋藏起来。狗把最爱的东西埋在泥巴里，撒上一泡尿，馋得实在熬不住，刨出来嗅一嗅，舔一舔，再撒上一泡尿。来呀，掐死我呀……阿绿的声音已经漏气，喉管给掐扁了。死了的阿绿只有一个人要，我。胖子王融辉不会来刨我的坑的。册那，我真那么欢喜她？！

她下贱是没错的。连下贱的女人都追不上，我更下贱。热情退了。她两个手臂软绵绵地下垂在化妆椅两边，半天才捡起地上的粉扑。又是半天，她吹了吹粉扑上的灰尘。长久没有氧气进入她那个装了二百六十多个字的脑瓜里，四肢肯定是没用场了。一年多，我教会了她二百六十多个字，她能用它们写信，记账，很多字是一字多用，看她写的信要钻到她脑子里，摸索她的意思，才能用错误的音调猜她的字谜。她问我怎么松手了。我说没把你掐坏吧？她看不起我，笑笑，没用场。

我没用场地看她换衣，眼巴巴的。她的身体是上海头一份的，一些地方闹饥荒，另一些地方大丰收。燕瘦环肥集于一身，没一处等闲。我眼巴巴看她给着那身子套上果绿旗袍，这下好了，她成了一根饱满的豆角。穿紫色吧。不要。我喜欢紫色。我晓得。那你就是为了肥猪穿它？她不响了。

门口她回过身,抱住我。十个指尖像十滴冷雨珠。冷雨珠划过我的脸,我的耳垂,后颈窝。讨债的,前世欠你。我耳朵眼的绒毛在她的悄语中风吹草动,痒到心底。一年多来,多少甜言蜜语都没吊起她这股柔情,杀害未遂倒完成了全盘征服。她贴着我,一根骨头也没了。阴阳两个身体凹处拼兑凸处。

她叫我不要走,等她。于是这个傻人就在荡漾着尿碱和花露水气味的屋里上演"抱柱信",等了一整夜,又一整天。

等我从她的亭子间出来,雨停了。我手中捏着一封信,是一个信差从门缝下塞进来的。信告诉我她去香港了。我一口气上来后,把她信上的字数了一遍,一共二百六十四个不同的字,香港于是成了"想刚",哀伤便是"爱上"。她心头"爱上"地去了"想刚"。我笑了,此生要是能再见她,绝对不多教她一个字了。二百六十四个字做音符,在她手下,能弹多少曲子,无穷尽的。

不知多少次,杨东在傍晚的舞池里同我擦肩摩背地错过来,错过去。他对蓓蓓咬耳朵:喏,当心,又过来了。蓓蓓伸出仙鹤脖子,跟着一个旋转扫视了东、南、西三个方向,转向杨东,笑笑。看到了?嗯……杨东知道她什么也没看到,不过陪他寻开心,将把戏玩下去。她比他年长那么多,读的书比他多那么多,不收起一大半智慧来跟他玩,定规很快会玩散的。

杨东带着蓓蓓在他的老女生中穿行。给滕太那种舞场老手当老师算什么本事?有本事把这帮腴肚耸肩腿拧麻花的阿婆教出来,送进舞池。可别说,两个月前还拧不动麻花的糖尿病、高血脂、静脉曲张的腿现在真走出点步法了。她们中尤其张蓓蓓用功，各种步子烂熟于心，随便怎么转都不会把自己拧到麻花里去，只是她还不算跳舞，没一点曼妙风情，充其量是女老总操步。她场下是张总，场上还是张总。反正张总这种讲究健康的中年女人总要去健身房，姑且拿舞池做健身房也不坏。

蓓蓓在一场舞蹈健身后总是要请小杨老师吃夜饭。九点快到了，蓓蓓和杨东成了一对热腾腾的大女少男。他们离开舞场，由杨东开车去黄陂南路。去那个叫新天地的乐园，上海顶顶时兴的地段，冒牌货老上海弄堂，给外国人逛成了我那个时代的外滩。我们那时候，洋人们多在江西路的银行和金融公司投机，大把赚钱，黄昏时间公司一关门，轿车马车黄包车都朝黄浦江边开。新天地真是新天地，洋人们在这里的菜馆里不再是大爷，还不大给瞧得起，因为他们太实惠，四个人吃一餐只叫三个菜。在这里一掷千金作威作福的已经不是他们，是讲英文讲国文的黄面孔（我们时代给叫成东亚病夫的中国人）。像我当年那样到处浪荡的人也是有的，比如杨东。浪荡人在什么地方他都把自己当外人。虽然蓓蓓把他请到她的生活里，他觉得他仍然是个纯粹的外人。

蓓蓓跟杨东进了"夜上海"。对，菜馆就叫"夜上海"。上海人现在可卖的就是我们那时候留下的东西，所以都叫"老上海""夜上海""上海滩"。两人坐的桌子小得很，鼻尖跟鼻尖相距两尺半。灯光不错，给蓓蓓减了十岁。她倒是喜欢杨东不染少年白。蓓蓓对杨东很多方面都已经喜欢了。杨东眼里，此刻的蓓蓓也还可人，唇红齿白，脖子和肩膀与轮廓称得上美。那是条好脖子，设想它属于一具翩然的身体。等到蓓蓓站起来，你就失望了，恰是"翩然"的反义词。倒不是她体重过足，是她的姿态、待人接物、举手投足，过分地实打实。每个动作都有用，都奏效，可是女人之所以为女人，都在于那些没用的动作：下巴偏一偏，肩膀斜一斜，牙齿和嘴唇，眼梢和眉梢，男人就爱那些没用场的小动作，舞场下就没有舞蹈了？女人从来没停止这种微小的舞蹈。男人们看这些微小舞蹈当鱼或鸟来观赏，当天书哑语，越读不懂越喜爱。

杨东当然明白蓓蓓是个好女人。他想假如努努力，也许会喜欢上蓓蓓。

蓓蓓喜欢上杨东没费什么力气。她对他的出手越来越大，开始两人还把他们之间的给与收的款项叫学费、课费，后来都不装了，钱就是钱。她给他钱的时候，连吭气都不吭，直接往他夹克或者裤袋里一塞。有时一万，有时两万。坐在"夜上海"的小桌边上，蓓蓓感到了一种久违的感觉，不三不四的，但很甜。她问他想吃什么。他照例吃"随便"。蓓蓓自认为比他懂吃，叫了两个冷盆，三个热菜。她没有忘记叫那个牛肉粒，因为她记得每次他都能吃光。她也没忘下了舞场他是可以喝一点的。像所有干力气活的男人。搬运的。快递的。修马路的。那八个老女生，他一个个搬运，一下午四个小时，是要喝几口才有歇工的感觉。

十年陈的花雕烫得滚热，蓓蓓心满意足地看着他一杯饮尽。也像干力气活的男人一样，咽下酒时把嘴一咧，带动得脸走了样，应该说他无意识做了个鬼脸。就这蓓蓓也爱看。花钱买这么个鬼脸她真是心满意足。

让我听听，两人今晚谈什么。房子。听十对上海男女谈话，八对是谈房子。好多好多年了，还这样。是蓓蓓先问起他的地址，他马虎地答一句：杨树浦。

蓓蓓猜到，他过去做过工。他父母过去是做工的，现在工厂关门了。他就是在五十多年前造的工人新村弄堂里学会跳舞的。一开始就迷上了它。一个老克拉，不知啥地方来的，三十年代出生的人。他在弄堂教没有工做的男工女工，当时他是个小孩，在后面跟跟，就跟会了。把它跳成一饭碗，他没有想到。开始他是拿它挣外快，正经事做的是旅游。后来旅游不做了，朋友的旅游公司倒闭了，跳舞变成了正经事。

蓓蓓看出他很满足。那么他就很快乐。知足与不知足，区分幸者与不幸者。

听了蓓蓓的哲学总结，杨东的酒杯举在嘴边，定着看她，亦或她是镜子，他通过她看他自己。然后他把酒慢慢喝下去，放了杯子，说他确实是个幸运者。谁能跳跳舞就有饭吃呢？他笑了，有些傻气。喝酒到这程度免不了几分傻。何况这个东东本身不是聪明东东。说到家里地址，不免顺着问下去。还跟父母住吗？买了一套房，两个睡房的，租出去了，等付清贷款再收回来自己住。一个月租四千块，明年租约到了，想法子把老房客赶出去，可以再涨一千租金。住在父母家总不那么方便。方便的。怎么会方便？蓓蓓笑笑。原先还有两个哥哥住在家里，也住了几十年，没啥不方便。喏，屋子三十平米，东南西北是扩不开了，只能往空中发展，天花板两尺八高，对吧？

好，就在一米八的高处搭块板，美称阁楼，下面摆饭桌，灶台，上面哥哥弟弟三只光浪头睡觉。父亲下夜班回来，坐在"阁楼下"的饭桌上吃泡饭和早晨剩的冷油条，数一数阁楼上一排光浪头，三个，一个不少，他就放心洗脚睡觉去了。

她看着他。脖子喝得又红又粗。遮掉他的脸和肩膀以下，完全就是个拉架子车的。不过蓓蓓更喜欢他了，自己也说不清。他的哥哥们都对他好，先后结婚搬出去了。他于是有了间四平米半的小屋，门是一块布帘，过去里面睡的是父母。现在父母夜里不做需要帘子遮挡的事了，拆掉了阁楼，老两口搬进大屋，换他住进四平米半。开始他和电视机还有立体声音响加上他所有细软都搁得下，后来他个子长啊长，一米八之后，就是人睡在自己小屋，脚睡在父母大屋。

假如带个女朋友，怎么办？父母又不会总在家里。女朋友交不长的。为什么交不长？大概还没有碰上合适的吧。眼光不要太高嘛！也不是……

三两花雕酿造出另一个杨东，比现实中那个更加老实，什么都说。原来杨东的寡言是想掩护这个多嘴的杨东。张蓓蓓这个岁数的女人问杨东交女友的事，反正安全得很。交过几个？正经的？三个。还有不正经的？……蓓蓓调戏小姑娘一样哈哈笑。杨东的红脖子一下升到眉头，两个眼白都红了。

他再喝两杯就会讲真话了。那些事对张蓓蓓不新鲜。舞厅里的年轻男舞师同上岁数的老女生之间越一点儿界，大家都不吃亏，大惊小怪，只说明你是土包子。

两人站起来往外走了，张蓓蓓刚想起来似的，对了，东东，这个礼拜五我不来跳了，要到深圳出差。杨东看着她。刚才引他说女朋友，这就是她的报复？见杨东看她，她笑笑。出了门，更加地照着年轻女孩做了，心血来潮地说："要不你陪我去出差吧。"

杨东心里好像有一股遗憾。这句话之前，该有多少铺垫？有眼睛铺垫的，有嘴唇铺垫的，有腰肢和下巴还有肩膀，所有微小舞蹈，该先活动活动热热身。杨东一下子被提醒，蓓蓓四十五岁了。女人活到这岁数，能省就省省，拐弯抹角都省掉，一句话完成意图：就是要你做情夫。

蓓蓓偷看他一眼。杨东明白她刚才是她假装的。假装的厚脸皮、没心没肺把她自己吓得心脏不对了。其实杨东除了遗憾，也吓一跳，不过他给人看成不清不爽之流，早习惯了，比蓓蓓要经得住事。他问她，出差去多久？一周。她不再看他，但他明白，她眼泪都上来了。主动撩人家，她自己倒受了欺负似的。

杨东说，好的呀，我去看看，那几天的课安排得满不满。已经安排的学生，我回回看，看能不能回掉。

还是年少了十几岁的东东做人派头好些。现在的人叫"cool"，多大的事？到处在发生男盗女娼，我们这算什么呢？再说，他要看看安排，给两人都留了退路，一觉睡醒谁变卦都来得及。台阶给蓓蓓搭得多好，就放下心吧。蓓蓓难得坏一次，这他看得出。他可怜想坏一下的蓓蓓。

蓓蓓和他前后来到停车的地方。喝了三两花雕，警察会抓的。蓓蓓要开车送杨东。杨东笑笑，叫出租车总叫得起。蓓蓓选择听不见他，用钥匙开了车门，坐到方向盘前面。好车就是好，原地踮足尖转一圈，芭蕾舞似的掉过头。车在杨东身边停下。上车吧，东东。真的不用送，出租到家不过四十多元。上车。不早了，明天不是还要出差？不要啰嗦，上车呀！蓓蓓四十五岁第一次撒娇似的，有一点骏马嘶鸣的声调。

杨东坐在蓓蓓身边，酒完全上了头。他从来不记得这么困倦过，大概困倦又不好意思睡着反而把困意催得更浓。浓得他眼睛里有五个蓓蓓，面前有五条马路，窗外有五个上海。蓓蓓放的音乐也不帮忙，不知是男是女在喇叭里，唱什么都成了他的催眠曲。他可是苦了，倦得像最后一眠的春蚕，口水流成一根丝。他过一会儿吸溜一口，打定主意咬紧牙关不再睡，可一会儿又春蚕丝不尽了。蓓蓓在笑。她肩膀做了他的枕头，一直在做他的枕头，他看看"枕头"，棱角太硬，不太舒服，但一会儿又枕上去了。蓓蓓笑死了，一手搭在方向盘上。这个时候上海真不错，几百万辆车都上床了，蓓蓓一只左手就把他送到了家。

到了。蓓蓓坐在黑暗里，等他睡醒起床。杨东从湿了的"枕头"上抬起头，蓓蓓的臂膀动了动，又动了动，渐渐从麻痹中苏醒。他给自己开门，先下一条腿，再下第二条腿，也是浑身打了麻药。

蓓蓓在黑暗里给谁打电话。

杨东进了自己的小屋。小屋里不止他一个人，多出一个人来：蓓蓓。她怕他摔跤。她看一眼小屋，不像杨东醉话形容的那么好玩：人睡在自己屋，脚睡在爹妈屋。也没有帘子，是个拉门，毛玻璃的，春节的福字从反面贴的。爹妈祝愿福降于小屋里的儿子。

蓓蓓陪着杨东在床边坐下，一个人的手搁在另一个人的膝头，相互交错，手臂和手臂编织，像是意犹未尽的舞，造型不散就坐下静止了。不知是谁先把手伸向对方的。这一会儿主动的那个想来是蓓蓓。这样坐下去算哪一回事？杨东用了二两力气，蓓蓓就被他摁在床上。

"做爱"是这年头的词。很多年前上海滩就有这个词，不过用洋字母遮羞："lovemaking"。蓓蓓是那种老做爱没有爱的女人，她觉得这次给了杨东不少爱。

蓓蓓叫他"东东、东东"。他不做声。"蓓蓓、蓓蓓"不大叫得出口，张总也不是床上叫的，沉默是诚实的。

第二天上午十点多，杨东一身冷汗地醒了。因为他现在想起来了，女老总夜里给了他一把车钥匙。他伸手到枕头下，不是梦，真是车钥匙。他急奔门外，一身蓝底白格子睡衣睡裤就钻进BMW。黑暗里换睡衣的时候，好像听到一句："车子你开吧，公司反正有好几辆。"说这话的时候她还在替他扣睡衣纽扣。昨夜刚到工人新村时她打的那个电话是让司机接她。只是在等车来接的半小时内她没浪费时间，把自己变成了杨东的女人。张蓓蓓从来不浪费时间，半小时够办多少事？等一等，不是她成了他的女人，是他成了她的男人。

他就那么蓝底白格子地坐在方向盘前面。这桩事体是怎么一桩事？他要想想。蓓蓓的身体美不美？反正是结实的，过分健康。中国男人有个古老愿望，女人稍微欠缺点健康比较理想。带一丝病，又不知是什么病，反正莫名地为她担着点儿忧，才好。不是吗？舞场上跳得再好的女人也是靠男人带，男人的两只手在她身上轻轻钩一下，推一下，整部引擎都给操纵了。手指头在头顶轻轻一绕，女人就在下面转个圈，方向盘比BMW还灵光。女老总是欢喜上他杨东了。这么贵的车，才三千里程，就做了一份不足道的礼让他笑纳了。

他想到夜半来接女老总的司机。一定是在一点钟左右到达这个弄堂的。各家炒小菜的气味在凌晨一点还没有完全散尽。因为都是些气味浓郁的穷人小菜，臭的这个，糟的那个，不超过嗅觉味觉极限的不解馋。臭佳肴是大烟，这里的老人都中了它的瘾。几十栋一模一样的老房子烧炒的气味常常就像打开下水道。司机不敢问女老总深更半夜在这种地方做什么。司机看到BMW问，车子坏了吗？女老总就当没听见。司机或许猜到，女老总下凡人间幽会来了。

蓓蓓没有想得太多，猜到就猜到。蓓蓓把她自己许给他做女朋友，做爱人，因此坦荡磊落。

昨夜半小时女老总是重视的。跟他进屋上床，不是避免浪费时间，是动了真格，因此连司机她都不相瞒。他查看了一下车子内，蓓蓓的东西都不见了。不是把杨东当开车的小杨师傅，这辆车真的就是她实心实意的一份礼物。唯有一点儿垃圾被她忽略了：驾驶座旁边的门兜里落下个纸巾团，捏一捏，里面有两粒硬物。两粒话梅核。她也吃这种小女孩的零嘴。他让自己努力一点，想象嘴里唆着话梅、一边腮帮鼓起的女老总。她气味清爽的嘴巴把两颗核吐出，现在还保留着潮湿。这比昨夜的亲吻更真，更实体。他觉得很有信心，不久的将来会喜欢上蓓蓓。其实他已经喜欢她了。两颗话梅核真是好，隐隐搭起一个栈道，让女老总通向女人，让杨东通向那个女人。

下一秒钟，一颗话梅核在他嘴里了。他恶心，病态，变态，都是没错的。话梅核微咸回甘，比昨夜那些吻的味道更具体，更肉感。他变态，没错了。蓓蓓的唇齿微咸回甘，微咸回甘的女人，女体。他坐在驾驶座上，车钥匙插进锁孔，电源接通了。这下好了，跟蓓蓓之间缺的那一环链，接通了。

从深圳的七天旅行回到上海，杨东就搬家了。父母问他地址，他说"新天地"。新天地在哪里？对于老旧的工人新村居民们，他们的上海就是方圆几条马路。大头菜臭豆腐都没有涨价多少，马桶划子照样是田螺壳扎成的。在这里上海人像几十年前一样，照样笑话江北人，笑话安徽人，笑话北方侉子。不能走出这里，出去了到处是北方侉子安徽人温州人江北人，上海话都讲不来。他们的上一辈也是各地来的，进化到上海人用了两代人。不走出这里他们还是上海的主人，还是"阿拉上海人"。

杨东出门前口头保证，等理好家当请父母过去看看。

租来的还是买来的？母亲喜欢谈房子，跟到杨东车门边上追问。杨东皱着眉，老娘拎得清吗？不是他租房子，是房子租了他。

蓓蓓的房子在十二层楼。一张餐桌可以坐十二个客人。一台电视够二十人看。杨东四顾一眼，装着不害怕，也不惊艳。

他不知怎么就进了客厅浴室。打开水龙头，又揭开马桶盖，在马桶前站了一会儿，没有尿意。那就洗洗手吧。他把双手伸到出水口，也不追究水怎么不来，因为他在看镀金镜框中的男人，一大堆头发上撒了层薄盐，脸却和中学生一样光。他想自己把手伸在水龙头下算什么意思，肥皂也不涂？水晶瓶子伸出一根鸟喙，里面装的是洗手液吧？压了一下小小的泵，什么也不发生，再来压，瓶子压翻了，掉到地上。这个地方空得起那么大的回音！

蓓蓓在客厅里叫他。送餐的到了，饿了吗？他看着没有摔碎的水晶瓶，既没有小便也没有洗手地去开门。门怎么拉不开呢？哦，他锁上了。

两人在厨房窗台前吃晚饭。厨房似乎最安全。不知为什么他这样想。因为厨房是这房子里最小也最不整齐的地方。他在相对窄小和微微的凌乱中能找到一点人间温暖。厨房窗台上放了个小碟子，里面盘着一盘蚊香灰烬。这么一座当代城堡不也要点蚊香吗？这就更增添了他的安全感。蓓蓓讲着两人刚刚结束的旅途，讲到广东菜和上海菜的区别，优缺点比较。总要有个话题呀。他恨死自己没话，尤其在这一顿饭，这么关键的一顿家常饭的席间，不说话成什么样子？他听见自己开口了。

"蚊香还有吗？没了我去买。吃好夜饭就去。"

他急于给自己找事做，让自己派用场。搬进这里，买蚊香这种跑腿的事够用来付房钱吗？他马上觉得刚才的话说得不好，不如不说。蓓蓓倒是听者无意，好的呀，吃了饭一块去散散步也好。几天没跳舞，身体重得来。她说着还看看自己的胳膊，腿，还摸摸肚子。

"住在这里也点蚊香？蚊子飞得到这么高啊？"

"蚊子也会乘电梯呀。"

杨东看着蚊香灰烬。蚊子蚊香可救了他们，这不就有话题了。工人新村的蚊子有很多种，大头的，花脚的，袖珍的，小得肉眼不大看得见，它们顶结棍，咬起人来白天夜里三班倒。

不过新天地有蚊子，倒是没想到。舞厅里不是也有蚊子？蓓蓓说，坐在那里一会儿，隔着丝袜咬你！他说对呀，所以一定要不停地跳，勿好停下来坐在那里。

杨东感谢蚊子。头一天进来没有话题如何办。蓓蓓朝他抬一记下巴，要他为她搛菜。那个她要吃的菜在杨东面前。不知她是不是动了心思，让杨东尽快做起这个房里的男主人。他问她只吃素菜吗？深圳吃超量了，素几天好。他看见她把一句话跟素菜咽下去了。什么话呢？这个岁数本来就要当心，多素少荤，多饥少饱。

夜晚还是很好的。床上的杨东很派用场。在蓓蓓家里，到底放得开些。事毕两人相拥着躺了很久。蓓蓓年纪大，身世一张白纸。念书，念书，念书，然后应聘，应聘，应聘，再后来，晋升，晋升，晋升。直到自己开创律师行。谈了两次恋爱，都谈到婚礼场地蜜月地点了，还是都没有成。

看来蓓蓓你年轻的时候蛮花的，杨东在她肩头轻轻咬一下。

给他咬得得劲，蓓蓓嗲起来，什么呀，都是男方出毛病。发现毛病跟他们讲道理，讲不通，只能走开。杨东比她老成，告诉她,跟男人有什么道理好讲,他们顶怕跟他们讲道理的女人。蓓蓓你做人太正,太认真。蓓蓓把身体挪开一点,不行的,什么人都要讲道理,否则过起日子来要搅的。再说,他们在外面有说不清楚的关系,让他们说说清楚不是应该的吗?

杨东做和事佬: 应该的,应该的。

所以蓓蓓讲原则,离他们而去啦。四十多岁,情场就是这么个白丁。杨东此一刻真爱蓓蓓了。

"还是你不好呀。狠心吗? 都谈到蜜月了,说离开就离开。"

"也不是那么好离开的。离得血淋淋的。"

杨东屏住呼吸,等她说如何血淋淋。她不响了。

还不到时候,蓓蓓心里的图景一时还不愿描绘给杨东。她害得人家割过腕,虽然是趁她在眼前能及时叫急救车的时刻割的。另一个是她自己伤自己,一个酒瓶碎在自己头上,洗了个葡萄酒加血的淋浴。两桩未遂婚姻让蓓蓓了却了婚嫁的心思,不再跟男人长远打算,养了两条狗。狗也先后老死,蓓蓓就四十出头了。蓓蓓有时也想,她做什么都跟她跳舞一样,心太重,动作太重,所以步子架势是对的,就是不漂亮。

蓓蓓跟杨东要好之后,杨东跟她讲起一个老故事。是真事。就在这个八十多岁的老舞厅外面,静安寺对面,愚园路口,一个有名的年轻作家给一辆开过的轿车撞了。诗人名叫石乃瑛。读过他的书吗?蓓蓓反问,你读过?读过几本,不大懂。不过石乃瑛的诗歌和小说大学里学生都要读的。说他是三十年代的李贺。李贺是谁？蓓蓓倒是老实，不懂就不懂。杨东也老实，绝不装懂。李贺好像也是个诗人。蓓蓓想问清哪个"贺"。大概是祝贺的"贺"。上网查查去。杨东看着她，她那个认真劲儿又来了。

石乃瑛跳舞跳得一流。公子哥的本事他都一流。跟那个在工人新村弄堂路灯下教华尔兹、伦巴、探戈的老克拉一样。老克拉扭起来浑身没有一块硬骨头，就像石乃瑛一样。是不是一个人呢？蓓蓓怀疑了。怎么会？老克拉后来被抓了，因为他是老流氓。每一个跟他学舞的女工都给他弄到小菜场后面流氓了。还教男孩子流氓，告诉他们某女工内衣打补丁，三角裤比拖把还烂，某某女工长了一对夜开花（胡瓜）胸脯，某某某女工呢，一摸下面就成了八月里的烂桃子。男孩子们不再是男孩子，都成了小流氓。一天到晚隔着女工衣服看，谁是夜开花胸脯，谁的三角裤可以去拖地板，谁的裙子下面是八月里的烂桃子。有天几个小流氓带两个年轻女工去公园跳舞，一个女工三十岁，另一个年轻两三岁，门槛精一点儿，看出男孩子们不再是男孩子，一脑袋小流氓的坏脑筋，就溜掉了。十六七岁的男小鬼头一趟开戒，一个比一个馋，六双手一同下，上三路下三路的打分马上出来：既是夜开花又是烂桃子。女工开头还咯咯笑，还两脚乱扑腾，不知怎么就昏过去了。六个人丢下她跑了。十多天后警察把她作为女流氓送回到工人新村。此后她见到六个男孩中的任何一人，都是她不好意思，眼睛盯着大脚趾绕开路。

结果呢？

没有结果……

蓓蓓盯着杨东的眼睛。杨东给她去盯。

小流氓们没有落网的?

账都算在老克拉身上,打击流氓犯罪高峰的时候,一粒铁花生米结了账。

此刻两人在舞厅跳恰恰恰。

杨东的手指在头顶绕一绕,蓓蓓转了转。没有老克拉,没有石乃瑛,上海滩只好是叶福涛这种猴子充大王了。

这是黄昏,明暗之间,昼夜之间,我听见我的名字在这个时刻响起。

舞厅的楼梯在梅雨季返潮,呕出几十年前的味道。我们那个年代楼梯还通向一个露台,露台是另一个舞厅,一般归西洋人跳舞。现在露台舞池封掉了。当年的露台舞池是这个舞厅的雅座,偶然有白俄女子混进去,定规会被认出来,再被劝出去。在露台舞池里华尔兹,霓虹流彩的夜上海跟着你华尔兹。露台舞池是什么样的地板!琉璃地板!整个地板是灯罩,罩住几百盏荧光灯。仿佛地球错乱了,月亮掉到了结冰的湖水下面,就是要那种感觉。让你错乱。舞蹈的人们随时会踏破冰层,坠入月亮流水,或坠入无底深潭,坠入不可知的世界反面。

如履薄冰的冒险家们跳着华尔兹和探戈。居然在这个群落里出现了阿绿。一定是阿绿。才两年多就会不认识吗?天火烧焦她我也认得出这个浑身陈列了半个首饰店的贵妇。是的,就是阿绿。她不认识我。她可不简单，不像假装，真是换了脑袋一样。我拖着她到舞池外。王融辉王胖子呢？做啥？！我要叫人了？！叫啊，你不叫我叫！叫巡捕来！总要讲讲清楚，不要跟我人变鬼、鬼变人！

西洋人都停下来，看我要把浑身发光的女子怎样。中国人的事情麻烦得很，别想搞清，最好别去管。他们恢复了华尔兹或者探戈。

阿绿把我的世界轰炸了。

一个人娶五个老婆，比如王融辉这种男人，自然是麻烦的。五个老婆，阿绿行五。被带到香港住了两年多，想到两年多足够我死心。浪荡名声在外呀，为一个舞娘哪能一直抱柱信？看到我的眼睛，我的脸，阿绿乖下来。我们不讲爱，已经存在的东西不用讲。她泪汪汪的，怪我那次不掐死她，文人到头来没有用场。

我把她带到福州路的茶馆。我一向在那里写些没用场的诗。一下黄包车她就说小皮包忘了拿，丢在舞厅。她也如此没魂，我意气平复了些。去拿吧。算了，晚些时候再去。会丢的。丢吧，什么丢了不能活呢？阿绿看着我的眼睛，我丢了你，你丢了我，都活着呢，照样一天三碗饭。

她回上海是为了看看她是不是真的丢了我。王胖子听到的理由是她必须回上海做几身旗袍。香港裁缝做出的旗袍洋泾浜。王胖子觉得她的理由充足，包括她说香港不好玩，英国佬太死板，广东佬太蛮。一个二十四岁的小老婆总是贪玩的，总不可以憋死她。这是她两年来头一次独身回到上海。她去舞厅是为了碰我的。我心里一热,两个膝盖头在桌下夹住她的腿。碰上了为什么又不认账?碰上就后悔了。到底为什么?因为……又能怎样?

下面我们夜夜跳舞。谈心都在舞里谈。苦都在舞里诉。阿绿胖了一点,跳起来迟钝了一些。不过我还是要她的,假如她肯做我的女人,我定规一点不嫌。她过去太美艳,是个妖,现在还原成人了,比一般人到底还是妖一些。一夜舞曲几百支,我们一支都不舍得落下。两个身体都湿答答的,她的汗流到我身上,我的,到她身上。不要再那样对我了,冤家,说不见就不见了。我求她。你做王胖子那种货色的老五,我呢,做老五的老五,这我也不在乎。这大概就是爱了吧?爱起来就这么下贱。然后呢?她湿答答地贴着我。男女总有腻的时候,腻了,就甘心了。她说她独自回到上海,盼的、怕的都是这个腻。总会腻的,放心,我们当中总有一个会一觉醒来跟自己说:够了。够了,就解脱了。我说,这话活听上去像重病人盼咽气。

就像我预料的,她又一次没了。说没就没了。那天我从黄昏等到黎明,舞厅里最贱的舞女都走了,菲律宾人都放下了管弦,我才出门。大门在我背后关上。

九月的一天,香港报纸登出我的杂文。文章是指向日本人的,用的火药却是丢失阿绿的愤怒和悲哀。一连几天,香港出版界因为石乃瑛而纸贵。日本人轰炸长沙,我轰炸香港,让阿绿没有藏身之处,到处爆炸着我的名字。我趁热给报纸主笔写信,问他要不要我做编辑,我的抗日文章、诗歌管够。主笔打电话告诉我,报纸有我这样的副主笔将是莫大荣幸。

现在的大学课程里，石乃瑛是很大一个篇章。没有石乃瑛的作品，现代文学史就会空出个大窟窿。写论文的学生们还要挖我的私人趣闻轶事。我早不是我了，成了上海的都市传奇。我是汉奸或者英雄。我是为了抗战的使命去香港，在香港被日本特务策反。资料再挖得深些，发现我被日本人策反是将计就计，国民党特工教一个诗人为救国大计屈伸。Whatever。

统统缺乏证据。有足够证明才能决定石乃瑛的究竟。汉奸或英雄，拿出证据来。证据在我自己这里。也许还有个别其他人。我不在乎。

我不在乎张蓓蓓的助手查出什么来了。女老总那么认真，真好玩，她知道的知识不少，怎么能留下石乃瑛这个空白。她也是太要强，连东东都知道的上海滩老名人，她要么不知道，要么就要知道得更准确。

杨东停止去舞厅了。女老总的情人，未婚小丈夫，做舞男成了什么话？杨东偶然路过那个开张了八十多年的大门，会心里一颤。和当年的红舞女阿绿一样，他也是舞厅养大，在舞厅发迹的。他的身份在光色迷离的舞厅里洗了牌。舞厅是个魔术箱，走进去的是二十二岁、比小流氓稍高一等的上海男孩东东，人睡在自己屋，脚睡在父母屋的辍学青年阿三（自娘胎出来之后的昵称），出来的却是 Dunhill 西便装，polo 裤子，谈吐石乃瑛的杨先生（自搬进蓓蓓家之后楼房守门人的尊称）。蓓蓓对那个风流诗人的认真调查，杨东不能不陪着。石乃瑛的文章诗歌两百多首，每一句他都不懂是什么意思。不懂可以，不读就不对了。蓓蓓的座右铭,人的进步在于每天要接触点不太懂的东西。

不太懂的东西对于杨东比懂的东西多得多。怎么办呢?杨东的每一天就是似懂非懂。对蓓蓓他也是似懂非懂的。蓓蓓跟别人讲电话常常用英语。女老总讲起英语来连手势都是洋人的,耸肩摊手翻白眼;翻白眼什么意思,去看上帝还是看老天爷?手势就罢了,人还要来回走动,客厅走到餐厅,再走回来,派头好极。

杨东是识相的,走进厨房。厨房跟他最亲,他不会手足无措,总能派上一点用场。炉灶上的灯坏掉一个,你看,事由来了吧?没个男人怎么行?这个房子里还是有他这个男人好些。他吹着口哨,像个开心的年轻丈夫尽职尽责,开始换灯泡。忽然发现他自己总是把这类小事做大,延长做的时间,强调做的过程,夸大做的动静。他是要蓓蓓打完要紧电话看见他没有闲着,忙着呢。蓓蓓是否承认他在这个房子里的功用呢?除了床上那一桩?

回过头,蓓蓓站在厨房门口。

"喏,灯管坏了,我来换一根。"

"灯管放在哪里你找到了?"

"怎么会找不到?上次就是我去买的呀。"

他在夸大自己的用场吗?有一点恶心。也不是恶心,好像是窝囊。抽出另一个话题来了,更让他窝囊。蓓蓓掏出钱,放在他跟前的灶台上,家里总要有零碎开销,买灯管什么的,以后一定要张口哦。他皱起眉,一种很烦的笑,买灯管灯泡的钱难道还要问她讨？当了七八年舞师总有点积蓄啊。蓓蓓公事公办，要他把家里日常花销记一记。公司跟家一样，都要预算开支，对吧？蓓蓓就是正确，事事要正确，喜不喜欢她的正确，另说。蓓蓓出去接下一个电话，他再延长装灯管的时间就把自己累着了。有一点羞恼，又不知为什么。蓓蓓是正确的呀。

周末到了，一般都是蓓蓓安排周末生活，他跟着享受就好啦。蓓蓓的休闲安排一点都不浪费时间，先去乡村俱乐部，再去购物，然后跟几个朋友吃晚餐。蓓蓓和他相爱，对亲近朋友并不隐瞒。这是蓓蓓顶让他舒服的地方。"吃完晚饭去跳跳舞吧。"

这次他在蓓蓓的周末安排中加了一条建议。

舞场上和床上，他都是支配者，一个小动作就能让蓓蓓滴溜溜转，让她晕眩。蓓蓓说她不想跳。脸居然那么冷，吓了杨东一跳。

蓓蓓大概感觉到她的生硬和不近情理，马上抚摸杨东的大腿。原先充满弹力的大腿正在软化。

"想都能想得出，那帮老女人怎么看我们。我们是真心实意的，相互喜欢，是有感情的。她们把你们这种男舞师想得很龌龊。她们跟男舞师都有点龌里龌龊的。"蓓蓓摸着他的大腿说完这段话，大腿不适，他想抽开腿，但最终没敢。

他想说他喜欢跳舞，十六岁开始跳，舞都长在身上，没有舞怎么有他？没有舞，连他俩现在的好日子都没有的。他想想还是算了，跟蓓蓓还没顶撞过；没有熟到针锋相对的地步。他是喜欢蓓蓓的，虽然喜欢中绝大部分是崇拜和尊重。就像崇拜和尊重石乃瑛，因为对他似懂非懂。反正蓓蓓不在家的时候，他可以跟 DVD 里的外国舞娘跳。他不能不动。他深知自己是章鱼那类动物，想法都在肢体上，表达也都是肢体的，肢体出去了，脑子才跟上。

乡村俱乐部吃午餐，游泳，都很好，左右前后都是上等人，上等孩子，整个顶层的上海社会此地占了一半。相互间也都认得，叫的都是 Helen，Vicky，蓓蓓也成了 Bella。回城的路上，蓓蓓把头靠在他肩膀上，听音乐，哼旋律。俱乐部是个小河浜，蓓蓓在里面如鱼得水。她问他的感觉，不是问开心与否，而是认为他一定开心："好开心吧？"

他说他很开心。他是蛮开心的，但还是少了点什么。他的开心口味重，就像工人新村家家户户烧的小菜，非臭即咸，浓油赤酱。做蓓蓓的情人、小老公，口味要变一变。日子长了，他会上流的，舒服豪华谁不会呢？

购物是蓓蓓每周都要做的事。这一点让杨东暗自庆幸，蓓蓓总有一点女人恶癖，说明她还是可以很女人的。他们总是逛上海最豪华的几个购物中心。蓓蓓带他走进静悄悄的品牌店，走到挂衣服的架子前，手指尖一件件拨弄价码在五位数以上的衣物。价签藏得越秘密，价码就越是吓人，怕你的皮夹不够壮你的胆子，因此店家藏起价签来是为你好。衣物们一件和下一件的间距相等，假如你的手指把它们拨近了或拨远了，售货员们（错。九十年代前叫售货员，现在时兴叫导购）都会幽灵一样无声地上来，重新纠正间距。衣物都给服侍得一尘不染纹丝不乱，远比人傲慢凛然，背直肩挺，跟它们比，店堂里晃悠的几个顾客（包括蓓蓓、杨东）都显得狼狈不堪。杨东感觉件件衣服都在鄙视他：你是什么东东，敢于问鼎我的价钱？谁是谁的主人，谁穿谁还没一定呢！

杨东起初指出那些衣服都是专卖给冤大头的。蓓蓓笑笑说，谈恋爱的人都是冤大头。此刻的蓓蓓手笔总是很大，拎起一件，朝杨东侧脸一笑，试试这件，穿了一定好看。杨东接过西装或者夹克，裤子或者 T 恤，她会淡淡地走到一边，坐在沙发上，翻杂志或者问导购要一杯矿泉水。她似乎对价钱不感兴趣，毫无当冤大头的焦灼感。等更衣室里走出个新装杨东，她才惊艳地抽一口气。杨东该去走秀，穿什么就把什么穿活了，跟着他身体剪裁似的，蓓蓓真诚地说。她总会上来拎拎这里，拉拉那里，再退后几步，两眼从上扫到下，就像自己刚打扮出一个大娃娃。她的东东是个漂亮东东，不逊色男名模。这种购物进行了几个月，蓓蓓送给杨东一张卡片，以后自己去付钱好吧。平常一个人想出来买东西，只要喜欢，Go ahead。这种时候蓓蓓派头好极了。再贵的东西她眼睛都不大一下。一顶棒球帽子要三千多，她同样对导购轻轻一句"包起来吧"。买半斤榨菜她也是这一句，"包起来吧"。杨东叫售货员不必麻烦了，用不着包，他把帽子戴起来就是。

走出商店，蓓蓓比杨东更心满意足，媚了他一眼。就知道他戴这顶帽子好看，也知道他一定喜欢这帽子。他顶着三千多块，把蓓蓓的媚眼收藏起来。又觉得哪里不对，好像该抛媚眼的是他自己。现在他不犯傻，问这么个小玩意儿为啥这么贵，因为他用功地做了作业，把蓓蓓带他进出的品牌都学明白了。这个品牌的皮件是全世界最贵的，尤其皮包，每一块皮子都有来头，是拍卖来的世界特等皮子。帽子只用了一小块皮革，要是整张皮革，非敲掉蓓蓓公司一个年轻律师两个月的工资不可！

她也是在这种时候最有劲。她的价值充分体现。她的辛苦充分兑现。一个人辛辛苦苦挣那么多钱为什么？多少年来她不明白，现在才算明白了。杨东的气质在这些衣服里被改善，趣味被一点点提拔起来，钱就花得值。不是吗，我的东东？

购物本来不是讨厌的事，购物购出门道，就是件有趣的事。也是学问啊，你能说一件衣服卖两三万里面没学问？杨东戴着世界上最贵的皮革镶嵌的帽子，走在溜光洁净的大理石地面上，跟着蓓蓓进了一家鞋店。鞋永远不嫌多，讲究的男人可别穿错鞋到错误场合去，更不能错误搭配衣裤，甚至袜子，那样可是坍台了。几年前蓓蓓跟一个男人约会，看见他雪白棉袜配黑皮鞋，胃口立刻倒尽。

杨东坐在鞋子摆出的半圆圈中间，检阅鞋子的队阵。也像是接受女导购的膜拜；女导购一个膝盖跪地，帮他系鞋带。蓓蓓还在为他挑选搭配鞋的袜子。女导购的头发泛出脑油味，多日不洗，脑油味都哈了。昂贵的鞋店里出去，导购们的住所不比工人新村强，洗澡要当项目做。假如他没跟蓓蓓同居，闻惯了蓓蓓的香头发，导购的脑油不会让他肠胃蠢蠢欲动。

女导购微笑搭讪："你妈对你真好。"

他猛回头，见蓓蓓拿着几双袜子正朝他们走来。女导购继续艳羡，说她自己的妈去世了，不然她会考大学的。

他发现自己已经站起来了。动作大概是极大的，把女导购掀翻在地。接着他发现自己已经来到蓓蓓的面前，袜底当鞋底。他怕蓓蓓听见女导购妈长妈短的胡扯；蓓蓓会伤心死。事后他想到，他不止怕蓓蓓听见那番有关母子的误解，也怕自己听下去。当然，还怕导购搞清楚蓓蓓和他的真正关系后会"啊?!"他穿着袜子站在蓓蓓面前，不买了，都不合适！蓓蓓指着那双棕色的，多好看啊，正好配你那条卡其polo裤子。不买了，快走！他脚心冰凉，袜子当鞋走出店门。蓓蓓拎着他的旧皮鞋追出来。啊呀，穿鞋子呀，地上脏死了！

好了，这一喊，"妈"的形象气质彻底到位。他回头瞥一眼女导购。对不起啦，跪在那儿朝他打千半小时，十几双鞋轮番为他穿一个遍，一个"妈"字用乱了，优良服务全白搭。三千多的棒球帽遮盖了杨东少白头，光剩了高中生脸，女导购就想当然地给这一对男女重排了辈分。

蓓蓓头一次看到杨东耍性子。原来他还会使小性子呢。这是蓓蓓获得的惊喜。女人不作，保不住宠幸，换了小老公，一样的。蓓蓓眼里，杨东作得不无可爱，鞋子都不要了，穿两只袜子跑路，活活一个大男孩。

当晚他们在美国会馆吃晚饭，来客是两对夫妇。蓓蓓介绍，都是美国的十年寒窗同学。蓓蓓爽极了，把杨东往客人面前一推，我的男朋友。四个朋友经过了四分之一秒的震惊，纷纷跟杨东握手。会馆有个小舞池，吃到甜品，蓓蓓拉起杨东来。一支探戈。所有的舞里杨东的探戈最出色，一探一退，俯身仰背，能跳出他的腿长身高，柔韧刚烈。蓓蓓有点儿献宝的意思。这一支曲子正是杨东带蓓蓓跳得烂熟的，每一步都走成了固定棋谱，蓓蓓几乎忘了双人舞中谁是领谁是伴。

场下两对夫妇大声喝彩。杨东俯身看着仰头的蓓蓓，半杯红酒在她偏长方的脸上喷出两团醉红。一个圈转过来，蓓蓓的嘴正好贴近杨东的颈窝，她突然道了声歉。对不起啊，刚才饭桌上聊天没顾上他，话题都是他东东不感兴趣的。刚才什么话题？杨东一点也想不起了。他们谈话时他在心里给他们一个个打分，夫妇甲男才女貌，夫妇乙的夫妻相绝顶，酷似兄妹，一样的丑陋厚道。蓓蓓又说，这些美国名校的海归派（我也学会了现在人的新词，留洋回国不叫留洋回国，叫海归）都势利得很，谁不懂中英夹杂的谈话，他们就冷落他。他倒是没觉得什么冷落，只是有点困倦。所以东东一定要给他们露一手，反击他们的冷落！

回到餐桌边，两个太太换了一副眼光看杨东。刚才杨东是空气，五个人谈话一句过来一句过去都穿过他，毫无障碍，现在杨东是个人了。跳得太好了！姓孙的太太跟杨东握手。饭前握的她自己都没算数。跳得好吧？蓓蓓的脸红得危险，青春痘就在那层红晕下面似的，东东跳得不错吧？人家从小是受专业训练的，参加过国际比赛。蓓蓓把冰水杯贴在脸上，眼睛从杯沿上端看着杨东，献宝是不需要含蓄的。姓李的太太坐不住了，巴望杨东请她跳一支曲子。杨东手势漂亮，把超龄美人李太太邀到舞池里。贵姓啊？李太太轻声问，现在她刚想起人家也有个姓氏。免贵姓杨。杨先生。太客气，还是叫杨东吧。

伺候李太太跳舞，等于在舞池里遛狗，推儿童车，用的不是跳舞的力道。问起跟张蓓蓓怎样认识的。杨东滑头了一记，怕蓓蓓的说法和他不统一,就只说,认识好久了,有一年多了。杨先生在哪里上班?杨东心虚了,不上班的先生也能叫先生?海归太太会怎么看?可是也不能随口诌一个班去上。他给李太太来了个高难的旋转,让她顾脚顾不上嘴。李太太给转到了地板上,一只高跟鞋放了二踢脚,"通"地一声落在提琴师脚边的地板上。

对不起,对不起!蓓蓓跑在李先生前面,跟杨东一块拉李太太。李太太倒下去比起来利索很多,等李先生赶到,她才弯弯曲曲地站起来,西施那样皱着眉头笑,说她自己自不量力,那点舞蹈基础就想做杨先生的对手。蓓蓓真心责怪杨东,跳起来这样没轻头呀,人家李太太不像我们,几年不下一次舞池!杨东弯下一米八二的腰身,罪过罪过,曲子选错了,太快!

夜里一点回到家,蓓蓓一句话没有。大家散场还蛮高兴的啊。床上蓓蓓很野,又像舞池里一样领舞。完事之后她马上起身,一丝不挂地站在窗前。窗外有光亮,上海的夜晚从来都是有光亮的。光亮剪出蓓蓓的剪影,她的背也是长方的。腰呢?胯上一边挖下一块才好,才是女人的线条。杨东用目光修着那长方的腰背。蓓蓓对着窗外说,李太太心眼太多,弄不过她,跳舞就是想从你东东嘴里套话,看看是不是舞厅来的舞男。亏得杨东及时以高难旋转替代了谎言。

蓓蓓光着身出了卧室。这种不开心杨东帮不上忙,越哄气越大。蓓蓓端了两杯葡萄酒回来,两人并排坐在床头喝闷酒。

"我跟她说,你在我公司里当财务助理。"蓓蓓杯中酒去了一半,她如实招出她的谎言。

"哦。"原来他给李太太使绊子使对了,不然就掉到她的绊子里了。

"跳舞的时候她问你了吧?"

"嗯。"

蓓蓓的酒杯一下子给放在床头柜上。很薄的杯底很细的杯颈,跟床头柜上的玻璃板碰击,一听就让人心惊。"你怎么回答的?!"

"……我困了。"

蓓蓓的手上来了。他一边肩头落了蓓蓓的一只大手。她的手哪里都好,就是尺寸不好。

"我还没说完呢,不准睡!"蓓蓓晃着他,嗓音多了点娇气。他闭了眼。这个蓓蓓比睁开眼看见的那个要好。这个蓓蓓不大讲道理,不太正确,横行也是小女儿的横行。"你到底怎么回答杰奎琳的?快说!"她把他揉来揉去。

原来李太太叫杰奎琳。他闭着眼,嘴巴张开来笑。"回答还不简单?……"

她的手一下松开他,提在空中。她的气也提起来了。

"你说什么了?"现在他闭着的眼皮外是一个女律师,审案子呢。

他翻了个身,给她脊梁看。"我把她摔倒了嘛。"

蓓蓓的身体贴了上来,挤着他的脊背,黑暗被她挤了出去了。蓓蓓膝盖顶着他膝盖弯子,两个顺拐的书引号,咯咯咯的笑声弹着他的后背。

这天蓓蓓下班回来，杨东已经把饭做好。清蒸鳜鱼，酿豆腐，一大盘上汤鸡毛菜。他是投她所好，无论荤素都少油少盐。蓓蓓大喜过望，原来东东会烧菜？！上海男人嘛，谁不会烧几个菜。一下午他照着网上的菜谱，看一眼走一步，又是量又是称又是掐表，比生手弹新钢琴曲还怕错。他坐在蓓蓓对面，看她挑起一块鱼背上的肉，抿进嘴里，发出一声性高潮的哼唧，他提了一下午的心才落回原处。一连七八天，他给蓓蓓翻着花样吃。他要做蓓蓓的先生，派的用场要逐渐扩大。派的用场要她那些海归朋友也认账。蓓蓓把清蒸鱼吃得只剩木梳似的一副骨架和两只眼珠。饭后她提出请孙姓和李姓两对夫妇来吃晚饭，让杨东露一手。

杨东提前五天就把菜单订出来。不能到时再把菜谱当陌生曲子，看一眼动一动，起码在蓓蓓那里会露馅。这次他把网上菜谱当千字文背诵，天天背，时时来个小测验，冷不防给自己来一场闭卷大考，终于烂熟于心。

六点半钟，客人迟到半小时了。上海高楼摞高楼，于是大家就人摞人地居住，周末等于把高楼摊平，摞起来的住的人家也就都摊开来，全潜出到同一地平线上，因此人和车黏稠地成了酱，当然是准时不了的。几个冷盘已经变色，洗净切好的青菜已没了精神，蔫头耷脑。清蒸鱼的水烧开又冷，冷了再烧开。清炒虾仁的食材放回冰箱又拿出来，拿出来再放回去。什锦砂锅最要命，炖熟也会焖烂，不保温又不行，于是炉子点着又熄灭，灭了再点着。杨东身上那块围裙给他用来擦手汗。七点快到了，他的嗓子眼堵了一大块，原来是胃拱上来了。谁说人紧张时最受苦的是心脏？杨东此一刻只想把乱拱的胃按下去。

　　两对夫妇一块到达。一对捧了一束鲜花，另一对拎来一瓶红酒。事先杨东求过蓓蓓，坚决堵住厨房的门，一个客人也不许放进来。他的厨艺是不经看的，最忙的是嘴，一字不差地无声背诵"精盐十六克、酱油一汤勺、白糖一茶匙，倒入锅中翻炒四十秒……"虾仁才能入口弹牙。蓓蓓当跑堂，半高跟鞋小碎步，学了一年多国标拉丁舞没跳出名堂，倒是出落出端菜的身段。最后一个菜炒完，蓓蓓进到厨房，替他除下围裙，拉直衬衫，一头撒了薄盐少白头也不忽略，用手指梳了又梳。

　　"记住没有？"

　　"记住什么？"

　　"啊呀，你在我公司做财务助理啊。"

　　"哦，好的。"

　　"知道财务助理干些什么吗？"

　　"不知道。"

　　"那也不问问！"

　　"好的。财务助理干些什么？"

　　"记账、出纳。记住了吧？"

　　"记住了：记账、出纳。"

　　"万一问起来，不要说错了。"

　　"虾仁都要冷了。"

　　美发也完成了，蓓蓓向后退一步，上半身后仰，眼光严肃，仿佛他是她刚画出来的。他的形象本来不坏，但是也不能含糊对待。她把那盘炒得芙蓉花瓣一样白里透粉的虾仁端起，想想又改了思路，把盘子换到杨东手上。她打开厨房门，在杨东背上轻轻一推。新鲜出炉的仿佛是东东。

五个人吃得酣畅，杨东一口也咽不下，胃还不肯回到自己位置上，反而越发往喉咙口蹿。他一句话都不说，生怕张了口客人们就看见他的胃。他听到客人们嘴里都是"杨东、鱼、虾、鲜嫩、蓓蓓、福气……"他看到几根微微打颤的手指，再一看，它们是自己的手指。

他咕噜了一句离席的借口，站起来往厨房走。回过头，发现谁也不需要他给什么借口。回到厨房里，他看看空锅，又看看脏兮兮的灶台，发现抽油烟机还在轰轰转动。病了，一定是病了。病从胃到手指尖，再到全身，不想让它们动它们都在自己动，比如胃和手指尖，想让它动却怎么也动不了，连抬手关掉抽油烟机手臂都使唤不动。打开冰箱，拿出一瓶啤酒，眨眼间灌进肚子，胃挣扎得很猛，但最终没有把啤酒拱出来。一会儿，第二瓶啤酒也下去了，胃总算老实一点，手指尖也乖了。

他伸头向餐厅看去，五个人的中英文叙旧被红酒润滑了，被什锦砂锅加温了。谁也没有注意到他的缺席。谁都没有惦念他。包括蓓蓓。

厨房的挂钟指着八点五十分。他脚下的啤酒瓶有躺有站，四个了。厨房就是好，一个个啤酒嗝自由自在地从他的脏腑冒上来，终于让他整个人通顺起来，通得像一个空空的大木桶。蓓蓓在餐厅里叫："东东！东东！"

还是有人想他的。他抓紧时间再打一个嗝，底朝天一般痛快。来到餐桌前，蓓蓓看着他微笑："东东，我们想听你讲讲石乃瑛。"

海归男女都不知道大半个世纪前的著名诗人。蓓蓓绝不肯牺牲一次献宝的机会，你们以为他只会跳舞炒菜吗？杨东笑笑。他知道自己此刻要讲话麻烦会很大，紧张倒是过去了，胃也归位了，但啤酒泡发了他的舌头。他对蓓蓓说："你讲好了。你不是也知道吗？"

蓓蓓说她第一次听到石乃瑛这个名字，就是东东告诉她的。那天两人散步，走过一栋石库门房子，东东说到房子里三十年代住过的一个少年天才，叫石乃瑛。过几天两人又走过一幢老洋房，东东又指出，洋房也是石乃瑛的。

那是错误的。我哪里来那么多钱买洋房？在华山路的洋房是我一个英国朋友 Peter Wiseman 的。他在家里常常办诗歌朗诵会，我在他的永久邀请名单上。还有就是我把钱糟蹋完之后，有时候常在他那里吃白食。幽会实在没有去处，他也会在地下室给我开房间。跟阿绿的幽会好几次发生在那里。因此我若带的女人是生面孔，他会在我腰窝里捅一下，笑笑说："Tell Green I said Hi."（告诉阿绿我问候她。）

阿绿从香港回上海做旗袍，我跟她去过一次 Wiseman 的洋房。我提前打了电话。等我们到了洋房前院门口，看见一张纸贴在门上，上面画了个箭头，箭头指向隔壁一个小烟纸店。这种情况下女老板常为他保管钥匙。女老板就是他的公文包，只会比他的公文包牢靠。阿绿跟我进了为我们预留的房间。地下室养了两只猫，眼睛是昏暗里的四点鬼火，对我和阿绿呵斥几声就消失了。我锁上门，打开台灯。这房间里是永远的黄昏。我从台灯前转过脸，阿绿退后两步。我张开怀抱，她又连退好几步。不能碰她，哪里都不能碰，否则离开了上海她每一块肉都会想我。爱到这程度，看一眼已经成了非分。看一眼都深入骨头。我们是没有 Lovemaking 也会相爱的人，是不是呢？阿绿问。不需要做那个，你也是爱我的，对吧？我放下手，点点头。诗都是没有器官的，没法子 Lovemaking 的，我用诗爱了阿绿两年多。就在那个只用两双眼睛进行 Lovemaking 的下午，我心里起了追杀她去香港的念头。

那天下午她一个人走的，约好第二天舞池里见。我留下来等 Peter Wiseman。恋爱这个病，好朋友就是医生。连外国朋友都可以开药。Peter 的苏格兰威士忌，加上他微带嘲弄的倾听，给我提供了一个温暖的急救所。我把 Peter 耳朵都灌满了，还是走不动，出不去。无非是一个舞厅来的女人，上海有的是舞厅啊。Peter 脸上嘲弄的表情就是想让我自己听听自己，热病胡话，荒唐不荒唐。他对治好我的热病很有信心。我说 Peter，我的老朋友，我要去香港了。

Wiseman 先生说："我希望你明天早上还这么想。"

第二天我在舞厅里等阿绿。那是八个小时的一场白等。

人们说我是为诗歌而生的。我现在知道，我是为阿绿而生的。女人生出孩子，也生出诗人。没有女人，拜伦怎么会疯魔？没有阿绿，我何必疯魔？

有关我的这一段，张蓓蓓的小助理查出来了。小助理现在是半个石乃瑛专家。就着清炒虾仁，蓓蓓讲的就是我去香港的动机。两对海归夫妇听得蛮着迷，我的故事下酒是不错的。蓓蓓的不公正之处是把小助理的功劳算在杨东头上。杨东听着自己在女老总嘴里成了另一个杨东，诗歌与文学史加在国标舞和厨艺上。杨东拼了命让自己派用场，派的用场还是远不够蓓蓓用。

　　此一刻拿我为杨东装门面呢，为此我不胜荣幸。第五瓶啤酒了，瘪肚子的杨东腹部富态起来。他正要插嘴，说他和我常常在舞池里相互礼让。酒喝到这工夫，杨东顾不上舌头喝肿了，特别想插嘴。可是啤酒在他食道里怒放出一朵花来，他的嘴唇刚一松，它便全然绽开："咕噜噜……"海归客人们把生理气体排放当成最最私密的事，意外排放之前都要抓紧时间道一声歉："Excuse me！"有时来不及把这个道歉说完整，哪怕"cuse me！"都行。都是个态度。关键要态度好。四个海归客人被杨东公然而自然的气体排放窘红了脸。蓓蓓到底是对付各种案子的女老总，马上以粗俗卖粗俗，在杨东胳膊上很亲地打一巴掌："Excuse you！"然后带头哈哈大笑。能够当面打响嗝，证明不拿你当外人，更不拿自己当外人。朋友到了讲风月秘密算抵达一个可观的深度，能忽略生理忌讳，深度就到了底。

　　杨东坐在那里，两眼焦距慢慢散去。蓓蓓把有关石乃瑛的大事小事都拿来当话题，杨东发现她真是下足了功夫。在蓓蓓这里没有什么是纯粹好玩的，消闲的。

　　从那天之后，杨东发现自己的胃常拱在喉咙口。露台上死了一盆栀子花,他出去新买一盆,打算把花店的塑料盆换下来。一天都给他晃悠过去,去朋友的小馆子吃饭,到区文化馆看人教昆曲,到了五点才回家。他穿上牛仔裤和旧衬衫,开始做园艺工了。大门锁孔随时随地会响起蓓蓓的钥匙声音。就在此刻,他的胃活了,动作很大地往上拱。蓓蓓的钥匙打开大门的时候,胃正好抵达他嗓子眼。他只能浅浅地喘气。胃比他知道隐情:他拖延一天时间,把换花盆这点儿活从早上拖到晚上,就为了让蓓蓓回到家看到一个忙碌的男人。蓓蓓在客厅呼唤了几声"东东!"他才从落地窗外站起,对蓓蓓扬了扬泥污的手。现在这个家多齐全,多像个家?出门挣钱的,在家干活的,各就各位,各司其职。家里没有一个男人还行?这种又是泥又是水的活谁来做?他百无聊赖的一天,就为了此刻两手泥一头汗的隆重出场,挣来蓓蓓一句:"忙什么呢?"

她明明看到他在忙什么,问一句表明她承认了他此一刻的状态——"忙"。那么他在这个家里有的可忙,就是有价值的,有角色的。只有他的胃替他难堪,他的胃生怕蓓蓓看出他的小题大做,小角色演大,因此焦灼不安。

"花店的花盆是塑料的,我把它换到这只瓦盆里。"他为正在做的显而易见的事情配解说词。蓓蓓难道看不懂这么明白的事?废话。

由此他发现自己养出这么个毛病: 一件明摆着的事情他总是要去解说。比如蓓蓓看电视,他把毯子搭在她腿上时会解说:"喏,给你盖条毯子。别受凉。"蓓蓓走进书房,他抢先一步去开灯,也会来一句:"我把灯给你打开。"厕所不干净了,他拎起马桶刷,翻开马桶圈,解说就来了:"马桶要刷一刷了。"似乎每件事做一遍说一遍就等于做一份工领两份薪水,出一次差报两次销。在蓓蓓这里呢,更像是出一次勤,打两下工卡。有一次蓓蓓坐在电脑前工作,他拿了块抹布过来。"键盘上有灰。我给你擦一擦。"

蓓蓓没有理会。手指头行云流水地在键盘上弹奏。她正写的什么让一块抹布抹成乱码吗?他站在她身后,无趣来了。在这个书房里,对于这一小部分的张蓓蓓他是完全派不上用场的。

蓓蓓是何等的洞察力?她跟他的谈话减少了,问她一句,不一定会有一句答话。烧出的菜放在她面前,一大半会剩下来。有时她会突然问,清蒸鱼连着吃了好几天了吧?他愣住了。想想看,是好几天连着吃清蒸鱼。可是鱼和鱼不一样啊,鳜鱼、鳊鱼、鲈鱼,鱼是换班的。他没有辩争。因为他是有短的,换鱼不换做法,做法反正背熟了,图个省事。他站起身去拉开抽屉,又忘了拉抽屉要拿什么。他拿了装牙签的小瓶回到小桌边,放在她面前。

"喏,牙签给你拿来了。"

废话。这么简单的事还要配解说词吗?明摆着做一份事想领两份情。

蓓蓓读着一份杂志。眼睛留在杂志上说:"你坐下。"

他的胃顿时拱上来。蓓蓓要他去旁听电脑课,学十八个月可以拿到证书。证书能让她在公司董事会上说话腰板硬一些。学会电脑入账,也是一桩正经工作。那么做舞师是不正经的工作?十八个月之后世界上会出现个用电脑记账入账的杨东,万千正经白领男士之一。以后司机开车载上蓓蓓和他,一道上班一道下班。蓓蓓还有话呢:他搬进她的地盘三四个月,她没看见他读过一页书,一张报纸。这不是张蓓蓓的男人。张蓓蓓该有个会用电脑入账的正经先生。哪怕装装门面。他从十六岁玩到现在,玩心可以收一收了。

"好吗?……嗯?"蓓蓓的手搭在他手背上,歪着头看他。

刚才无比正确的女老总发嗲了。杨东说他学电脑财会一点基础都没有。其实他已经让步了。学不学已经由蓓蓓决定了,蓓蓓不跟他商量,跟她自己商量,自己跟自己表决了他必须学的问题,他提出的只不过是基础问题。蓓蓓又来了,笑容刻薄,与其学什么都没有基础,不如就学最实用的:电脑。学什么都没有基础?不见得吧?国标舞拉丁舞呢?他感到脸容开始坚硬,五官锐利起来,嗓门也高了。那叫爱好!不叫工作。一个男人跳舞跳到老,算什么男人?

杨东从小桌边站起来。蓓蓓是因为爱他才为他操心的。不然他跳到老,跳成那个老克拉、老流氓,蓓蓓损失的就是一个爱人,一个可以栽培的男人,可以体面的男人。

杨东本来以为自己会砸掉那盆清蒸鱼。他可是个手重的人。十六年前他和另一个男孩摁住那个女工,把她脖子侧面的气管摁扁了,她才昏迷的,供那几个男孩在她身上失去童男子初夜。脑子缺氧时间不能太长,十六七岁的男孩们差点杀了夜开花。他向餐厅外走,所有感觉都在自己两只手上。

蓓蓓听见他直接走出了大门。听见他把BMW的钥匙扔在门厅的小柜上。

蓓蓓在第三天找到杨东。他回到自己四平米半的小屋，看了两天一夜电视。蓓蓓到达工人新村是黄昏时间。她不进门，杨东的母亲把杨东送到弄堂里。杨家妈妈告诉蓓蓓，小儿子脾气耿得很，良心是好的，得罪了领导请领导不要往心里去。杨家不大管孩子的事，孩子们小时候不问他们功课，大起来不问他们工作。杨东自己的房子都买好了，两居室，一百二十六平米，这就是工作出色的证明，母亲和父亲在邻里自然就是一对管教有方的老人。

杨东垂着头站在黄昏里。要不是爱他，蓓蓓何必屈尊到这里来找他？这里的黄昏实在不浪漫，很多赤膊的前工人阶级在院子里搓麻将，串门，骂社会。

蓓蓓要杨东跟她走。杨东问去哪里。去看一样东西。杨东不动。别以为只有坐在写字楼里的人类才是人类。走嘛。蓓蓓的手悄悄上来，拉住杨东的手。过一会儿，他手心里多出一把车钥匙。册那，杨东心里骂一句。他对自己的善心是没有办法的，就像他对自己的本质基本不坏较有信心。蓓蓓不太动人的眼睛此刻有着一种可怜。她爱他是实话。杨东很消极的一副样子，跟着蓓蓓上了她现在的座驾。司机是第二次来这个工人区，一声不响，女老总这只凤凰来此地钻鸡窝就是为这么个小男子。从后视镜里，他看一眼杨东，别身在福中不知福。

车到达后，杨东意识到，蓓蓓取悦、示爱、和解都是同一姿态，为他一掷千金。

蓓蓓在前杨东在后，进入一家店铺的门。一家卖手表的店铺。不知从哪里悄无声地来了个五十岁左右的男人，西装笔挺，假人似的，一股发蜡和香水味比他人早一步上来迎接。他跟蓓蓓是熟的，张口便叫"张小姐"。蓓蓓回过头，对消极的杨东笑笑，好节目要演出了。她先坐上柜台前面的一把高脚椅，然后拍拍身边另一把椅子。杨东坐上她拍过的椅子。一只爱犬的位置。

柜台上出现了一只手表，放在一个衬垫黑丝绒的方盘上。不知怎么一来，表带就绑在了杨东手腕上。稍微有点长，去掉两节，要么东东再胖一点。蓓蓓笑着。表分量不轻，卖表的男人说是铂金。恐怕只有百分之零点零一的上海人会买这种表。掏钱买这种表的人在上海人口比例中比得梅毒和淋病的人还少得多。蓓蓓跟卖表的男人低声讨论，他一串数字过来，她一串数字过去。男人说他给张小姐的价钱好得不能再好，已经跟香港澳门差不多了。接下去又说，这种地方店租贵得出人命，卖给张小姐的价钱实际是割肉出血的价钱。因为张小姐一腔诚意，为这块表来过七八趟了。蓓蓓掏出皮夹，从十多张信用卡借记卡里抽出一张，一边跟杨东说话，一边把卡交给男人去刷。上海人的信用卡是拉的，北京人是刷的，有意思吧？拉卡，刷卡，两个小时的飞机，叫法这么不同。蓓蓓说她不知道自己是哪里人，从小跟着父亲的军队医院走南闯北。蓓蓓话还没说完，男人拿着单子来要她签名。签名最能体现女老总的派头。一挥而就，抬起头对杨东笑笑。

当夜杨东也是被动的。蓓蓓拉起他一条胳膊，环绕在她自己腰上。他给她摆布出一个搂抱，那就任它去吧。蓓蓓把他的手放在她的胸上，等待手积极起来。杨东知道再不积极起来不成样子，于是一个鹞子翻身，蓓蓓如愿了。然而可怕的只有他自己知道。背上出来一片汗，下腹还是一片麻木。他的凶猛状都是做出来的，蓓蓓毫无感觉，在他身下小别胜新婚。这一夜他成了个力不从心的老男人，蓓蓓是正当年的新娘。他让自己不去想那只短命的伯爵表，他此刻的一身汗该不是让表的价钱给吓得吧？还是因为怕自己的"活儿"干得不够好，跟伯爵表的六位数价码不等值？他太把它当活干了，没有自顾自找乐，也想找，可是就是找不来，所以吃力，力不从心。原来男人不像女人，干这活儿太认真干不了，不快乐也干不了，至少至少，杨东不快乐干不了。

他是喜欢蓓蓓的呀。至少不讨厌她。怕她，但不妨碍喜欢。不去细看细究，蓓蓓也不那么老，算中年女人里最幸运的了，肉还紧绷绷的，脸虽然有点下挂，但皱纹很浅，粉底都可以填平。她的岁数一直是他最不愿意去想的，过去一块跳舞一块瞎混的朋友问起蓓蓓的岁数，他总为她撒谎，替她瞒掉五岁。那群混混朋友里偶然有个文化稍高点的，会拍拍他肩膀，还好，不像顾八奶奶跟胡四。

大概清晨四点多，杨东醒来。他是被瞪醒的。一个人在睡梦中被一双眼睛瞪着，瞪得太久，太专注，是会被瞪醒的。他眯着眼睛，看见身边坐着的女人。她的目光已经滚烫，就像亮久了的灯泡。他的脸和身上都被那目光烫伤了。她是在欣赏他。收藏了一件好东西，夜深人静拿出来验证：这是我的？

是——我——的。

　　手腕贴着伯爵表冷冰冰的脊背，杨东从此贵重了五十多万。他坐在课堂里旁听电脑课，听着听着就听到伯爵表里去了。那个小仪器擦擦擦地走动，走一步就是五十多万之一的寿命在消失。他听得心惊肉跳，惊心动魄。下课之后他怎么也想不起来课上都学到点什么。所有学生也都不知道他按时坐到那里，坐够时间就走是为了什么。这位戴伯爵表开宝马的"小娘舅"（学生们给他的昵称）有时会在竖起的显示屏后面眯一会儿，有时在那后面锉锉手指甲，打打手机游戏。杨东在显示屏后面的日子乌龟爬一样慢，明明感觉到半年过去了，算算才两个礼拜。哪里像在舞池里，跳八小时就像十分钟。十几年就这么华尔兹过来了，就这么探戈过去了，晕晕然，悠悠然，旋过了而立之年。杨东从电脑班出来，开车兜了一会儿风，发现兜错了路，兜到舞厅门口来了。

　　正是舞厅好风景，黄昏时分又逢君。他进了门就跟我撞个满怀。好舞伴身子总是在碰撞前电光一样闪开。闪开来，惊回首，才看清是我。按说他现在穿的这种裤子是入不得厅堂的：这种叫做牛仔裤的瘦三裤子。他在楼梯口给拦住，要他换条裤子再来。不过温经理还是认他的，跟守门的新人说情，这是东东，你夹着尿不湿（现在的尿布叫尿不湿？）时他就在这里跳舞教舞，别说东东穿牛仔裤，就是他穿开裆裤也可以进来。

　　杨东顿时恢复了东东的自如自在。老女生还剩下四个，另外又添出五个新的，她们自称早晨扭秧歌，下午学国标，周末跳新疆舞。看来热量还是挥发不出去，她们个个滴溜滚圆。教完基本动作，曾经相熟的四个老女生轮流跟东东跳华尔兹，满场子飞。虽然减肥没见成效，飞得还是轻盈些了。也许杨东自己重了。一定是他自己重了。该走了，该回家做晚餐了。该把厕所放手纸的架子修一修了。本来想好今天电脑班放学就跑一趟小五金店，买几颗螺丝钉。离新天地最近的小五金店在哪里？……哦，去它的，跳够了再说。我跟他刚错过去，一圈下来，又转过来。这才是真杨东，腿是杨东的腿，腰是杨东的腰，处处得劲，指尖都活过来了，头发丝眼睫毛都是触角，真正的杨东活过来了。他跟这个舞池久违了，不舞的时候他才知道，我舞故我在。

七点多钟，手机在牛仔裤里鞭策他的屁股。三十一岁的人了，动不动还有个打屁股的追在身后？去它的！他把手机掏出来搁在椅子上，任它去嗡嗡叫。老女生们吃杨东豆腐，东东穿牛仔裤老性感的哟！东东这条牛仔裤是名牌耶，至少要两三千块一条！谁不疼东东？换了我我也舍得花两三千给东东买裤子！杨东只是笑。

杨东进门已经十点多了。蓓蓓在书房里上网。他从书房门口经过，看见她长方的背影竖在皮凳子上。新出来的理论，腰背最好的保健是去掉椅子靠背，没有依靠，腰和背只能靠自己，后果就是背肌腰肌发达。慢说一个人，连腰和背都要独立，靠自己的好。这是个事事讲求正确的蓓蓓。他没有惊动她，知道她当然是早被惊动了，或说她一晚上都在焦急等待着被惊动。一晚上打不通东东的手机，她时时刻刻等着被他的回电惊动，被钥匙插入锁孔的响声惊动。寂寞在东东之前叫独处，独处在有了东东而东东缺席时才叫真正的寂寞。大概她一分钟前还在客厅里，听见他在紧绷绷的牛仔裤兜里挖钥匙才向书房跑步的。

　　浴室洁净异常，这是蓓蓓水准的洁净，海归人士的国际洁净标准，比杨东的标准高出一大截。空气都洁净无菌，进口柠檬洁厕剂微微刺鼻刺眼，最高标准的洁净对任何生命都是带有一点杀伤力。打扫浴室也比寂寞好受，蓓蓓把被动的寂寞变成主动的独立劳动。走进淋浴间之前，他掏出一摞钞票。他今晚的收入。多少不要紧，要紧的是那句格言："把自己的爱好当工作是最幸运的人。"水龙头被擦得太亮了，亮得毫无人性。他拧开开关，水都显得更清亮。

　　换上了干净衣服，杨东感到很饿。他不记得多久没饿过了。看来每天没有那一点小小的饥荒并不是福气。又从书房门口经过，蓓蓓坐得跟十分钟前一模一样。这次再由她去不行吧？他站在门口叫了她一声。蓓蓓不回应，肩膀回应了，上上下下抖动。他上去搂住她，看见一键盘的泪水。键盘可是要泡坏的。流泪的蓓蓓令他疼。原来男人对女人需要心疼的感觉。他欺负了她，只有很强势的男人才欺负女人，不是吗？他把蓓蓓抱起来，蓓蓓对不起哦……

　　蓓蓓伤心死了，十几个电话都被他拒接。手机没有在身边。那么在哪里？在椅子上。什么椅子？舞池旁边的椅子。蓓蓓大吃一惊，抬起脸，被他的诚实惊呆。那是她给他设的禁区，不对，禁区是他们俩一块设的，他自己给自己解禁。

他们是在厨房里和好的。大家让了一步，协议就达成了。他可以受洋罪学完电脑课程，但必须让他每周跳三次舞。跳舞给他充电，足够到课堂上消耗。蓓蓓当然要他快乐，东东不快乐，恶果由她独吞。前三个月她已经尝到那恶果，不快乐的东东都不可爱了，都有点让她生厌了。

两人坐在小桌边，举案齐眉，没有小小的不和，等于没有小小的饥荒，胃口会败坏，好滋味也浪费。但她还是提出条件，只能到那些不见经传的舞厅去跳舞。凡是能碰到原来那些老女生的地方都不能去，包括滕太和叶大师出现的地方。那些老女生到处钻，哪里会没有她们呢？老年大学。职工俱乐部。区文化馆。蓓蓓事先打听过，那些地方的气氛健康一些，严肃一些，有钱有闲老女人一般不喜欢。

生活在十层二楼上的老妻少夫给邻居们看成了模范。女的要上车，男的总是先一步替她打开车门。男的掏门禁卡，女的赶紧接过他手里的购物袋。仿佛四只手两双腿都受同一个神经中枢统筹支配，互补互助。有的邻居还看见两人在车上亲嘴：车子进了车库，不忙着下车，就忙着亲嘴。要死了，别人都为他们害羞。可是要好到极点的男女眼里哪里有别人？邻居们还注意到一个星期里有三到四天，两人回家很晚，都是头发湿湿的，面颊红红的，男的手上拎个塑料袋，里面装着两双鞋。守门人说两人一礼拜跳三四次舞呢。这个高档楼房里老夫少妻不少，常常吵死吵活，这对少夫老妻倒是度不完的蜜月。有时候两人各拉一只箱子出门，回来箱子上贴了航空公司的标签。有时一个周末不见，说是在太湖上游了两天船。神仙也不如他们过得美！

我在舞厅里碰到他，就知道要出事情了。那是下午两点多。他在一排储衣柜前面，转身看见我时，一动不动。

当年阿绿不也是临时取消舞厅约会的。她从头到尾心里就没打算再见我。在 Peter Wiseman 家的地下室，最缠绵的话原来是用来绝情的。一个人总比另一个人爱得苦一些，深一些。我和阿绿，我当然是更苦的那个。杨东和蓓蓓这一对，前者是受体，后者呢，是拿心和血投资的。本来想小玩一把，突然一天，蓓蓓发现心是不可以随便拿去做投资的，一玩就大发了。这让我惊奇，蓓蓓爱的方式在如今的人看，似乎老掉牙了。时代不对了，他们已经没人像我们时代的人那样去爱。对于他们，爱不是生命的最大主题，也可以有替代品，送一块名贵手表、一颗钻石、一个 Chanel 皮包就是送了爱。假如送一个公寓，一辆豪华轿车，就是爱的铁证。是比爱更要紧的爱。可是蓓蓓却像我们时代的人，用了许久的爱情替代品，最终发现她的心无法被替代。她是真爱了，心里有无数行无字无声的诗。每个真正恋爱的人心里都有诗，区别在于，极小一部分人能把诗提炼出字来，落实到纸张上。那极小一部分人叫做诗人。

杨东跟她事先约好在舞厅见。一个从公司出发，一个从电脑班直接开车过去。早晨说好，两人的舞鞋由蓓蓓放到她车上。此刻蓓蓓拎着两人的舞鞋坐在一张旧沙发上等杨东。看看表，已经七点半了。蓓蓓无法打手机，杨东的手机前一天丢了。一对对男女舞起来，蓓蓓发现卖甜点和饮料的女孩换成了个中年妇女。有个年轻男子走上来，问蓓蓓肯不肯跟他跳一曲。活脱就是两年前的杨东，白衬衫黑裤子，翘着个不大但鼓鼓的屁股，小腹往回紧收。蓓蓓拒绝了，连笑脸都没还一个给人家。让他放明白，她可不是到舞厅来猎小公鸡的老母鸡，产蛋期都快过去了。她发现那个小公鸡在周围兜了一圈又向她走过来。她觉得自己在他的念头里待一待都会肮脏，于是起身便走。走出的是女老总那种中性阔步。他在门口追上她，问她是否在等杨东。她站住脚，回过头。杨东下午两点来过一趟，很快就走了。他是来跳舞？没有跳，在储衣间的柜子里拿了些东西。

原来杨东在这里有储衣柜。他需要把什么东西储存在这里？蓓蓓等到九点，等得浑身没有一点气力了。她打电话给司机，说自己喝了酒，临时差他出一趟车。她真的觉得连开车回家的气力都没了。

一张卡片是第二天在大堂邮箱出现的，卡片上一行杨东的丑字："我走了，你好好生活。"既没有称呼，也没有落款。第三天早上，蓓蓓躺在床上，听着浴室里的寂静，不再有杨东发出的一连串声响：打开马桶圈，小便往马桶里下暴雨，哗啦一声抽水，然后是拧开洗脸池水龙头——水龙头总是拧得过猛，水花噼里啪啦乱溅，听听都知道是个多毛躁的年轻男人。有时她躺在床上会懒洋洋地喊一句："吵死了！轻一点好吗？"回答是嘿嘿的笑。

她慢慢爬起来，光着脚走进浴室。窗台上的植物的叶子有点发黄，杨东浇水浇多了。走前他连植物都瞒着，那么殷勤地浇水，把它们瞒得紧紧的。就像为她买来煮蛋厨具，一周里一丝不苟地为她煮了七天的嫩黄蛋。杨东带走的东西只有洗漱台上的剃须刀，她送他的礼物中，数它顶不值钱。

这里真的不再有杨东了。杨东真的走了。她逐渐找到他长时间预谋的证据。他的手机没有丢，一周后就好端端被寄回来了。伯爵表也在他失踪的第五天找到了，放在干洗店塑料袋里，塑料袋罩着蓓蓓的风衣，他只等秋风一起，蓓蓓需要添加衣服到壁橱里取风衣就能发现五十多万价值的表。那几件价值两三万的西服口袋里，放着蓓蓓给他的所有信用卡。BMW的车钥匙放在厨房抽屉里。保险箱钥匙，被压在蓓蓓整齐摞放的内衣下面，现在也是一股薰衣草香味。他只带走一张银行卡，蓓蓓和他一块去开的账户，户主是两人的名字。他用了多长时间来布置这个突然失踪？

蓓蓓的心空空的，眼泪都没有了。她瞒着所有人，最熟悉亲密的朋友此刻都远得如同另一个星球上的人。没人会懂她的痛，以及她表达这痛的语言。我是懂的，因为我也像她那样地爱过。我表达痛的语言不也没人懂吗？两百多首诗歌，到现在，大半个世纪了，他们懂了几行？

杨东失踪的周末，她来到工人新村。杨家二老给蓓蓓泡茶削水果，替儿子维护跟这个女领导的关系。他们已有三个多礼拜没见杨东了。杨东的两位哥哥那天正好带着老婆孩子来拜访父母，他们问杨东为什么不回来，也不接手机。一家人不像是把三十多平米的屋子搭成戏台,陪着杨东唱一出金蝉脱壳。蓓蓓突然觉得,面前世界上离她最近的,就是这对老实透了的工人夫妇。她的眼泪一下子流出来。

原来不是女领导。被纠正过来的关系让杨家老夫妇找不对自己位置,于是手脚都多余,不知该往哪里放。杨家妈妈傻了一会儿,拿来一条发黏的毛巾,要蓓蓓擦擦脸。坚持国际标准卫生的蓓蓓觉得毛巾上那股微酸的人味都是亲的。

"不要急,阿三朋友多,赌气跑到朋友家里住几天也讲不定的。"

杨家妈妈劝说这个比她小不到一个辈分的女人。

没有赌气。要是因为赌气就没这么可怕了。花好月圆了好长一段时间,失踪却一直藏在和平里,这让蓓蓓觉得可怕。

杨东失踪的头天早上,两人坐在厨房小桌边吃早餐。杨东按照西餐菜谱,给两人煮了嫩黄蛋。这种蛋要掐时间煮呢。计时器是在进口厨具店买的。还买了这几个蛋座。六个?可只有两个人吃啊。以后来了客人住在家里,早晨可以给他们煮蛋吃,省力。蓓蓓说她从来不留客人住在家里。杨东说她的父母从美国回来,能让他们住酒店吗?蓓蓓记得她吻了一下杨东的嘴角:小老公真好!杨东笑笑,用餐刀的锯齿替蓓蓓割开蛋壳,替她研磨了一点新鲜胡椒和盐,撒在微微打晃的嫩鸡蛋上。

蓓蓓怎么会想到,那是杨东最后一次为她煮蛋。超完美的服务。冰箱里一个鸡蛋也没剩下。他就是要伺候蓓蓓把鸡蛋一个个都吃完,才舍得走。这样他才给她留下足够的想念。在她心里挖的洞才足够深。她把过去两次跟男人的离散说成"血淋淋",这次才真正血淋淋。真正的血淋淋不见血。

十天后她开始回公司上班。推开公司的玻璃门,坐前台的吴小姐站起身,张总病好了?

她才病了十天,刚刚开始病。她的病是什么都拿杨东的离去做坐标:公司赢了一个跨国的房地产官司,她意识到她失去杨东十五天了。女秘书开始休产假,那是杨东走掉的第二十天。母亲打来越洋电话,说父亲摔了一跤,幸亏美国的草地厚实,没摔伤哪里,她心里想的是,杨东离开我已经整整四周了。

从此蓓蓓害怕回家。杨东把一个空空的房子留给她,那就不能叫家了。把房子卖掉呢?她急匆匆冲到楼下一个房地产公司。她住的那个楼全市著名,著名的邻居也很多,篮球足球明星有,电影明星也有。房地产代理人请求她不要再去别家找代理了。她点点头。代理人担保房价可以比她买时高三倍。她对着代理人摇摇头。代理人不懂她的摇头,糊涂地微笑。不卖了,不能卖。为什么?她再摇摇头。不能卖。一屋子代理人看着她走出去,不知道哪里得罪了她。不能卖,卖了东东找回来,怎么找得到她。他永远不回来,就更不能卖了,房子到底是个凭证,是个念想。有这房子,杨东就是死了,魂也能找到她的。

她坐在厨房的小方桌边,一遍遍审问自己到底爱他什么。最开始接触他,就是退而求其次的。舞场上,杨东是人家挑剩的，不是吗？难道她没有发现他给剩下是有理由的？他稍微缺那么点儿脑筋就是理由。有名片吗？没有，他抓抓少白头，笑笑。那么写一下电话地址吧，以后约课时方便些。他掏出一张别人给他的名片，在边角上写了一圈字。写得筋疲力尽，抬起头来，鼻尖上唇汗珠密布。那是她见过的最丑陋的字。他是站着写的，腿长身高桌子矮，全身都在帮忙，那条包臀的裤子都帮着紧张，最后写出那么一笔字来。当时她好放心，这笔字都能确保她不会喜欢上他。现在那张名片呢？她找遍所有抽屉、档案夹，最后在一个不用了的钱包里找到它。看着那些字，真丑啊，写出这一笔字来真不可饶恕。而她的泪水落下来。

杨东失踪三个月零一天，蓓蓓想到他们那次失败的"lovemaking"。那天是个周六，下了一天的雨，晚上朋友邀请蓓蓓和杨东去美国俱乐部吃晚饭。不论哪个朋友做东，总是有人点两瓶好酒。酒杯硕大，吹灯泡吹出来的那么薄，酒只盖住杯底。杨东已经跟蓓蓓学出风度，先是用鼻子尝酒，再用舌头和上堂以及牙床品评，总之口内每一毫米黏膜都不能闲着，各个部位的器官尝出的酒都是一层不同的滋味。品酒步骤很多，但杯子里终究只有那一口酒，怎么繁文缛节也喝尽了。第一杯酒喝完，杨东长臂越过桌面，大吊车那样拎起酒瓶，为自己倒了第二杯。这一杯他倒了半满。朋友们不约而同地看他一眼。雪白的桌布下面，蓓蓓的手指在他大腿上画起画来。他渐渐明白画的是什么，对蓓蓓耳语：八千元一瓶？蓓蓓笑笑，跟大家说一声"Excuse me"，起身走了。饭局结束，东道主向 Waiter 要账单。Waiter 说张女士已经提前买了单（现在结账不叫结账,叫埋单或者买单)。蓓蓓离席几分钟,原来去后台换下了东道主。蓓蓓不但买了八个人晚餐的单,还让 waiter 抱了一纸箱酒跟着他们到停车场,一路告诉朋友她没想到东东的嘴那么刁,一喝就喝出酒是什么价钱了,索性就买它半打回去。车上蓓蓓说,好像我们东东没见过好酒似的!多倒了一点儿酒他们就瞪眼!小家败气!让他们看看,八千元一瓶的酒怎么了,东东想喝天天可以喝!回到家两人都微醺,杨东脱了外衣鞋子,蓓蓓已经在床上了。应该很好的,路上两人就在热身,司机在前面开车都看出来了。上了床杨东却不行。蓓蓓安慰他,没关系,大概喝多了,都怪该死的酒!一个孩子碰壁碰破了头,母亲会去打那块墙壁:"打它!打!都是它不好!"母亲让孩子误认为墙壁欺负了他,帮他一块反击出气,于是孩子的委屈也就有了发泄出口。蓓蓓身边的孩子也碰了壁,酒就是墙壁,她也要好好地替他出气。不怪你,怪酒,酒是大坏蛋!

蓓蓓是那天晚上发现自己真正地爱上了杨东。就在杨东一身大汗,从她身上滚鞍落马,哭腔地说自己:"我完了!"的时候,蓓蓓突然晓得她对杨东是怎么回事了。这就是真爱了。哪怕他在床上不能胜任他为男人的基本角色,她也爱他;不,更爱他。他的身体都萎缩起来,自己抱住自己,脊梁朝着她,无地自容。她用手轻轻拍着他的背,说酒的坏话,酒最不是好东西。两人静静地躺了一刻,他却再次嗫嚅起来:"怎么办呢?"她明白他指的是什么: 本来他什么都做不了,只能给她做男人,此刻他连男人都做不了了。蓓蓓坐起来,索性把他抱住,光是那抱的姿势,就能让人知道她多宝贝他。她让他的上身靠着她,他的脸颊枕在她从未哺过乳的丰满胸脯上。她把话题绕开,讲晚餐席间的事。东道主诉苦,说自己可怜,只是每周末跟朋友一块吃吃饭,平时下班回家晚餐就是一个苹果。人们都疯了一样健康养生,可是谁又能给出证据,这样吃苦耐劳的保健究竟能给人增加几岁。蓓蓓笑笑,这样的话题太老气,东东这年龄的人毫无兴趣,把东东烦闷死了,不喝酒时间怎么捱得过去。是吗东东?她东拉西扯,杨东可以不去想他的失败,想他的釜底抽薪,让她的欲火烧起来,却半途泼冷水。杨东一直瞪着大眼,答案找不到啊,生龙活虎的他怎么就会不行了呢?蓓蓓眼泪都出来了。他那么想要她满足,尽不了心,有劲使不上,他惭愧成这样!

眼泪汪汪的蓓蓓说了一遍又一遍。她不图这个,没有这个她一样爱他。别去相信什么"三十如狼四十如虎"的话,那是下作人的下作脑筋里想出的下作理论。"东东,我要你,不是图那个",她长时间地亲了他一下,就在汗湿的鬓角。他看着她泪湿的脸,嘴唇上沾着他的汗。以后的日子还长,蓓蓓一定会让他相信,她确实不图他那个。日子久了,他一定会相信她。

可是他没有给她足够长的时间。他跑开了。

其实后来的十多天,两人一切正常就是没有Lovemaking。蓓蓓是想让杨东知道,没有就没有,日子还是好日子。她跟他常常在舞厅里疯,一支曲子都不落地跳,疯个够。回到家彼此心照不宣地都说跳得太开心了,累死了,累得真爽。舞池也是他们的床,舞蹈是他们的Lovemaking。难道不可以?

一天杨东接到母亲的电话,说她做了杨东最喜欢吃的菜,咸鱼红烧肉，要他回家去拿。舞厅出来已经十点，蓓蓓决定陪杨东一块回去，说她想看他小时候的照片。杨东写字台的玻璃板下，压着十几张一寸照片，从三岁的东东到十六岁的东东。到了杨家，老夫妇已经睡了，杨东和蓓蓓潜入了四平米半的小屋。打开台灯，蓓蓓趴在写字台上，眼前是童年到少年的东东。趴着的蓓蓓撅着宽大的胯，杨东从她背后贴住她，两手从她领口伸进去。这小屋曾是他们的洞房。蓓蓓制止了他。才十点半，万一杨家老夫妇没睡实？

两人急不可待地往家赶，咸鱼红烧肉忘得一干二净。杨东开车一路超速，闯过一个红灯惊险地停在交叉路口正中间，幸亏半夜了。他向蓓蓓转过脸，她看见他瞳孔都散了。她当然也爱这匹发情的公马。这一路他都是在想要她。引起男人如此的饥渴，蓓蓓身体忽地一下着了。

那一夜就像是他们偷来的，两人就像活不到第二天了……

这天蓓蓓公司里来了个新律师，四十一岁，刚刚海归，学历经历前程都无比辉煌。整个公司开了个欢迎午餐会。蓓蓓跟他交谈，他暗示自己单身。蓓蓓看着他饱满的前额，自信的眼睛。你单身又怎样？此刻她突然想到，这是她没了杨东的第一百二十天。这个新律师那么优越自信，当然，他是被社会认为很有出息的那种男人。他一切的一切都让她意识到她对杨东的爱有多简单多纯净。杨东不优越不自信，不认为自己有出息。因此她爱他才爱得心里作痛。东东你不必有学历，不需要社会附加价值给你优越感，把那种叫做"出息"的东西剥干净，给我一个净身的东东都够我爱的。她要的杨东都给了。杨东呵护她时是个小爸爸；依赖她时呢，又是大儿子；动起来是舞伴，静下来是她的一幅画。杨东的拥抱多么好，紧紧的又是柔韧的，恰好把人和人所有的距离挤出去，世上有杨东这样正合适的拥抱吗？她对新律师说了一声："Excuse me"，从欢迎午餐撤退出去。

其实杨东又回到了原来位置。回到老舞厅里。他喊操令，带领六个五十多岁的女学生华尔兹，探戈，恰恰。女学生的成分有所变化，现在主要是退休女职员、女教员、女店员，曾经那些阔太太升级了，跟上了级别更高的舞师。这个不三不四的交际圈子里，假如以叶福涛那样的舞师为中心，或说为塔尖，一级级往下排，杨东排在最低一层。他本来级别不高，脱离这圈子一年多，三十二岁回来，老舞厅山不转水转，风水轮流好几圈了。刚回到老舞厅里，女学生们背地里就咬耳朵：这个舞师年龄比较大。其中一个坏些的说，屁股也比较大。他回到老舞厅三个多月，身材才恢复如初的。此刻我跟他照面，一个狐步交错，气流擦着气流，他知道我对他的秘密是明戏的。

张蓓蓓偶然翻出助理收集的《石乃瑛诗歌大全》、《石乃瑛传记》、《石乃瑛舞步中的上海》、《石乃瑛诗歌中的上海》……最近学院里突然又流行石乃瑛热，谁都想搜寻我，拼凑我，解读我。被人读不懂的东西就有这个好处，什么时候都可以供人做注脚，供人争争吵吵，相互推翻，重新再来。我的书和有关我的书被出版社一版再版,给我归纳成这个流派,那个流派,我又是上海滩的一道风流。什么都是有定数的,时髦也一样,石乃瑛又进入了时髦的轮回。等于衣服时尚的流行,其实花样就那么多,过一阵一定会卷土重来。再从箱底翻出老货色,恰是新出炉的时兴。我就是那样,压压箱子底又被拿出来晒晒,又流行起来。

我和阿绿的一段段故事,蓓蓓读了又读。读石乃瑛,对于她是温习杨东。最初识我,杨东是介绍人;现在读我,就连缺席的杨东也强似完全的寂寞。那些有关我的故事,蓓蓓多少次和杨东靠着床头,脑袋并脑袋一块品读。书页上几十年前生的霉,气味还那么新鲜生动,让他们读来身临其境。现在蓓蓓的脑袋靠在床头上,书上一行行字毕竟给杨东的目光普照过,霉斑依旧,霉菌也是生命,还活着呢。蓓蓓读到阿绿怎样离开我,我又怎样到香港去找她,心里很酸,原来会不会爱是天生的,人生来爱的能量就有大小之分,给予者都没有好结果。太会爱的人都是苦命。

杨东消失后的第二个月,蓓蓓其实发现了他的踪迹。侦探就是他们共同的账户。这个账户里一共有十万元,蓓蓓把卡交给他时说这是两人的零花钱。那天一笔两万的提款让她放了心,他还活着。蓓蓓甚至有点开心,他没有完全把她蓓蓓当外人,手头实在紧没有跟她太客气,还是从她这里变通。他两手空空离开了她,她心里那点隐隐的吵闹平息了,那份隐隐存在的怀疑也破除了:他对她的财富没有图头。蓓蓓有着一切有钱人择偶时的担忧：谁知他（她）是图我的钱还是图我的人。而杨东的回答已经给出了：不图她的财富。顺着逻辑，蓓蓓得出的逻辑比较令她满意：既不是图我的钱，就是图我的人喽。结论是一年多的同居就是因为感情。因为喜爱。正如她喜爱他，一切动机图谋目的都始于此止于此。

蓓蓓出去参加了几回晚会、酒会，努力自拔，希望出现个人帮她解脱。一次朋友生日，客人们跳起舞来。蓓蓓老人一样坐在边上。看见一个男人向她走来，她赶紧起身走了。不能等人家邀请再谢绝，那就累了。她不会再跳舞了。舞在她身上已经死了。最后的青春也死了。她凭吊的可不止她那一段感情。

杨东离去半年后，他们共同账户里又走掉两万元。这么长时间，她才看到杨东又出了一个动作。他手头又紧了。不知在何处的杨东手头紧的样子，蓓蓓真想看见。她查出款子是在一台取款机上被取走的。杨东留了一条线索让蓓蓓牵在手里，是存心，还是疏忽？再一查，发现取款机在一个遥远的地方，一座从未听说过的小城镇。从我身边逃开，需要逃那么远吗？蓓蓓由此想看到自己其他面目，自己隐瞒了自己的那些面目，是霸道的？凶狠的？还是自我正义感太强让人在争辩之前就放弃，惹不起躲得起的？……她年轻时跟她父母说过，别想让她说 sorry，她做事总是争取做到百分之一百二十，确保把事情做对，因此她这辈子少说或者尽量不说"I'm sorry"。

蓓蓓乘飞机到成都换长途汽车，去小城镇的路程并不长，两个多小时就到了。小城有条大江，在城里许多地方听得到涛声。小城以这条江和江上古老的大坝著名。城外还有一座山，山上是几座道家庙宇。对于大都市的人，小城风景里虽然也都是人群，但仍有一种不驯服的美。走上大坝，蓓蓓脚下的地面发颤，江水冲了两千年，没有冲倒大坝，蓓蓓告诉自己不必担心。大坝上的人跟淮海路差不多，你给我照相我给你照相，取景框里的人一律举着两个手指摆出"V"。这个手势从美国一路俗到这里，到这个大坝上，俗得看不得了。一个拿着照相机的人在蓓蓓面前晃了一下，等她下了大坝，一个人笑嘻嘻地举着两张蓓蓓的照片，要她选一张，一张二十块。蓓蓓把五十块的钞票塞给他，接过两张照片撕碎，扔进江水。大好风景被糟蹋，蓓蓓觉得自己也有责任。

　　杨东是做俗人做够了，突然出世，来到这里？蓓蓓找到那个银行。涛声似乎就在耳边拍打。银行里三个职员，一个经理，都看出进来的中年女士是大地方人。来存款或是来贷款，都是小银行的福星。经理诚惶诚恐地回答蓓蓓的提问。外地人来旅游的多吗？多！多得很！一年比一年多！五星级宾馆去年就修起两三个。上海人呢？也不少！现在的人想开了，尤其大地方的人，有钱到处跑！有没有上海人来此地居住？经理笑笑，这倒没听说。三天前从门口取款机提取两万元的人，不晓得经理先生有无印象？来取钱的人太多了，咋会注意到！经理打量蓓蓓的银行卡。也是工商银行，上海开户的，一张卡两个户主。另一个户主的名字？姓杨名东，半年前也在这个银行取过款，那次是两万，从柜台上取的。经理眉头皱成一坨，四十多岁的人电脑技术不太灵，没有把握能查出来。经理更感兴趣的是故事。两人共同开户,不是夫妇就是母子。是大姐你的儿子离家出走?不是儿子,是个亲戚。跟亲戚搭伙开账户?什么亲戚大姐你这么轻信?头一回给他整走了两万,就该把账户关了的呀,怎么又让他整走两万?

这个小城镇,四万元能养活一大家子人一年呢。一个发电站工人两年的工资。一桩大案,经理打包票把那龟儿查出来。蓓蓓明天再到银行听回音。

果然查出来了。头一笔两万是在柜台上取走的。取款单的底单找到了,上面签了名字,杨东,是他吧?蓓蓓看着那一笔丑字,丑得她心又作痛,眼又发潮。头一次他撅着屁股趴在桌上写名字,裤子都要给他撅绽线了。那时候她多放心,自己是不会喜欢上他的。她如何晓得,他从头一次给她写下名字,命定地就已经做她的冤家了。

经理说,她现在就可以关闭户头,一个电话的工夫,账号就吊销,以免他二回还来搞她的钱。蓓蓓看着"杨东"两个字。现在整个一米八二的人就剩给她这两个字了。世界这么大,杨东为什么选了这个小城?什么是他在这里安身立命的根本?除了跳舞,他什么也不会,这个小城需要跳舞的男人吗?她谢了经理,说马上会按照他的建议打电话封账户。经理送她到门口。大姐慢走,回上海一路平安。她在门外停住,回头看见经理还站在原地,再见的巴掌还没有收回。城里没有搬来过上海人?这个真不清楚,去派出所嘛,可以让派出所帮忙。

派出所也帮不上忙。现在的人想住哪里就住哪里,往哪里搬家都自由,户籍制度在你们上海北京还有点用,过年过节把外地人撵撵干净，撵回我们这种小城市。反过来，我们的小城市，你们上海来的，北京来的，都欢迎，帮助我们经济繁荣嘛。派出所所长穿着上海过时的腈纶翻领T恤。大姐找的人要是杀了人越了货就两码事了，我们一定帮你找。他没有杀人越货吧？

没有没有。给这个小城的人当大姐的张蓓蓓退出派出所。怎么没有杀人？原先那个理性的独立的拿得起放得下的法学博士张蓓蓓不是被杀了？现在这个千里寻夫的女人跟原来的张蓓蓓哪还有一点相似处？现在这个大姐真像个普通凡俗的大姐，就是横贯上下几千年苦命痴心的女人。难怪她那么伤心，因为悼念的不止一段情感，还悼念原来那个夸口绝不说"sorry"的张蓓蓓。

小城倒是有几家舞厅。蓓蓓住的五星级酒店旁边就有一家舞厅。全世界的舞厅都是蓓蓓的伤心地，一旦路过她就远远绕行。晚上九点，她给预感和一种遥远的危险征兆诱惑到小城里最昂贵的舞厅。装修布置和灯光俗得她眼睛都睁不开。似乎是摇滚音乐，迪斯科跳到这里走样走得蓓蓓不敢认。一大屋子的人谁都没有伴，都在跟空气打架。蓓蓓问卖票的人，除了迪斯科还跳别的舞不？啥子舞都跳，正规得很，上海老师来教的哟。

看看，逮住你了吧，东东。

舞厅大堂的墙上，挂了五六个镜框，第一个镜框里就是杨东。上海老师杨东在此地不是一般人，就像当年上海人看海归的蓓蓓。杨东在小城里，等同于上海名舞厅的叶大师。杨东不远万里，来这里享受大师待遇。照片上的杨东一副大师派头。就像图书馆墙上的鲁迅、巴金、茅盾，就像美国大学文学系墙上的托尔斯泰、雨果、狄更斯。就像蓓蓓和杨东去过的那些老书局、咖啡馆，人们给石乃瑛的待遇一样，镶在厚重的镜框里。假如把托尔斯泰、狄更斯、巴金、石乃瑛给请到此地来，小城给的待遇也会相等，全部把他们镶进镜框，挂到墙上。也许小城的年轻人会问："沈从文？是哪个哟？认不到。"

一个拿扫把的姑娘远远看着蓓蓓。蓓蓓回过头。照片里都是上海来的老师吗？两个是重庆的。这个上海老师今晚来不来？走喽。去哪里了？晓不得。

蓓蓓把城里所有舞厅都勘探一遍。每家舞厅的墙上都挂有杨东的照片，似乎杨东的照片是舞厅的执照，级别证明。至此为止，蓓蓓尚未在小城任何墙壁上看到鲁迅之类的大师，连小城的市长也没享受镶镜框的待遇。人们都说杨老师走了，教会了小城的人跳国际标准的探戈、华尔兹，就走了。杨老师教舞教得绝了，钱倒不多收。杨老师教会了千把人华尔兹探戈，拉到体育场去，千把人成了上万人，上万人的华尔兹探戈，杨老师在观礼台上给大家挥手。不过杨老师还是走了。

上海人终究要回上海。上海人终究容忍不了外地人。

蓓蓓第二天就飞回了上海。不能找上门。再到杨东父母家哭一场，无论如何不可以。哪怕杨东对她还有一点儿留念，那么不要面孔的做法也会倒尽他的胃口。蓓蓓有时候会到曾经跟杨东去过的地方重游。她不向自己招供，其实她想去那些地方碰运气，反正是大海里捞针，只能去曾经泊过船的地方。

　　于是她就想到了我。也许石乃瑛能帮点忙。因为张蓓蓓跟杨东的关系发生质变，是从杨东谈起石乃瑛其人其诗开始的。蓓蓓闲逛那样走进我跟阿绿幽会过的老洋房。地下室开出一家茶室，张贴月份牌美女，花露水广告，老电影招贴，反正是卖弄老上海，吃定了老租界。蓓蓓看见我在幽暗的那一头。杨东多次跟她说过，舞池里他和我相互让道，配合默契。她选了一张小桌坐下来。选它的目的在于她可以打埋伏，守候每一个进门的人。此地她跟杨东来过两次。第一次这片店堂卖小礼品，手绘丝绸领带、围巾，手工编织的手套帽子。杨东拿起一个细绒线编织的手机袋袋，水蓝色，图案是白色鹭鸶，确实是一件精致东西。蓓蓓见他拿着袋袋四处看，找收银员，收银员正在她身边，她掏出两百元放在台子上，不够？再拿出五十。杨东急匆匆过来，小腿的迎面骨碰在一个矮货架上，一面弯腰揉伤，一面掏出钱，整两百五十。不用了，已经付过钱了。一些陌生的肌肉在他脸上运力，他把一副哭相压下去。蓓蓓此刻想，是碰痛的腿还是送礼计划被打破让他几乎要哭？

　　后来又发生过一次类似情形：蓓蓓在公司收到一个包裹，打开来，竟是一件崭新的羊绒大衣。专卖店直接送来的快递。手机短信跟着来了：今天傍晚降温，不要感冒。她认识大衣的logo，至少花掉杨东三万元。她替他心疼，过去他教一天探戈，苦累大半天，才累出一千元，一件大衣是多少天的探戈？大衣样子不坏，不过也不特别讨她喜欢。下班前她打电话给杨东，火气是装出来的：怎么不数一数壁橱里挂了几件羊绒大衣！你钱来得太容易是不是？杨东急得口吃，不过……不过壁柜里的羊绒大衣都不是我送的呀！蓓蓓还是火气很大，东东你不知道吗？你花钱我心疼！回家的路上蓓蓓让司机兜了点路，去专卖店退了货。接下来呢？接下来杨东一晚上不把脸朝着她，始终朝着电视机。她没有给他面子，他窝火，闹情绪。她挡在电视机和他之间，蹲下身寻找他的眼睛。他不是窝火，是委屈。不对，此刻再想，她觉得委屈还不能概括当时的他。她当时在他眼睛里看到的是畏缩，还不止，还有她最不要看到的：自卑。他的自卑让她好痛楚。想想看，他什么时候表示过愿望，想去她的公司看看，看看给四十多位大律师开薪水的蓓蓓什么面目？你对我上班的地方不好奇吗？他笑笑。我的办公室可以看到浦东的东方明珠！他还是笑笑。此刻她想到，那个笑容可以用来定义"自卑"这个词。

坐在茶室里的蓓蓓想，假如东东回到她身边，她再也不会退掉他的礼物，再也不会破坏他送礼的自豪感，再也不会让他自卑。假如东东回来，她不知道究竟该做些什么，但至少她已经知道，不该做的都是什么了。豪迈地为他花钱，她再也不会了。在朋友面前为他一掷千金地买下整整一箱上世纪八十年代酿的红酒，她再也不会了。因为那种时候他不是个丈夫，连情人都不是，只是个宠物，还不及胡四儿。你张蓓蓓是文明人，你有权利把一个原本自食其力的年轻男人矮化成胡四儿吗？

我看着沉思的张蓓蓓。这是一张适合沉思的女人面孔，不够漂亮的五官被沉思协调起来。张蓓蓓的容貌蛮奇怪的，一双眼睛巨大，可是不美；眉毛有型有色，一条鼻梁不低也不歪；

嘴巴是大了点，但他们现在这年代时兴大嘴。按相书来说，蓓蓓的脸是主贵的，审美却是另一回事，五官七窍不晓得谁跟谁搭档没搭好，造成了某种浪费——造物主在布局这张脸的时候似乎太铺张，一份标致本来正好，却用了双份，最终的效果是过火。大大地过火。还让我想到一个比喻：一锅子里烩的都是好东西，鲍鱼燕窝熊掌鱼翅，样样都极其鲜美，放在一起反而没了主次，吃不出名堂了。但这一刻的蓓蓓很好看，茶室光线是古典画中的，一盏民国油灯又非常点睛，静思的蓓蓓与她自己与外部环境都和谐之极。我遗憾杨东此刻没有一脚踏进门来。

蓓蓓的沉思有了结果。她一直当爷们却让杨东像爷们一样对待她，拿她当娇妻，当美妾，当揉得碎焐得化的美眉。可是她事情是怎么做的呢？买一箱子好酒，每瓶八千，老子尽你东东喝！老子要让那些少见多怪的人开一回眼，我怎么宠着你东东喝痛快！派头大吧？这么大的派头把她的东东差点阉割了。

张蓓蓓坐在茶室金黄的光晕里，心里吃的苦只有我知道。就是这时候，我见证他们的时代也有像我那样去爱的人。像我那样爱，总不会有好结果。

阿绿也苦，她苦在受人摆布。王胖子摆布阿绿，我呢，被阿绿摆布。我到香港是一九四〇年一月，原来的主笔创办一份杂志去了，我就在报馆顶主笔的缺。报业公司的董事长认为上海不再是我待的地方，待下去只能闯祸。日本人已经看出我的诗里藏刀，大有其他名堂。董事长觉得我作为抗日精神领袖价值更大，而在上海被日本人当一般煽动分子消灭掉比较可惜。

大材小用不可，大才小灭同样不可。香港比较起上海，自由得多也安全得多。

阿绿跟我在一切你能够想象和不能想象的地方幽会。我的小公寓是主要落脚处，但不久发现门房的眼光在我们两人脸上搜查，阿绿说什么也不敢再来。我赴任报馆主笔，好几家报纸登了消息，王融辉留心不留心都会看到。香港挤满了上海人、南京人，马来亚和印尼的华侨。王融辉在香港股市投机，又在地产上投机，不知多少油水进了腰包。国难对这种人总是大好的事。打点几个人盯着阿绿才多大点破费。我有时在二流客栈开个房间，阿绿来了也是做贼一样，半天手心都握不暖，眼神也活不起来。后来带她在舢板上吃船家饭，多给几块钱让船老大放下船篷帘子，阿绿才又是阿绿，身子会应答的，躺在黏潮的薄被上，把平时我逼问的"离婚？""逃走？""远走他乡？"统统回答给我。两人的探戈，我总是一直逼进的那个。

我知道阿绿爱我，但没有爱到私奔远走的地步。远不到那个地步。情可以偷来享受，那么就偷下去。对于偷，阿绿没有多大成见，绝不歧视。她们那个阶层的人，谁不偷点什么？偷是给自己行方便。阿绿搞不懂我为什么不要方便。有一日情偷便算一日，爱到哪段是哪段，到头来没有棒打不散的鸳鸯。我们哪里都去，除了舞厅。王胖子不让阿绿去舞厅，觉得是放虎归山。他自己陪在身边也不让她跳，怕人家看出阿绿原本就是舞厅的种，根是扎在舞厅的，从舞厅蠕爬出去，花繁叶茂的。阿绿一舞起来，你就知道人天生的不同，生来是各司其职的，阿绿天生的肢体腰身肩颈头脸里注满了舞，是舞催动她的一动一静，风情曼妙不是教坊育化，是上天造化，鱼要摆尾，蝶要展翅，阿绿起舞，都是没办法的事，同样的物竞天择。这天王胖子为了一桩买卖去澳门，她拗不过我，跟我去了某饭店的舞厅。一晚上她都左顾右盼，眼风告诉我，舞者里一定藏着王融辉的耳目。

可是把我扭到一边的却是抗日志士的耳目。耳目姓韩，也来自上海，到报馆里跟我见过一次。他在我的诗里读到的就是反日，读不到我害着阿绿痴病。阿绿被那块股市投机的肥肉压迫蹂躏，对于我正是国土被压迫蹂躏的诗歌意象。阿绿让我的爱饱受屈辱，而我对故乡的爱正是我的私处，裸露给外族麻木不仁的眼睛。韩先生从我的诗里读到他想读的，就像许多怀着莫名渴望的人在我的诗里读到他们想读的。我的诗放在书店，在杂志和报纸里密密麻麻丛生，供人们各取所需。韩先生说我是使命重大的人物，怎么可以随便浪荡在舞厅里？上海租界前天被日军占领，接下去就是香港。现在上海最需要你，韩先生这么说。

他打发开阿绿，要我干点男儿们该干的事。回上海去，暂时收起锐角，趁伪政府正在招兵买马，把最重要的杂志夺下来，阻止日本人和伪政府从国人内心进行奴化，像他们对台湾人那样，几十年奴化得他们舒舒服服。我听出来他的意思，他的组织需要我进入日本人的体制内，做一帖慢性毒药，以毒攻毒地抵制奴化。地下抗日战士，他们是这样看自己的。战士们各尽所能，暗杀的暗杀，绑架的绑架，我的职能是防止文化人士的变节，防不了的，就把他们交给专职暗杀或绑架的战士。

太平洋战争爆发，香港满是间谍，这个舞厅里一不当心撞个满怀的，不是这家间谍定规是另一家的，或许既伺候这家主子，也兼领那家薪水。韩先生要我做的，无非也是文化间谍。我跟他道歉，上海暂时不想回去。韩先生看着我，难道是高看了我？珍珠港都被轰炸了，法国都投降了，上百年的英美法租界都被取缔了，石先生您的热血呢？此时阿绿走回来拉我，还跳吗？不跳回家吧。

从那天起，无论我去哪里，哪里就有韩先生。盯梢或者保护，随你理解。我不跟他同道，至少他要确保我也不跟日本人同行。阿绿跟我偷情，不方便竟不是王胖子造成的，是这位姓韩的地下抗日战士。阿绿和我从舢板上岸，接船的竟然也是这位韩先生。厚颜的我笑笑，羞恼坏了阿绿。

"这种不识相的人见过吗？属生铁锅的对吧？你这条黄鱼翻个身，一身皮都给他粘掉！"阿绿尖起声音，跟我说话眼睛瞅着韩先生。

韩先生不与她一般见识。心里有大目标的人只奔着那个目标，其他对于他都不存在。那时候我已经成了他的组织的下一个绑架目标，只是在当时我们都不知道，连韩先生都不知道。他的组织分工精细，该干什么的绝不越界，韩先生该干的就是感化我，启发我，把我身上沉睡的那个斗士唤醒。等我被绑到一个房间里，韩先生从门口进来，看见我，那一脸惊奇绝对不是装出来的。绑架我的目的其实跟韩先生一致，就是要给我灌输些大志向，回上海，打进敌人内部，做一名地下抗日斗士。我在地上难道就不抗日？并且我一向是个自由人，我愿意按照自己的安排抗日。

韩先生谈不下来，退出门，进来的人一看就是不读诗的。他一只手消失在西装口袋里，一个圆圆的孔从薄毛料下面顶出来，清清楚楚。他跟我没那么多商量，告诉我，很快送你回上海。

我答应下来。有生以来这是我第一次被置于真枪的对面，尽管枪口暂时还不好意思露头。我脑子原本很清楚，筹款步骤，潜逃路线，在真枪真刀面前全乱了。在我被绑来"谈一谈"的时候，我盘算让上海的亲戚贷给我一笔钱，祖产的房屋可以押给他。再就是从出版商那里预支我下两本书的稿酬，虽然只是点零碎小钱，替阿绿添双鞋子、裁件旗袍总是好的。我怎么这么晚才认识到钱的好处？跟阿绿我也不打算商量，船票先买好，拉上船她就回头无岸了。漂泊到哪一国都行，我反正可以当教书匠，养活阿绿是不难的。将来会有个把孩子，假如再来个小阿绿，人生还缺什么？

房子抵押出去，稿费也预支了，我怀揣两张船票约阿绿见面。她气未喘定就对我说，王老板决定带她回上海。王老板想念上海的小菜，上海的沪剧，上海报晓的刷马桶声，连上海的午夜卖青橄榄的凄惨的唱都想。总之王胖子害了思乡病，一定要离开香港了。哼哼，她冷笑，他想的恐怕是沪剧戏台上刚冒芽的小花旦，才十四岁，身子还没出芽呢。阿绿的脸最适合冷笑，微微露出下排牙齿的齿尖，有点地包天的意思，偏圆的脸尖峭起来。

我的手在裤子口袋里，捏着两张船票，手上的汗快把票快要泡成纸浆了。香港的一月底大概只有一个人在出大汗,就是我。我是从卖票的窗口直接跑过来的。我说买去西班牙马德里的一等舱船票,回答说这个月去西班牙所有城市的票全卖完了。我问去哪里的票还有,回答是压低了嗓音的,说去葡萄牙。去葡萄牙里斯本的船后天凌晨开。葡萄牙好,卖票的推销这个国家,世界大战它中立,又不内战,比西班牙太平。我本来想说,我去葡萄牙做什么?我会说的是西班牙语。但一张口我就说,那就去葡萄牙里斯本。拿了票我沿着海岸线跑,向着阿绿跑来。去哪国不要紧,会不会哪国语言也不要紧,只有一点要紧,就是带阿绿走。越快越好,越远越好。

阿绿可以把心放下了。我的小命保住了。每次她魂飞魄散地跟我幽会,不是害怕王胖子杀了她,是怕他杀了我。现在王老板已经有了沪剧小旦,我和阿绿也还是命难保的。做了王融辉的女人,死了也姓王。他王胖子有多少宝物,让他有新鲜劲把玩在手的有几个?把玩不过来,那也轮不到你惦记,用去压箱底也是他王胖子的东西,生霉蛀虫也不赏给你。碰一下他的东西你试试,你那个装了几百几千行诗的脑壳就要开花了。

阿绿为我高兴,她走了,把祸害也带走,我跟我的诗能活下去了。阿绿瞒了我一年多的险情,此刻才敢告诉我。

我没有把船票拿出来。还有二十六个钟头才开船,二十六个小时够她心惊肉跳几千几百分钟?我不要她心惊肉跳,不要她在王胖子面前吓得目无定珠,语无伦次,她心里几曾装过这么大的阴谋?开船之前,她知道得越少越安全。她想离开我是为了保我的命,我先斩后奏也全是顾念她。她毕竟还要回到王胖子身边消受最后二十多个钟点。

　　我有办法明天把她约出来。只要说我病了,她明天冒死也会出来。我催她回家。这是反常的。我一向都是耍赖,能多在她身边赖一分钟都是好的,榨尽她给我的欢悦温情抑或悲哀烦恼。哪怕无话可说,沉默对沉默;哪怕我不再需要她,需要纸和笔,把无端涌来的几行字写下来,我也要她在那里,在我一扭脸可以看见,一伸手可以摸到的地方。我写我的,知道她一个人坐那里斗牌、抽烟,或者戳两针绒线。我们暗里已做夫妻,一天一两个小时,积攒起来也是一季的夫妻了。她为我织的绒线衣永远收不了头,象 Penelope,织了拆,拆了织,只要不收线头,就可以回绝一切诱惑。织,就是守候的借口,守着内心秘密的忠贞和从一。阿绿是早早轧坏道的好女人。但她可以是好女人,可以从一。

　　果然,她问我把她早早撵走要做什么?看医生去。她在海风里停住脚,看着我的脸。海风带着粉尘般的水珠,半液体的风。她抓过我的手号脉。我不像病了的样子吗?谁心怀如此之大鬼胎不头晕心悸?我撒谎说昨夜高烧。她的小老娘模样拿出来了,发高烧还跑到海边?寻死啊?她要我看了医生快回家,明天下午她买个老龟炖竹鸡的汤煲给我送到公寓。你看,我一生病她也不嫌门房的眼光贼了。

　　在海风里走远的阿绿,再也没回到我身边。

　　这个舞厅里不止我一个人单独跳舞。我所能看到的就有二十七个。男的女的都有,都是像我一样给狠狠辜负了的人。其实不管他们有没有舞伴,实际上他们都是自己跟自己跳,真正的舞伴没到场,在路上,要么换了别的舞伴。最可怜的是你知道怀中人怎么回事,人在做伴,心走了。杨东最后给张蓓蓓玩的那一手,就是伴舞不伴心。

可怜蓓蓓只是想自己的不好。吃了亏的女人还为男人开脱,是在骗自己。失宠的女人听男人抱怨忙啊、忙死了,于是也跟着他说谎,忙啊、太忙了,跟父母跟家人跟朋友都替他开脱,太忙了,这样对己对人都遮掩了那个大白的真相: 失宠。张蓓蓓反省自己做事为人有误,所以自己的不美、不年轻、不可爱,拴不住那颗心那具身体,等等事实真相就都忽略不计了。

我知道总有一天蓓蓓会碰到杨东,会跟自己的闺蜜说:"哎,也不能怪他。"杨东的生活缺一段衔接,上下文之间少了一年半的内容,但蓓蓓要他心切,这段内容是什么她可以忽略不计。

蓓蓓终于绕不开伤心地了。她重新踏进舞厅需要给自己一个借口,不能这么没出息地承认,舞厅是她千里寻夫的最后一站。她的借口是世贸会之前,所有老上海的著名舞厅、戏院都会翻修,供各国来宾体味老上海遗风。蓓蓓走进门廊,转脸向右,原先右边挂了块壁板,舞师的姓名、课时、教授的舞蹈种类每天变化,都会被写在壁板上面。舞厅生意最旺的时候,杨东往往一天教六小时到八小时国标基础课。现在那块壁板被摘掉了。许多旧痕迹被翻修没了。翻修归翻修,八十多岁老舞厅的气味还在。老了的东西都是气味大,老人老家具老房子,一样的。生命力的体现改变了，一些方面的生命力丧失了，如吃喝、求偶、生殖，变成另外的生命力，如气味、脾性，凡是老了的生命，气味和脾性一样强烈，也都很臭。老舞厅也是生命啊。

蓓蓓走到舞厅边上的茶座，温经理看了她一眼，把她看成个陌生人。一个人来这里跳也好，喝饮料也好，都比较引人注目。温经理一个眼色，小男孩般的 waiter 把菜单放在蓓蓓面前。新菜单，老饮料，价钱涨了五成。温经理倒是一丝不老，有一点旧而已，他的一身西装一条领带从两年多前穿戴过来，跟着他旧了一点。蓓蓓点了一杯喝的，点完她就忘了点的是什么。喝什么不一样？她只记得第一次在这里跟杨东来喝的是矿泉水，他喝的是可乐，加冰的。她记得当时是把东东当一杯酒或一道点心点来的。她扭头去看舞池，变幻的彩灯变出个人来。她的东东不就在那儿吗？正给一个老女生纠正姿态，把她圆滚滚的腰硬摆弄出危险的弯度。蓓蓓发现自己已经站起来。接下去一个发现，她已经向外面走去。到了愚园路上，她想，自己是怎么出来的？不是走，是跑，跑出来的。跑了个小马拉松，心跳得很响，耳朵什么都听不见了，只听见心跳。逃跑的怎么是她呢？做亏心事的是他呀。这个重逢在她心里排演过不知多少次，流泪或昏倒，暴怒或狂喜，从来没有这么个规定动作：奔跑。何止奔跑，她简直就像顺山倒的一截树桩，从楼梯上咕噜噜噜滚下来、滚出门的。也像树桩一样木，什么想法感觉都没有，摸摸额上湿了，哦，在下雨。逃的那个怎么该是她蓓蓓？

男孩 waiter 出现在她身边，口口声声地"阿姨，阿姨"，接下去说他不好意思，饮料开了瓶不好退的，阿姨不付钱，只能算经理跟他自己请阿姨客了。她看见他手里捏着一张账单。她摇摇头。摇头算什么意思？拒付？否认是她点的饮料？她有气无力，伸手向门里掸了掸。这又是什么意思？要他走开，别烦她？都不对，年轻的 waiter 反而比她更懂她自己，先进了门，还拉了她一把，让阿姨少淋一点雨，讨账赖账都里面说。站在门内老舞厅的气味里，她觉得好些了。又是一口大喘气，她慢慢向舞厅深处走去。她大概在这期间说了什么，大概说了"我不走，还要继续喝"之类的话，waiter 不再纠缠。

再往下，她发现自己在洗手间里照镜子。出门前，为了万分之一的希望，她仔细化了妆，自己做了做头发。杨东走后她把头发养起来了，挽起是一大团，放下来垂到腰。倒不是她存心往女人味上走，是无心去美发店。在美国读书的时候，她就这样一头任其生长的野头发，有一点颓废，也有一点波希米亚。朋友们说，哟，蓓蓓性感起来了！她用手指理顺头发，给嘴唇上点了点彩，上下唇抿了抿。不像干枯一年多没得到亲吻浇灌的嘴唇吧？不像个几百天没人搂抱的身子吧？她退后一步，不像，挺新鲜，挺生机勃勃，完全不像搁了一年多在家落灰的寂寞女人。她在洗手间门口又回头看镜子。一定要漫不经心的，大事化了地出现。

杨东正站在女洗手间门口。就像他哪里也没去过，十几个月就在等她用一回洗手间。

"等谁呢？是等我吗？"

"是。是等你。"

她的盔甲是那种老油条的笑,久经沙场了,你这只小公鸡伤得了我?再加这一头头发,颓废,不守规矩,放荡,你怎么看都可以。

杨东真被她震住了。她没有伤心?自己的父母和哥哥看错了还是说错了,要么是他听错了?他低下头,一秒钟之后又抬起头。

"温经理告诉我,你来了。"

温经理是假装不认识她。舞厅里人多眼多嘴多,男女之间尽是小花样,小心着还出是非,不小心官司就来了。温经理先给杨东报个信,接下去怎样待蓓蓓,杨东自己拿主意。

"蓓蓓,对不起哦。"杨东说。他的样子比他的话还更"对不起"。

蓓蓓眼睛使劲一睁,本来想让巨大的眼睛把泪水吞回去,可是那么大一双眼还是不够装那些泪的。杨东这就不行了,迎上来,搂住鼻子眼睛通红的蓓蓓。杨东的善心蓓蓓了解,认识杨东的人都了解。他被绝大多数人欺负,还总担心自己欺负别人。

"是我不好,我不好,不好!"

蓓蓓接受了这些"不好",确实是他不好。她对他都是好,好得不对,而他对她那样,一张纸八个丑字就撇下她一年多。他太不好了。

"好了,都是我不好。请你跳个舞吧。"

蓓蓓看着他,吸了一下鼻涕,把泪抹在衣服袖子上。

杨东的胳膊留出个臂弯,由蓓蓓的手伸进去,两条臂膀套成一个连环。

我向旁边一让,杨东和蓓蓓一个水漂似的进了舞池。什么时候蓓蓓这等轻盈过?

当天晚上杨东没有去蓓蓓家。舞跳了两个多小时,蓓蓓说她累了。杨东要送她回去,蓓蓓摇摇头谢绝了。但杨东还是把她送到门外。蓓蓓以为他要回舞厅去,他却仍旧往前走。蓓蓓跟着他,跟几小时之前一样心里没主张,没感觉。然后她就发现自己坐在了一辆车里。杨东坐在她左边。车不好,他抱歉,送你到家没问题的。最早他也开车送过她回家,那时他的车更不好,不过他开起来神气活现。那就是说一切都回到最早最早了。蓓蓓搞不清,自己想不想回到最早。到蓓蓓家楼下的大门口,杨东刹车如同探戈,向前一探,又往后顿一下。蓓蓓的心打了个秋千。他大概是想转入地库,犹豫了,还是就送到这里。还是最早那个活络机灵的东东,服务态度到家,总是先下车给老女生开车门。蓓蓓下了车,杨东慌张起来。舞厅里还有点事要打点。这是他给蓓蓓的说辞。好好休息,不是跳累了吗?蓓蓓点点头,走了。

蓓蓓站在电梯里,忽然决定她不要跟杨东回到最早。那么回到哪一段?哪一段都不合适。一晚上华尔兹、探戈,从来没那么流畅契合,这就够了,该在这里终结。她爱杨东,那就爱到这里。假如继续下去,她一定不会放过他,一定要跟他讨一个过得去的说法,有关那被截掉的一年半的说法。无论什么样的说法，在她心里都不会彻底抹去疑团。没什么比疑团更可怕，不，没什么比证实疑团更可怕：她的年岁她的相貌她生理的某种特性终于直面他了，lovemaking 变得毫不美好，甚至不堪忍受，于是他只能逃之夭夭。逃那么远，形同当年蒋介石躲日本鬼子，非得巴山蜀水做屏障，才建起大后方。假如疑团被这样证实，她还愿意证实吗？

她在这一年半里打下好几桩国际大官司，国际球星，美国影星，欧洲时装品牌，她手下一群豪华阵容的律师每天意义重大地活着。她其实也活得意义重大，但心底下明白，只有一半的她在活着。那一半是在挨日子，挨到她重见杨东，解开他为什么离开她的疑团。现在她决定，疑团还是留在那儿的好。

她掏出钥匙，一种虚弱来了。几百天她每次把钥匙插进锁孔，都想知道，这是在打开一个有或没有杨东的家。钥匙每次都给她一点希望，哪怕是一点悬念，至少让她兴奋一刹那。

门里响起电话铃。这么晚谁会打电话？她的朋友都有教养，不会在十点钟以后打电话。钥匙一拧，门开了。从此反正没悬念了。电话是杨东打来的，她家的电话号码他的手指头都能背下来。

"你进门了吗？"

"刚进来。"

"哦，那就好。我想你怎么一直没开灯。"

他在楼下看着她的窗子，一直没看到灯亮。潜伏到小区里作案的坏人很多的，尤其高档小区，歹徒知道在高档小区下一次手不会白下，作案之前会踩点好多次。

刚决定爱到那里为止了,他偏不配合。没有他一年多了,不是什么事都没有吗?她不知道他听懂她的话没有:既然心里还有牵记,说撒下她也就撒下了。他听懂了,一阵无趣,她在电话这头都感到他的无趣。说了再见,他又说:"对不起啊,蓓蓓。"

她不说话,拿着电话坐在不开灯的厨房里。小桌子对面,一张空椅子。她要睡了,不早了,还要洗个澡。这是她答复他的"对不起"。

"明天有空吗?"

蓓蓓发现自己已经把"有"字说出了口。她有时间,他明天正好也没安排课时,那就一块吃晚餐。晚餐不行,给一个客户约出去了。她真心想拒绝?自己刚刚傲气一下,突然又说:"午饭可以的。"原来她是想提前见他。

"那么就吃午饭好了。"

他爽气得很。晚餐午餐,无所谓,提议晚餐只是因为他了解蓓蓓的习惯,午餐总是在健身俱乐部将就。

"茂名路那家苏浙汇好吗?"

"好的。"

"我请客哦?"杨东拿出玩笑的威胁口吻:你请客我就不吃。

"好的。"

挂了电话,她瞪着对面的空椅子,坐了多久,她毫无意识。什么时候来到壁柜前,她也不知道。主卧室和浴室之间,两排面对面的壁柜,一边归她,另一边挂的是杨东的四件西便装，十多件衬衫，羊毛衫、夹克、运动服装，顶层各式帽子整齐地排队，三千多元的镶皮革的棒球帽在行列正中向前看。杨东穿衣服用东西都极其爱惜，衣帽都是八九成新。一年多了，她第一次打开他的柜门。没有了杨东，它们对于她，等于一座衣冠冢。她庆幸自己今天的迟钝，思维全死了，不然她会说，那些衣服怎么办？差不多还是新的呢，没人穿可惜了。这话可以有两种听法，可以听成：我俩就是那点善后的事儿了，衣服拿走关系就算正式了断；还可以听成：衣服还在我那儿呢，你随时回来都有的穿，带不带行李没关系。

她庆幸没提衣帽的事。当时他不带它们走，似乎是他不明白，它们到底算谁的东西。又似乎是"质本洁来还洁去"，本人净身退出，什么都还给你了，你可别追着来扯皮。还可以那么理解：东西都没带，人能走多久？走多远？东西都留在她那里，事情就还没到绝处，远不到绝处。

第二天午饭时，他先提起来，那些衣服不知现在还合身不，他瘦了五公斤！怎么会瘦那么多呢？看不出来吗？不大看得出，可能更结实了吧。他提到那时候，在她身边的日子，他养得多好，不带学生，不受气——教学生总是有气受，那些五十多岁的老女人，到舞厅度更年期来了。她们敢给舞师气受？争宠也来不及呢。她的俏皮反倒刺了他一下。他黯淡地说，表面上是那样，实际在她们心里，我们这些人是什么地位，你知道的呀。他转开眼睛，专注地咀嚼。你张蓓蓓最清楚我说的"地位"。你们心里有地位的男人是白天在公司上班，晚上下了班不见得回家的人。他们不见得稀罕老婆搭建的那个家，这种男人在女人心里是有地位的。

蓓蓓看着他。地位不地位，是你自己说穿的，我可没有说一个字。

他吞咽下一口青菜，把眼睛转回来，看着她。你让我受洋罪地学电脑财会，就是要我做个女人眼里有地位的男人。所以，我对不起你了。

"对不起哦，蓓蓓。我脑子一热，就跟那个朋友去四川了。一个老朋友，说新建的小城市里，可以去教舞的。"

"哪个老朋友？"

"就是我那些一块……"他笑笑，手在膝盖高低随便划拉一下，浑水摸鱼状。不讲你也明白：就是这个低层次的，跟我一块拜老流氓为师的，不值一提的层次。

一年半之前和眼下接上了，硬接上的，茬口拼对得很马虎，几乎对不上。不过信不信就是它。不信连它都没了。今天跟他吃午餐，就为了这点求证？求证了她就心甘了？就跟自己有所交代：好，就爱到这里。

结账的时候，她微笑着看他掏出皮夹，抽出八张一百元钞票，非常认真。不管起点起得怎么样，收尾矫正过来了，矫正了阴阳倒错，娇屋藏金。

"石乃瑛的资料，我又找到很多。"她说。这个话题还可以把午餐延长十分钟？门厅里挤满等座的客人，那么多眼睛都是苍蝇，落在刚撤下残羹的空桌上。

"真的？"

"一九四六年出版了一本他的随笔，我从淘宝上买到了。"

"是吗？"

"随笔记了一些他从香港回到上海以后的事，暗示他回上海是中统安排的。表面是当汪伪的报纸主编，暗中呢，是支持那些不向日本人靠近的作家和艺人，对他们当中摇摆的人，随时给两鞭子，要么就拉一把。可是这本随笔为什么在一九四六年出版？你觉不觉得是有人为他鸣不平——爱他诗的那些人。因为抗战之后给他戴了汉奸帽子。"

"石乃瑛是汉奸？"

"你都忘了？"

蓓蓓发现，关于石乃瑛，他忘记的比他记住的要多，多得多。这比忘记她张蓓蓓更让她失望。他们曾经一同做过许许多多的事，阅读和收集有关石乃瑛的一切是所有的事里最好的事。等同于他们的 lovemaking，等同于他们的华尔兹和探戈。

等到他送她回家，送进她公寓的时候，那凑合拼对的两截生活就真的接上了，中间的缺页的也就任其缺失了。

他们进了门，进了卧室。中间缺着一年半呢。一年半，日历的话也厚厚一本呢，一页页都不知记录了什么，不知撕碎在哪里，两头就这么在床上硬接上了。

缺页的内容我是知道的。那还要回到一年零八个月之前，回到区文化宫。下午三点，饮料和甜点柜台后面的小屋子总是香喷喷的。面包房进货的时间。卖甜点饮料的是个女孩子，脸上一个大口罩，额发和眉毛上都挂了小水珠，睫毛也是。女孩子不胖不瘦，也不很出众，特点是她看上去来历不明。跟无数漂泊到上海滩的男孩女孩一样，来历不详，来日叵测。他们就像是平地冒出来的。一片野花，一群蘑菇都会那样一夜间凭空冒出来。

杨东不知从她手里买过多少瓶可乐，都没见过她的鼻子和嘴。事后一想到她，也并不觉得她十分需要鼻子和嘴，她的眼睛什么都能说。一天下午他看见她骑着三轮车从路边过来，从他身边过去。三轮车上摞满面包房的烤盘。一箱箱饮料码在车厢最里面。上马路牙子的时候，他上去推了一把车帮。她回过头，眼睛笑笑。光是眼睛就能那么笑，省了其他器官受累。刚出炉的面包和蛋糕加高了三轮车的体温，空气都是温热和微甜的。

到了舞厅外的甜品柜台，他替她把几箱饮料搬到那间小屋子里。

小屋原来是住人的，一张单人沙发可以变成小床，他一看就知道。作为他那阶层的上海人，创造空间是生存艺术。沙发靠一侧墙壁，坐垫下被褥俱全。另一边放着个大冰柜，储存了近百瓶饮料和三个番茄，两根黄瓜。小书架上摆了一瓶深红的什么酱。辣椒酱。女孩子是很辣的。小屋比他的四平米半要大一点，不过大不到哪里去。她承包了这个甜点饮料营业。进项不错？还可以吧，主要是因为喜欢。喜欢卖面包蛋糕？怎么了，不能喜欢？

她的眼睛现在辣死人。当天晚上他和蓓蓓在舞池里跳舞，背上就多了一份重量，一份热度。女孩子的眼睛是有重量的，更有热度。第二天他有意在上午十一点就到了文化宫，想看看她不戴口罩什么样。舞厅里，二十多个老年大学的老阿姨在排练藏族舞。女孩子端着个蓝艳艳的塑料盆从洗手间回来，整个脸就是一个鲜桃。为什么女人岁数一大，脸上那层绒毛就褪掉了？从多大岁数绒毛开始褪的？由此他想起春天所有的东西，梧桐的芽，刚发萌的柳枝，才破土的竹笋，哪怕新绿的小白菜，都那么令人心疼地带一层若有若无的绒毛。

总得买点什么。不然怎么搭讪？来瓶矿泉水吧。应该让她多赚一点。羊角面包有吗？昨天进的货，烤箱里烤一下吧，怕不新鲜。女孩子做自己的小掌柜，很认真负责。她拿着加热的面包回来，他想是时候了。问她叫什么名字，多大岁数，从哪里来。

"那个女的是你女朋友吧？"女孩子一刀见血。

"哪个女的？"

一句装糊涂的反问只能给他增加三秒钟的准备时间。女孩子笑笑，才不屑于揭穿你的假懵懂。

"你叫什么名字？"他抓紧时间变被动为主动。

"我姓丰，丰收的丰。他们都叫我小丰。也有人叫我小勉，小勉是我名字。"

这是那种你真跟她搭上讪就有点后悔跟她搭讪的女孩子。她等了不知多久终于等来一个傻货跟她搭讪。

"你跟你女朋友跳舞，我一看就想笑。"

你看，来了吧？杨东真的后悔了。这个丰小勉成了手上的羊角面包，连咬一口的胃口都没有。他的错在于好奇。也在于捍卫蓓蓓。蓓蓓跳舞固然不灵，不至于跳成喜剧，让这个小丫头好笑吧。所以他在柜台边上待下来。

"为什么？！"

"就像一辆轻型小车，拖着四轮大车。"丰小勉的形象思维是不错的，"四轮大车自己没有打着火的哟，引擎有没有都不晓得，小车怎么拽她怎么走。"

杨东平心而论，这段刻薄的舞评是相当生动的。她这个岁数的人谁不刻薄？对老师，对家长，对社会。绒毛未褪，一辈子长着呢，怎么花销都花销得起，愚蠢也愚蠢得起。

丰小勉十六岁就来上海打拼了，什么人没见过？起先学做指甲，后来到餐厅端盘子，都不喜欢。就是混吃也要图个喜欢。这点上杨东倒跟她谈得来，穷就不能任性？绒毛未褪的人更任性得起。很多舞厅餐饮部的男女服务员后来都学舞，学成了当舞师。

"你怎么不学跳舞？"

"你教我？我缴不起学费噢。"她厚起脸皮笑笑。捣糨糊她是会捣的。

"集体班又不贵，包你半年能学会。"

"半年当上舞师了，又怎样？"她好像现在才开始考虑当了舞师之后的种种可能性。

"你就可以教舞了！"

"教舞又怎么样？"

"挣的比你卖面包多多了！"

"我喜欢卖面包。"

又过了几天，他们的搭讪变成了交谈。她就那一份志向：

在家乡开一家面包蛋糕店。放两张小桌，几把椅子，小桌铺着蓝色方格桌布，椅子是镂花白色铁艺，年轻人来吃甜点，愿意坐坐，就坐坐。家乡的人把他们吃的那种甜腻腻的东西叫奶油蛋糕，所以家乡永远洋气不起来。她开的店会卖德国黑森林蛋糕，法国梨派，坚决不妥协，让当地人一开始吃不懂，但承认味道好高级！从和面打蛋到烘烤，她一个人一条龙做到底。

杨东跟蓓蓓一三五在舞厅跳舞，小勉就不怀好意地看着，眼睛在口罩上面笑，嘴巴在口罩下面撇着。杨东不再到柜台跟小勉说话，两人远远顾盼，比说话更催酿关系。一天杨东在文化宫门外看见小勉，口罩都遮不住那么多坏心情。三点多了，她怎么不进货？她父亲病了，需要一大笔钱住院，她把储蓄都汇回家了，哪里有钱进货。杨东不说话。快离她远一点，早就知道会有这一天，他还一直抱侥幸心理。她终于朝他的钱包进攻了。

"需要多少钱？"

小勉看着他。盘算这个人有多厚的家底。别忘了把他女朋友也盘算进去。他女朋友一身身的衣服，看是看不懂，但纤毫都值钱。

"我明天要回家了。"

杨东的一身冷汗是因为意外。太意外了，竟然没有如期被她盘算进去。他突然想到，她那千山万水之外的家。这里明天就没有一个叫丰小勉的川妹子了。她的家在远方一个小城市郊外的小镇里，有地图都找不到。

"什么时候回来？"他想，他该早点认识这个楚楚动人的女孩子。他该早点发现她的楚楚动人。早到什么时候？早到还没有搬进蓓蓓的房子，被娇屋藏金的时候。早到他还不认识蓓蓓，傻乎乎地自以为是个挣大钱的大男人的时候。

最好是早到丰小勉刚到上海的时候。她十六岁，刚下火车，跟每天一车皮一车皮卸到上海站的外地男孩女孩一样，走出检票口，面对他们也许多彩也许灰色的前程。就要在丰小勉那一段灰色历史发生之前，那么早，就对了。一个有点长相的女孩，从十六岁到二十二岁，这一段灰色历史，里面藏着她的辛酸和耻辱，藏着她上当和让人上当的故事。现在统统成了她那种老江湖的飒利。想跟我捣糨糊吗？愿意奉陪，谁怕谁啊？我就是糨糊的一部分。

现在不行了，从十六岁到二十二岁的丰小勉就是她灰色历史的一部分。灰色历史让她楚楚动人也难说。小勉不回来了。她回家以后就要实现她开甜点店的理想，名字都有了："巴黎玫瑰饼店"。和面，烘烤，掼奶油，蛋糕饰花，她都学过。本来想在上海再挣两年钱，把本钱挣大一点，现在不行了，要提前回家，提前开张经营。不过也好，什么事情逼一逼，就逼成了。

那天晚上他跟蓓蓓跳舞的时候，丰小勉的眼睛全在他身上，绊手绊脚，他都跳不动了。蓓蓓自己没有引擎，发动不出舞蹈来，一向靠他拖着走，这天他都把她拖散架了。他在一曲终了时将蓓蓓安置在茶座上休息，然后跑去柜台边。他掏出一百元买两瓶矿泉水。当着蓓蓓他从来不喝可乐这种垃圾饮料，蓓蓓会批评的。有零钱吗？没有。那就不要找了。他看着她。她笑笑。

"你明天走有人送吗？"

"干什么？"

"我去送你吧。"

"不用。"

"我去。"

"你女朋友在看你。"

"是南站吧？几点钟？"

"你女朋友急了。"

小勉毫不伤感，所以他更伤感。

他拿着两瓶矿泉水两个玻璃杯回到茶座。

"怎么没找你零钱呢？"

这是蓓蓓在说话。他的一小部分知觉告诉他，别搞错了，这是蓓蓓。这么有钱，找不找那几个小钱还盯那么紧？！这是小勉在心里发议论，小勉通过他在心里发议论。他是个导体，蓓蓓和小勉把心理活动通过他接通。

"水也不冰啊！"蓓蓓朝柜台那边看一眼。不会连冰箱都懒得开吧？卖这种温乎的矿泉水还不找零钱？！

这就是富人为什么变富，而且越来越富的道理。他们理直气壮地在乎钱，大钱小钱都是钱！越是富人，越是穷命，包括这个四十六岁的富婆。这还是小勉在发议论，只是通过杨东传导，否则杨东此刻不会这么讨厌蓓蓓。杨东从来没有讨厌过蓓蓓，只是借着小勉口罩上那双眼睛看她，才会觉得她讨厌得不可饶恕。

杨东感觉着一老一少两个女人借着他争吵相骂。小勉什么时候已经站在茶座旁边？他魂都没了：这个泼女孩要干什么？要说什么？他的末日来了吗？这么泼的女孩，蓓蓓根本不是对手。女孩之所以厉害，因为她不是一个人，她只是亿万失去村庄的人流之一滴，那是什么人流啊？底部黑沉沉的全是对上海的仇恨，对蓓蓓这样上海富婆富翁的仇恨。中国大地上的城市恶性增生，城市包围乡村，每年消失的三百多万个村子都消失到哪里去了？消失到北京、上海了，化在浩大澎湃的灰色人流里，这人流是原油，一颗火星就能燎原，把上海一举烧毁。

"这是找您的零钱。"小勉把除去两瓶矿泉水的一把钞票一五一十地数给杨东。得体呀，滴水不漏。

"请问，矿泉水怎么也不冰一冰？"蓓蓓笑笑说。海归女士客气礼貌上没有毛病，可就是冰冷冰冷。

"不好意思，明天生意要交接，电费已经结了，冰箱都关了。"平时饶舌的小勉此时一个字都不多说。

"开一天冰箱才多少钱啊？"

"真不好意思啊。"

鞠了个躬然后转身走去的小勉挺婀娜，但心里黑沉沉的仇恨大概冒泡了。

第二天，蓓蓓一离开家杨东就给丰小勉打了个电话。到此时他们当然都有了相互的手机号码，也多次通过电话了。杨东没那么笨，买一张电话卡，给小勉打电话就换卡。所以他消失之后在手机上没给蓓蓓留任何线索。杨东跟小勉约会过两次，在四星级酒店。四星级就把小勉震呆了。小勉让杨东感到自己很伟岸。两人相依靠着床头，纵览大窗子外的上海。那一带的上海乱糟糟的，三四十年代，五十年代、六十年代、七十年代亲亲热热地混杂，小勉第一次有了对上海的征服感。是小勉让他找到做男人的感觉的，册那，那感觉真好。他在手机上告诉小勉，他决定了一件大事，事情那么大，用了他很多天才决定的。小勉追问什么事。他只说到车站就知道了。小勉乘坐的列车下午四点发车，他让她要一辆出租车单独去车站。他会到候车室找她。他知道小勉不会乘出租车，舍不得车钱，一定早早搭乘地铁走了。他到达文化宫是下午两点钟。打开自己的存衣柜，取出所有的钱（两万多块，教舞的收费）和早就存放在里面的两套内衣，两件衬衫，一件夹克，一条裤子，一双皮鞋和一双舞鞋。他吃惊地看着那点行李，一个人原来只需要那么少一点东西就能活，活得富富裕裕。那点东西他放在一个双肩背包里，背着就走了。

他在车站临时买了张票。丰小勉很好找，坐在长椅子上打瞌睡。脚边一个大旅行箱，一个被盖卷，一摊瓜子壳。皮鞋是新的，磨破了脚跟，一只脚放在皮鞋上面。女人有趣，都喜欢鞋，穷的富的一样，再穷也不想让脚穷。当年她一定也是这样来的，买了双新鞋就闯上海来了。现在还是一双新鞋回去，一双新鞋就跟父老乡亲交代了：混得还不错。新鞋来，新鞋去，之间多的就是一段灰色历史。

小勉提防地睁开眼，他在她一双刚醒的眼睛里是亲爱的吗？

小勉往旁边挪了点，请他坐下来。还有四十分钟开车。

"我跟你一块走。"

小勉没有欢天喜地,不过是开心的,真实的开心,她眼睛就够表达了。她其实猜到他的决定了。她边猜边担心,他真去了能干什么。

"我帮你做蛋糕。你教我。要不你做,我帮你卖。"

"你才卖不出去呢!"她把脖子往相反的方向拧了拧,"你在那儿教舞,我都看到了。人家都占你便宜,你教一小时二十几分钟,她们就给你一小时的钱。你还帮我做生意呢!"

小勉的手在他大腿上抓一下。这女孩的小动作真多,道地的女孩子小动作。出逃的慌乱和愧疚,一连串小动作把它们抚平了。他坑害了蓓蓓,也许一举毁了蓓蓓,蓓蓓可能会因为他的出走而出事(能出什么事?),这些他都顾不上考虑,他要留待以后考虑。现在他为小勉的小动作神魂颠倒。她的话碎,动作更碎。有时话是亲的,动作是狠的;有时动作嗲得要命,话又那么厉害。自相矛盾又相辅相成。

他没有想念过蓓蓓吗?好像想过,但是心麻痹一下就过去了。他跟小勉的生活很新,也很忙,心空不下来放置想念。在火车上他一直后置的内疚,到了终点站继续后置。有时他捕捉到自己的一个闪念: 你对蓓蓓是犯罪的。但他赶紧把念头轰走: 那又怎么样?好像你过去没犯过罪。杨东可以让自己想得很浅,可以下一道指令就让自己不去回忆。实在避不开,他只好忍痛回忆一会儿。比如在他到银行取款的时候,蓓蓓的脸冷不防就从记忆里浮出来: 她把取款卡往他面前漫不经意地一放:"银行把卡寄到我公司了,这张是你的。"那是他一生中头一次跟一个女人共有一个账户。十万块,蓓蓓叫它零花钱,可是对于他,这辈子谁给过他十万?

拿着卡他人软软的,腿和手都软软的。站在银行柜台前面,眼前都是蓓蓓。他本来可以避免想起蓓蓓的,假如他做人再硬气一点,把卡剪碎,扔进垃圾箱。那就断了后路,回头无岸了。可是蓓蓓没有得罪他,那张卡上的钱蓓蓓一分没动地留在账户里,是怕他遇到难处,救不了穷至少能救急。他一查到账户余款数目,手就软了,主要是心软,为从来没有错待过他的蓓蓓心痛。他确实碰到了难处,准确地说是丰小勉的难处。他和小勉倾尽自己所有财力,让小勉梦想成真,一个挂着"巴黎玫瑰西饼店"的小店开张了。丰小勉在家乡是个小能人,捣糨糊的能力惊人,没有任何抵押就贷到了一笔款,所以租赁房屋,置办烘烤设备,装修店面,一个月全部到位。他自己随身带的两万多元,加上银行里三万多元存款,全部填充进小勉的梦想。小能人一身雪白制服,戴着法国面包师帽子,站在开张大吉的免费吃客中间做明星,杨东不知为什么感到难为情,鸡皮疙瘩起了一身,不吱声地从店堂逃到一条马路之外。那时他头一次在城里听见江涛,哗啦啦啦,多少浪头碎在堤坝上。

第二天,连买白糖和鲜奶的钱都没了,杨东动用了蓓蓓和他共同账户的钱。

连着三天,都是开张大吉,供熟人朋友免费品尝。杨东发现丰小勉的熟人朋友真多,绝大多数是她村里的留守村民,络绎不绝地到达,吃蛋糕流水席,纸盘、塑料叉、餐巾纸铺了一地,沾在手上的奶油不知该往哪里擦,都抹在墙上,门框上,柜台上。第五天，正式营业了，城里三两个人伸头探脑地往店里看，小勉在柜台外轰苍蝇，杨东在柜台里害臊地赔笑。到蛋糕结痂的时候，来了两对年轻男女，那一天总算有点进账。头一天正式营业，晚上十点关门。下一天就改成了九点。杨东对小勉的身体还是胃口极大，小勉在他还没完全尽兴时激昂地说："就不卖锅盔！"

原来白天有个客人逛到店里，问小勉有没有锅盔卖。小勉反问他："到法国巴黎去买锅盔吗？"

客人又来个反问："你不是饼店吗？"

正式营业的第十天，门口挂牌子"内部休整"。杨东和小勉把结痂的蛋糕和面包装了盒子，扎上彩带，租了一辆车，全送到城里一家老人院去了。休整的第一项内容，改换招牌。"巴黎玫瑰饼店"给改成了"夜上海饼家"。对于小城里的人，巴黎太遥远，太脱离他们的生活他们的现实，小勉总结教训，上海在这里就是巴黎。这个小城的人老实胆小，给他们巴黎，他们不敢去。上海刚刚好，洋气现代化都恰到好处，不像巴黎，一步迈太大了，迈空了，落不到实处。

果然，"夜上海饼家"比"巴黎玫瑰"得人心。进店的不光是苍蝇了，客人多了两倍不止，尝新的，赶时髦的，坐坐歇脚的，都有。来买锅盔的也有。碰到来买锅盔的，小勉的回答很恶："啥子锅盔哟？莫得！"假如对方不介意，继续打问："那请问小姐，哪儿有卖锅盔的？"小勉的标准回答犹如面对敌人拷问，一律是："不晓得！"有时仍然结束不了拷问。对方说："不卖锅盔，招牌上写个饼做啥子？"小勉往往用口罩上的两只眼睛笑笑，嘴巴在口罩在咬着牙，什么都不说。杨东没那么大的脾气，解释说这个饼指的是糕饼的饼，不是烧饼的饼。有次一对吃蛋糕的年轻人给人指路，卖锅盔的店顺这条街走到头，往右拐，明星美发店隔壁子。以后再有人来买锅盔，杨东总是在小勉发脾气之前赶紧说，明星美发店隔壁子。杨东心里苦笑，自己在"夜上海饼家"最大的用处就是当锅盔店的指南。有几次话都到他嘴边了："不如我们就增加一项产品——锅盔吧？"但他怕伤了小勉的心。其实小勉做的那些蛋糕也是她自认为的巴黎档次、上海档次，平心而论，档次最多只能到郑州，那个北侉南蛮的交通中转站。

　　无论小勉怎么能，收支也扯不平。差一大截才能持平。贷款利息要付，水电煤气，一个小店铺一堆账单，加上两人的房租，小勉赡养父母的固定费用。杨东几次走到取款机前面。机器上有个反光镜，看见里面的灰蒙蒙的走样的杨东，他耳朵里哗啦一声，江涛排山倒海地从他头顶冲到脚下。他从取款机前面一无所获地走开了。衣食无忧原来是件美好的事。

　　小勉的呕吐是从饼家开张的三个月零八天开始的。预兆不见丝毫，突然就是一阵怒吼，来不及找地方，吐在两只手掌里。小勉看着手掌里泡菜稀饭，比半小时前进入食道时稀薄透明。小勉捧着呕吐物冲到店铺后面，又是几声吼，呕！呕！呕！现在听上去，是女人的胜利狂吼。杨东从没想到这个后果真的会被酿成。这个男女行为的最直接后果。证明小勉真的年轻啊，春天耕翻的土地，肥沃得油渍渍的，随便撒把种子都能活。他不是惊讶，是敬畏，对这具完美神奇的造人机制的膜拜。他也对自己的生命深深敬畏：怎么样？他的种子好不好？他的播撒能力如何？他够男人吧？从头到脚，每一根汗毛都分泌着雄性。他跟着小勉来到店铺后面的作坊，清晨烘烤的气味和热度都还在，他从正弓腰呕吐的小勉背后抱住她，一匹雄性骏马抱住他的小母驴。小勉推开他，眼睛好风骚，虽然话是横着出来的："讨厌！买面包的来了！"

他的手托在她胸前两个完好的面团上："谁说的？这两个小面包不卖！"

他从来不记得跟其他女人这么黄过。要是逼他跟蓓蓓黄，他非吐出来不可。

小勉说他弱智，这时候怀娃娃有什么可高兴？反正要"人流"掉的，人流劳民伤财，做个小月子，浪费时间浪费钱。

"为什么人流？！"他把她当凶犯瞪着，预谋杀人的未来凶犯。

"不人流怎么办？娃娃在肚子里会一天天长大，大起个肚子，怎么做面包烤蛋糕？"

杨东揪住她的衣领说："你敢做人流。"

小勉从来没见过这个面目的杨东。从来没听过杨东这副音调。她于是看出来杨东身上有另一个杨东，干过恶事，见识过大恶。

杨东第二天就出门找工作。他跟丰小勉刚到此地的时候就注意到本地电视台的广告，一家五星级酒店落成，酒店附带一个豪华歌舞厅。三十年前，这个小城还是县城的时候，出了许多业余文娱活动名流，名气辐射到省里。是个传统，此地人说，小范围里常常有大出风头的人。杨东看了电视台的国标舞、拉丁舞广告，脚心痒了，心当然也痒。可是到了舞厅一看，就止了痒。本地人跳的舞就是小勉做的蛋糕，称之为"国标"和"巴黎、上海"，不过是一厢情愿。

也是因为当时帮小勉开店，忙忘了跳舞。真调查起来，发现城里规模像样的歌舞厅有好几家，有的从属酒店，有的独立经营。在一家歌舞厅里，杨东居然被一个人认出来。一个二十六七岁的男子，毫不含糊地叫出来："杨老师！"

他看着面前的瘦男子，周杰伦发型。他叫"李乐"，人称"乐子"，他自己介绍。杨老师不认识人家，老师你教舞的时候，我在舞厅的茶座当waiter。是看杨老师跳舞看会的！乐子到上海十八岁，二十一岁到舞厅当保安，后来经理看他机灵，提拔他跑堂去了。曾经的小农民工在这里做舞蹈大师，跟叶大师一样伟大。就是他，要对小城的胡扭乱蹦负责。也就是他，把胡扭乱蹦当国标、拉丁舞传播，对真正的国标、拉丁舞犯了罪。对此乐子自己也是心虚的，说杨东是他的启蒙老师，杨东跳得不比叶大师差，只是人太老实，不会捣糨糊。

乐子把杨东介绍给了一个叫辉哥的老板。小地方的杜月笙。乐子说杨东是参加过国际比赛的国标舞教师，不信辉哥可以上网去查。一九九八年、一九九九年，两届国际国标大赛，他都是选手。辉哥当天晚上就让杨东上阵，带自己的女人跳舞。夜里，舞厅关门了，辉哥拿了一张预先印好的合同。明天开始教舞，工资固定，按小城的生活标准吃饱喝足有富余了，奖金是舞厅盈余的分红。跟上海肯定是比不得的，辉哥谦虚地笑笑。当年《红灯记》全省大赛,这个小县城两项第一名: 李铁梅和李玉和,一分钱都不挣,但是全县全省的光荣。辉哥当年是全省李玉和第一名,钱是没有一分的,但不耽误他当名流一当三四十年,惹得第二名的李铁梅暗恋他多年,终于跨县嫁给了他这个第一名李玉和。小地方名气比钱管用,没有当年的第一名李玉和,哪有他现在城里的半壁江山——他的房地产都要开发到成都地界上了。

一份工资拿定,杨东更坚决地制止小勉屠杀他们的胎儿。三个月的胎儿不再是一棵肉芽,都有鼻子眼了。鼻子不晓得像哪个?小勉突然看着他。看着他的鼻子。他鼻子好玩,她说,要是长在女孩子脸上就俏了。嘴巴不能像小勉,薄命相,她自己有数,所以老戴口罩。眼睛是她的好,是整个脸的代表。他想,川妹子常常是那种热辣的眼睛,一边逗你一边骂你。两人这番夜话之后,小勉侧卧,他就从她身后连她带她肚子一块抱着,提前抱起孩子来。

不做人流了。一想到他的鼻子,她的眼睛,他就已经看到娃娃了。虽然娃娃留下来,她每天情绪兴妖作怪的。说是"害孩子"、"害喜",一点不错,就是害的一场病。病床边的人都没好日子过。两人不吵架一天是过不到黑的。杨东盼着天黑,他可以出去教舞,跳舞。小勉的"夜上海"还开着,可是她一闻到面包蛋糕气味就吐得乾坤颠倒,只能从村里叫个表弟站柜台。客人也还有,但坐坐歇脚的人更多,一个羊角面包坐两三个小时。到了晚上,杨东把两三天过期的面包蛋糕装到烤盘里,拉到舞厅,收个成本钱。要是倒在垃圾箱里,小勉那种地人的遗传基因绝不允许。杨东虽然一月有四五千元好赚,付完店铺一堆账单还是不能让月底接上月初。

不是因为拮据,他对自己说,绝不是因为这种捉襟见肘的日子让他后悔的。小勉的肚子像一座山,她常常扶住门框或什么家具,等着什么。问她等什么,她会慢慢转过脸,意思是他废话,还用问吗?等肚里那个讨债的不踢了,踢得她肠子都疼。杨东觉得自己这时候后悔是罪孽的。你当初怎么威胁她的?"敢做人流。"就像当年他们一群跟老流氓出师的小流氓轮奸夜开花,无意中扼昏她,小流氓领袖阿亮一个个地威胁他们:"敢讲出去吧?!……"他的后悔是慢性的,如同隐隐患着的抑郁症,让他没劲,对什么都没劲。杨东何曾对什么都没劲过?跟张蓓蓓在一起最不好的时候,至少对吃,对酒,对背着蓓蓓跟小勉恋爱,甚至飞一个眼神,都起劲得不行,现在呢,不用背着蓓蓓了,小勉整个都是他的,要多少小勉有多少小勉。小勉铺天盖地,满屋子都是她的愁烦,她的孕妇情绪,她的账单,他怎么就这么没劲。深夜他走出舞厅,乐子一边抽烟一边进行低档闲话:"狗日的(乐子的开场白),以后你东哥老大,我老二,把这儿的娱乐业包下来,自己开舞蹈班,舞蹈学校,凭啥子中间给辉哥榨一道?"

他还要把那种歪七扭八的乱跳普及到更大范围呢。那也叫国标、拉丁舞?乐子接着说,他跟市委文化口的领导很熟,跟他们建议全市组织一场国标舞大赛,就跟三四十年前《红灯记》大赛一样,领导一听他的建议,都提起劲来。当然现在跟《红灯记》不同,参赛要缴费,先是训练费,然后是参赛费。

"想得奖的，不塞个红包给评判，狗日做梦！光是红包，就肥死你！"二十六七岁的乐子没挣过什么正经钱，这将是他最正经的一笔财富。

小勉怀孕第七个月，国标、拉丁舞大赛拉开序幕。决赛在市体育场举行，杨东跟市领导站在观礼台上，大喇叭播放施特劳斯和舒伯特，几百人跳得空气污染指数长了两倍。不过领导们很振奋，狠狠表扬了杨东和李乐。尤其杨东杨老师，以自身作为一座桥梁，把现代化娱乐、高尚文明休闲从上海送到了边远小城，你看现在群众性的情谊联络给提高了多少？所以领导们给杨东发了一万元奖金，给李乐发了五千。杨东和李乐的照片被挂在了所有歌舞厅墙壁上。辉哥的歌舞厅夜夜爆满。

杨东仍然感到没劲。睡眠断断续续，翻个身就把自己翻醒。醒来后听着小勉的鼻鼾，很轻，还带着奶声奶气。她怀孕前睡觉不打鼾，一点声音都没有，只散发一种好闻的温热气味。对着打鼾的小勉，他想把一件事搞清，就是他到底爱不爱小勉。得出的回答很不好：他不爱她。他是拿她来滋养自己的，滋养他的男性生命。是那么回事吗？在蓓蓓那里，那个男人杨东受挫了，在小勉这里，他要把杨东养回来。他要小勉的依赖，小勉的小算盘小诡计、小忸怩小泼辣，小勉的不讲道理不正确，把那个一贯正确讲道理的蓓蓓抹杀掉，不然蓓蓓的道理和正确性就抹杀了作为男人的杨东。他那么快就勾搭上了小勉，就是为了用小勉矫枉过正。过去他们一帮小流氓用夜开花学习做那件功课，现在他用小勉复习那件功课。

他那场舞蹈大赛挣的钱全都留给了小勉，然后跟她说，他必须回到上海去挣钱，才能支撑他们不久将来的三口之家。小勉分娩之前他会回来的，带着足够的钱送小勉去最好的产院。小勉相信他，头挨着他的肩膀，把他的手拉到她的肚子上，两人就那样躺着。孩子把多少不爱的男女系在一起。他知道小勉也不那么爱他。小勉在闯荡初期已经搞坏了爱的胃口。

等他见到初产下的婴儿，他更加相信孩子能把无论多不相爱的男女系在一起。一个赤红的肉蛋子卧在他两个手掌里，他心疼得眼泪都流出来了。一个小勉已经让他心软得淌水，别说这个任人摆布的小肉蛋。儿子叫许堰。杨东的母亲姓许，他最爱母亲。他跟小勉解释。小勉是无所谓的。她跟乡村妇女一样，不把生孩子看得那么了不得。生娃娃，是个女人都能生，跟谁都能生。她反而有点嫌孩子分神，不给她觉睡，太累人。杨东常听见她爱恨交加地小声叫孩子"讨债的"，一边把奶头塞进那张乳燕般大张的小嘴。带娃娃最耗人，最耗时间，她牢骚地说。好像她拿了时间要做什么大事，他夺过孩子。怎么不是大事？一个人就应该有梦想，梦想是最大的事。将此地人吃锅盔改为吃蛋糕就是她小勉的梦想。她月子都没做完就又回到"夜上海饼家"去了。她表弟的手艺把蛋糕面包做得比锅盔难吃得多，所以连苍蝇都不来了。

丰小勉重新粉刷了店堂，改乳白为粉红，天花板上做了块圆形图案：一块石膏的婚礼蛋糕倒置，把从成都买的水晶吊灯挂上去。玻璃橱窗的展示也换了，五层的塔形婚礼蛋糕，顶上立着新娘新郎娃娃。这还没够，所有墙角，所有平面都垂挂下藤蔓，藤上结的不是任何瓜果，而是玫瑰。蛋糕是否有奶油含量先不论，气氛环境奶油透了。一个空白都不留，小桌上都摆上假玫瑰。这是小勉抵抗锅盔的工事，看谁跨进这里还敢问"有锅盔莫得？"

娃娃被放到村子里，丢给小勉的母亲带。杨东第一眼看到三个多月的许堰时，完全把他当成一个陌生的乡村婴儿。婴儿的脸灰黑，却又擦不掉那些莫名的污垢。鼻孔鲜红，似乎一直进出鼻涕，鼻孔被腌红了。最奇怪的是婴儿的后脑勺完全扁平，上面一根头发都没有。杨东摸摸他的枕头，里面装的陈糠至少三十年了，都板结了。婴儿柔嫩的头颅跟粗硬的枕头过分接触，后脑勺就磨成了青石板。放心，以后不会少你一根头发的！准岳母告诉杨东，一面脆利地拍出一张麻将牌。头发会长出来，那后脑勺呢？杨东摸着孩子脑后的青石板问准岳母。才三个月，他的儿子没了后脑勺。农村娃娃都是这么带的，小勉也是这么带大的，看看她现在的脑壳，哪儿不对？不是好好的？

难怪丰小勉梳什么发型都有点别扭：头发从头顶垂直下来，在脑后少一个缓冲，就是说，缺了个弧度。蓓蓓说过，现在美发师最头疼的就是怎样给这种扁头做出后脑勺的假象来。蓓蓓说这种扁头叫不雅头型。张蓓蓓对什么都有书面知识，书面的说法是"印第安头型"，美国一些印第安部落专门做出硬枕头供婴儿睡，专为塑成那种种族崇尚的扁头。但杨东的儿子不是美国印第安人，并且他从蓓蓓那里接受了后工业文明的头型，那就是象征大量大脑储存的立体头型。现在看看他杨东的儿子，一个平面的头脸，大脑呢？都给挤到两边去了。

辉哥还是重义气的，舞厅经营盈余不错，他把一笔红利分给了功不可没的杨东。当然辉哥抱着幻想，杨东会留下来，做小城的永久居民。杨东拿到红利就去了银行，往蓓蓓和他共有的账户里存了四万元。对于蓓蓓，他该归还的都归还了，账面平了。他不知道蓓蓓是否已经忘记了这个账户，因为账户休眠一年多，任何金融活动都没有。曾经取出过四万，现在他存回四万，余款回到最早开户的十万，加上一点零碎利息。蓓蓓会忘记他们共有的账户吗？他怎么也停止不了去想蓓蓓。蓓蓓除了事事正确之外，没什么错处。

我看见回到上海的杨东。不是他一个人，怀里抱着一个四个月大的婴儿。不能让他儿子的脑袋继续扁平，不能让他自己有个扁头儿子。他临走跟小勉很凶恶：要么她关张，跟他回上海做个安安分分的女人和母亲；要么就一刀两断，她也别想再见到孩子。小勉选择不关张，杨东就抱着孩子走了。

杨东不会做父亲，孩子的事让他手忙脚乱，一身身地出大汗。但他的心是有的，三十三岁的男人可能是做父亲最好的时候，所以他觉得自己胸膛里跳动的，不再是杨东那颗简单的心，是一颗父亲的心，远比杨东的要丰富，装着疼痒酸麻各种相互矛盾的感觉。孩子在飞机上哭了两个小时，几乎从起飞就开始哭，替杨东把一飞机的旅客都得罪了。他不断跟左右赔笑，点头，不知道说了多少个"对不起""不好意思"。飞机降落后，杨东浑身汗透，三角裤湿淋淋的，全拧到一边屁股蛋上。一路上他拧着腰，企图用自己的身体挡住孩子的哭声。国际大赛他也没穿过这么湿的内裤。

他在机场给一个朋友打了个电话。是跟老流氓一块学跳舞（人家早金盆洗手了）的小流氓之一，也是轮奸夜开花的合伙人之一。叫阿亮的朋友欢迎他把孩子暂时寄放在他家，他妻子开服装小铺赔了老本，正闲在家里，孩子已经上小学，所以有时间和精力做杨东儿子的保姆。杨东知道这朋友的热情也因为想挣他一个月四千元的保姆费。杨东在这个朋友家附近租了一套房，三十平米，一居室，每天半夜从舞厅下班，他就去朋友家把熟睡的许堰抱回自己家。第二天上午，孩子由朋友的妻子抱走，他倒头再去睡他的回笼觉。他一点不认为日子会过不下去，因为他坚信，总有一天母亲会原谅他不辞而别，音信全无。他永远是母亲的小儿子，埋怨会有两句的，但母亲一定会帮他。

这就到了杨东跟蓓蓓重逢的晚上。

张蓓蓓提到我。杨东不是忘了，是无心扯淡。他本来就是个心不够用的人，现在几面招架？一个孩子让他又苦又累，耗尽心血，尤其杨东，缺的就是心血。小勉还没有完，天天打手机拌嘴，小事闹大，大事闹成灾。现在又冒出个蓓蓓，原以为跟蓓蓓脱离干净了，蓓蓓那么个办大事的女人，一旦过了那一关，又该是刀枪不入一条女好汉。他没想到蓓蓓会那么心碎，她哭的样子，他看到她有多心碎。在舞厅洗手间外面，他抱住蓓蓓，心里骂道，册那，谁让你抱她？！看看这个大烂摊子，到最后看你怎么收拾？

另一部分的杨东是得意的。蓓蓓这么了不起的女人，女伟人都被我杨东摧毁了，为我杨东长相思了，我杨东不是一无可取吧？不是只配跟丰小勉抬杠拌嘴的小男子吧？蓓蓓原来真爱我，蓓蓓的爱档次可不一样哦。

我看到他们重逢那天晚上，两人的探戈跳得多么出色。探戈跳好它可就不光是舞了，它是哲学，是兵法。一场男女角逐，敌进我退，敌困我扰，撤退中藏着进攻，弓和箭可张可弛，但随时射发。我看出两人都是用心在跳。从他们的探戈都能看出永别的庄重。跟张蓓蓓一样，杨东也想跳完这支曲子，就永别。但是谁又能知道心有多少变数呢？人的心太鬼了，什么预先想好的决定，到时它都不听，突然就变出一个全新的把戏来。蓓蓓接受杨东的晚餐邀请之前，难道不是心平气和地已经在心里跟杨东诀别了吗？最后的探戈是必要的，杨东的几声"对不起"也是必要的。 对不起都说了，你还要怎么样？

张蓓蓓和杨东第一次恢复lovemaking之后，拿出几个笔记本，里面都是有关石乃瑛的笔记，有些页面上贴着从图书馆、从网络上打印出来的资料。不少老报纸的剪贴。

杨东按捺着性子，读完一段一九五二年的记者采访。被采访的人是石乃瑛的朋友，叫陈旦曦，后来成了石乃瑛诗作和文学的研究专家。陈旦曦在一九五二年的采访中说，日本军队占领上海租界之后，石乃瑛在香港接受了中统的安排，回上海在一家报纸担任主编，其实是卧底，组织软性抗日，保护上海文化艺术人士，劝诫他们不要受日伪招安。陈旦曦一直活到一九九九年，"文革"中他因为替石乃瑛说话被当成漏网汉奸斗争、发配，因此他在那些年倒戈，说石乃瑛确实叛变投敌了日伪。但在一九九五年，他再次改口，坚持他对石乃瑛最初的说法：石乃瑛回到上海是秘密接受了中统的任务，参加地下抗日。陈旦曦这次还透露了一个事实，石乃瑛当年从香港回到上海，到过他家里，亲口告诉他的真实身份。一九九五年的这篇文章发表后，一个美国汉学教授也写文章支持陈旦曦，说他的父亲和石乃瑛是好朋友，石从香港回到上海，他父亲正要作为最后一批敌国公民被驱逐回英国，走前跟石碰了一次面。就在这次石乃瑛跟他父亲谈了从香港回上海的真实身份。进入新世纪以来，国共情报档案不断解密，但始终还是没有找到任何正式的官方证据，证明石乃瑛是中统征招的地下抗日战士。石的同情者拒绝接受诗人是汉奸的说法，他们都是根据石在三十年代初就开始发表的诗歌中透露的反抗情绪推理的：写出那样诗歌的人怎么可能没有人格，去叛变自己的民族和祖国？这是爱诗爱才华的人们的论点。也许只是他们的善意、天真，为了好的诗歌能活下去，他们需要诗人的名声不朽。

  我们必须找到证据，蓓蓓对杨东说，不然没法为诗人雪冤。他是个优秀诗人，她直觉觉得他一定是个优秀的人，优秀的男人。从诗里看到他有多少爱啊，做他的爱人该多美，那么会爱的人一定是个好男人，不会是汉奸。诗人遇到好时候了，一定会洗白名誉。如今搜索手段那么先进，什么秘密破解不了？删除了的文件都能恢复。她蓓蓓会不遗余力把石乃瑛的案子翻过来。此刻的蓓蓓是个正直执拗的律师，石乃瑛是她接手的重大案子，凭勤勉刻苦的资料搜集，凭对法律的经验知识，凭三寸不烂之舌，她深信能把汉奸诗人变成英雄诗人。她感谢杨东让他认识了石乃瑛，阅读了他的诗歌，这简直就是重新认识了一个上海。"我们再一道来做这件事，给诗人昭雪。"蓓蓓说。

杨东说自己太忙。蓓蓓静静看着他，等着，等他说究竟忙什么。

杨东心一横，想干脆告诉她算了。他带了个孩子回来了，四个多月的孩子。如今一个孩子让几代人忙死。他也看着蓓蓓，蓓蓓还在说什么他已经听不清了，只是在脑子里不断造句，怎么把那句话说得干净利落，说得蓓蓓从此死心。他听自己开口了。

"我不是一个人回来的。"

蓓蓓刚才生动的脸封冻了，水面所有波纹都原封凝固在那里。

"我从四川带回一个小人来……"

蓓蓓等着霹雳劈下来。

他从来不知道有这样一个蓓蓓，软弱的，乞怜的，甚至缺自尊的，这个蓓蓓似乎在对他说：骗骗我吧，跟我撒个谎吧……

"谁的孩子？"一个微笑抖动到她嘴唇上。

就像事先全在腹内编排好了，他张口就来："不知道。农村里超生的吧。有人在一个五星级酒店门口捡到的。就在我教舞的那家酒店。酒店住的外国人比中国人多，农村人听说外国人喜欢抱养中国孤儿，抱养到国外，孩子多福气啊。有的外国人开通得很,孩子长大了,他们带孩子回来找孩子的亲爹亲妈。亲爹亲妈就有了海外关系。"

顺着自己的话,他心里一套谋划就同时理顺了。等四十七岁的张蓓蓓到了六十七岁,说不定也会善心善到底,让孩子去找亲母亲,这样丰小勉就顺理成章地被找到。那时蓓蓓不止千万美金的身价,很可能是亿万身价,那么亲生母亲丰小勉可就大大地沾了儿子的光。这样编排下去,越排越顺,连劝说小勉的说辞都有了:孩子有 DNA 作证,二十年后小勉你等着做亿万富翁的亲妈吧。蓓蓓没有兄弟姐妹,只有一对老父母,遗产不能逆向馈赠。他记得不止一次,蓓蓓开玩笑说过,她跟杨东应该有个孩子。开玩笑的时候她四十五岁出头,当时看了报纸上的报道,一个五十岁女人生下了孩子。所以她觉得没有理由认为她蓓蓓生不出来。一年多时间,两人计划着生育,或说不计划生育,可就是没有生育。

蓓蓓问孩子是男孩女孩。男孩。她叹了口气,意思是女孩就好了。她又问现在孩子在哪里。在朋友家。为什么不送孤儿院呢?杨东答不上来。过了一会儿,他说孤儿院里长大的孩子都不快乐,永远走不出弃儿的心理阴影。因为他是第一个看到孩子的,所以他应该跟孩子有缘分。他怎么是第一个?孩子是他捡到的?是一个清洁工捡到的,正好碰到他从酒店出来,当时是半夜一点钟,他最后一个离开舞厅。

他飞快地检查了一遍故事始末,还不错,没什么漏洞。

本来想把孩子送孤儿院,想第二天就送。第二天一早,孩子一醒来就对他笑了。这一笑就麻烦了,他糊里糊涂就把孩子留了下来。要是孩子不乖，脾气不好，麻烦都不会越来越大。可是孩子太乖了，他在舞厅教舞，小毛头就躺在地板上的被子里瞪着眼睛看。饿了才哼唧两声。他大哥大嫂一直没有孩子，或许小毛头能做他们的侄子。

蓓蓓此处打断他，能看看孩子吗？

杨东接着他自己刚才的话往下说。大哥大嫂还没见到孩子呢。他当时离开上海没跟家里打招呼，到现在家里不知道他下落，不知道大哥大嫂是不是肯饶他，这还要慢慢来。

蓓蓓又问，什么时候能看看孩子？

杨东开自己的广州本田带着蓓蓓来到阿亮家楼下。他请蓓蓓在车里等。阿亮老婆跟三个邻居在看电视剧，孩子躺在肮脏的沙发上吃小拳头。听见老婆招呼"三三来了"，阿亮从里面房间出来。杨东抱起孩子，问小人的清爽衣服放在哪里。阿亮老婆说孩子身上的衣服很清爽，今早刚换的。杨东看到一小摞小衣服放在写字台下的一个方凳上。他找出一套淡黄色的绒布连裤衫，一顶淡蓝色帽子，遮住孩子扁平的秃头。阿亮有点紧张，问他做什么。抱出去玩一会儿，晚饭前送回来。阿亮眼睛还是大大的，杨东明白他是紧张那每月四千块。

杨东把孩子抱到蓓蓓身边。蓓蓓居然很会抱孩子，把孩子的头放在右边臂弯，左手托住一双小脚，架势蛮好。

"小家伙长得真好看！"蓓蓓转脸对杨东一笑，蓓蓓眼里的感动让杨东感动。

张蓓蓓这样一个女人，熟透了，对什么都是不屈的，但在一个最无助的生命面前，她的心霎那间无条件投降了。非得蓓蓓这样成熟的女人。小勉还早，生活对她的诱惑还太多，还欠缺很大一截成长，才能像蓓蓓，欣赏这孩子的唯一性：是怎样的巧合造就了这个孩子，怎样的巧合使孩子来到她怀里。

杨东担心的事都没发生。蓓蓓没说哎呀，这孩子怎么长得有点像你啊？幸运的就是孩子长得完全像他母亲丰小勉。像杨东的地方一定也是有的，随着孩子的成长会一点点地揭示出来。真到了揭示的时候，但愿他会有新的说辞。他会有的。过日子也像跳舞，跳得好的都能随机应变，临场发挥的。蓓蓓也没有说：这个孩子千好万好就是没有后脑勺。蓓蓓手指尖碰碰婴儿的小耳垂，浑身微妙地颤了一下，皱起眉笑了，她从来没碰过这么柔嫩的东西，太柔嫩了，好像能把你的手指尖化掉！她跟孩子说着婴儿语言，无师自通地跟他交流起来。孩子笑了一阵，疯了一阵，渐渐累了，头一歪靠着蓓蓓的胸口睡着了。

杨东跟蓓蓓叙说他中学里一个孤儿院长大的同学，心理如何阴暗，如何不讨人喜欢，因此他决定不送孩子去孤儿院。蓓蓓"嘘"了他一声，要他闭嘴。在婴儿几乎无声的呼吸中，蓓蓓一动不敢动。她的样子不是在宠孩子，而是在被孩子宠，受宠若惊。

阿亮的影子在车子周围晃。杨东钻出车门，阿亮下巴朝车里摆一下，那就是你的富婆女朋友？杨东不吭气，眉头顶着一股压力笑笑，笑是让阿亮懂得他多么焦头烂额。焦头烂额来找阿亮就对了。他很少找阿亮，当年六个小流氓自从出事后互相很少来往，不来往可以忘掉夜开花，一看见他们六个人中的任何一人，脑子就绕不过去，夜开花就像幽灵一样突然回来。闯了那样的大祸，还继续来往，似乎有继续勾结、攻守同盟的意思。杨东只跟阿亮保持联络，但一两年也不会见一次面。阿亮不是可以共患难的朋友，阿亮是可以共同犯罪闯祸的朋友。你在外面欠钱不要来找阿亮，你在外面欠了血债赌债风流债，阿亮欢迎你找上门。有办法他给你摆平，没有办法他找人想法子给你摆平。等你活过来，阿亮的小刀在那里等着，一点点放你的血，整存零取，后半生吃定你了，全家吃定你了。张蓓蓓和丰小勉，他都跟阿亮坦白了，得到了阿亮的从宽处理。阿亮知道蓓蓓在两个国家有钱有房，他那把小刀磨得霍霍的。

　　阿亮问过他，一老一少两个女人，杨东更钟情谁。杨东从来没想清楚这个问题。阿亮给他分析：蓓蓓呢，是老婆；小勉当然是小蜜、二奶。跟老婆在一起，性事肯定不灵光，这年头谁跟老婆上床灵光呢？像他阿亮这样没本事挣不到大钱的男人在外面都有的睡，谁这么没用场跟老婆睡？所以自然需要个丰小勉。男人至少要两个以上的女人才做得成一个完整男人。女人再多，都是有分工的，谁也代替不了谁。

　　杨东回到车子里，看见蓓蓓的姿势一丝没变。她侧脸对杨东笑笑，又对孩子熟睡的脸笑笑。孩子给她那么大的恩宠，她都有点受用不了。被大人宠的孩子幸福，被孩子宠的大人更幸福。杨东在蓓蓓脸上看到的就是幸福。关车门的响声太大，孩子被吵醒了，睁开眼睛，突然不认识轿车里的狭小空间了，惊愕一下，爆发般的啼哭起来。蓓蓓晃着拍着，求救地看着杨东。杨东也看着说翻脸就翻脸的四个月大的小人，他哪里救得了蓓蓓，虎起声音说："再哭，打屁股哦！"蓓蓓把孩子往右边一挪,躲打的意思,然后在杨东腿上打了一下:"敢,我们打他!"这一来,孩子不哭了。蓓蓓于是又在杨东腿上打一巴掌,动作做得很大:"打他!"孩子满脸眼泪地笑起来。

阿亮的脸贴在车窗玻璃上往里看,好大一张黑脸。

阿亮的老婆从楼上下来,手里拿着个塑料奶瓶。她在楼上都听到了孩子的哭声,该是吃奶的时候了。蓓蓓把车门推开,阿亮老婆把孩子接过去,孩子一口叼住胶皮奶头。阿亮老婆一手抱孩子,一手拿奶瓶,看人家熟练的。阿亮老婆朝蓓蓓笑笑,腾出两根手指来替孩子抹掉腮帮上的眼泪。孩子胃口很好,腮帮的动作像鼓风机,一瘪一鼓,极其有力。一双小手也帮忙用力,一会儿抓抓奶瓶,一会儿又去抓阿亮老婆拿奶瓶的手,怕人家抢他这顿饭。蓓蓓看得着魔。孩子两只黑得微蓝的眼睛看看阿亮老婆的双下巴,又扫瞄一下杨东和蓓蓓衣服上的纽扣,再转向天空去冥想。杨东拉了拉蓓蓓。走吧。蓓蓓又看一会儿,杨东才拉动她。

坐回到车子里,蓓蓓长叹一口气,把身体当个饼摊在椅子上。杨东瞥她一眼,就是要她不满足,不能马上让她得逞,把孩子接回去过一晚。万一这一晚孩子不乖,给她个下马威,像在飞机上那样哭闹,她会累坏,累得失去兴趣,失去信心。此刻的不满足能吊起她的瘾。到了瘾给吊足再去满足她。那时候她什么苦头都肯吃,只要能维持毒品供给。

果然,第二天蓓蓓从办公室打电话给杨东。杨东正在教华尔兹。舞厅盈利不佳,为减低开销禁止白天开大灯。杨东听见温经理在昏暗的那一头叫他听电话,他差点在上台阶时摔倒。

为了少听丰小勉啰嗦他在教舞时一律关机，舞厅经理室的电话蓓蓓是知道的。蓓蓓的心被孩子征服了。她觉得她一夜就做好了所有准备，把孩子抱养过来。杨东的心马上乱了。似乎太快。似乎还有他没想周到的地方。他推说正在上课，下了课再谈。

我跟他一步错过去，又一步错过来。我们都插着对方刚留出的空当。这种光线里，他看我看得最清楚。他对我已经习以为常，翻修不掉的老东西，这舞厅里太多了，有时我都觉得挤得慌。

华尔兹一个多小时，杨东不知搂着跳舞的一个个女人都长什么样。一是光线太暗，另外他有多少事要想？他要看到整个一盘棋。要是不把手里几个棋子走对，就会被人当成棋下了。现在他手里不仅仅有小勉、蓓蓓和孩子，还有阿亮和他老婆那一马一炮，走错棋会挨他们的回马枪。还不止，想想小勉的母亲吧，他那位准岳母。想知道厉害泼辣的小勉哪来的，看看那乡野女人就明白了。

原来自己是个有谋略的人。杨东对于新认识的自己不知是该得意还是该害怕。既然谋划已经开始实施，必须要有先见，走一步预见三步。下面一步是要说服小勉。二十年后当亿万富翁的亲妈，这宏图对小勉来说过分远大。儿子到时候要是势利眼，不认亲妈只认有钱的后妈，不是鸡飞蛋打？张蓓蓓的善心就那么可靠？孩子长大她会带他去找亲妈？鬼才相信！别说抱个孩子回家，就是抱条小狗，养着养着也成了家里一口子。

女人眼光短浅，做大事都是有风险的。小勉说的那些当然都有可能发生,都是必须评估在内的风险,不过他们的目标多大呀,亿万财产呢!一点风险不冒,就只能经营她那个小面包铺,一点蝇头小利就让她眉开眼笑。大不了、大不了……杨东不说了。小勉在手机那一头追问,大不了什么?……什么呀?!大不了也就舍一个孩子。大不了再生一个。对小勉那种年轻村姑,再生一个不就是一夜加十个月的事吗?小勉的母亲有名言:生娃娃有啥子了不得,不就是屙泡硬屎吗?他杨东和丰小勉,造不出任何奇迹,造孩子是没问题的。这点已经被证实了,不管他们多么漫不经心,白天黑夜吵相骂打相打,儿子许堰还是轻易就给造出来了。

小勉不吵了。她的村子里,让女人不生孩子反而是件大难事。三四十年里,政府花了多少钱财,开办多少学习班,赠送多少免费避孕套、避孕环,押送多少育龄男女去做免费手术;人流、引产、绝育手术,那是多大一笔医疗费用!(现在村子里的人开个盲肠都要花上万元)。让村妇们不生孩子,实在太难了,把无所不能的政府都难坏了。当地政府太为难她们,她们就逃到外地去生,把孩子生到大都市去,想生几个生几个,上海北京天津广州,哪个大城市不潜伏着这些村姑村妇们的孩子?小勉承认杨东说得对,大不了再生一个。生一个没什么大不了。现在没了孩子的牵绊,她丰小勉可以全心全意用蛋糕跟锅盔决战。

杨东把小勉说通了。小勉也没什么选择,她的蛋糕店越来越是个无底洞,烧钱的无底洞。杨东常常汇钱给她,支付贷款、房租,外加水电煤气。小勉挣的小钱只能用去养活她自己和她母亲，以及弟弟妹妹。她父亲去世之后，小勉就是丰家养家糊口的当家人。但是真正在丰家扛着生计大梁的，当然是杨东。对于这一点，小勉是明白人，小勉母亲更是明白人。

从张蓓蓓身边出走，杨东给自己争来了自主权，回舞厅继续干老本行。一天教舞九个小时到十个小时，哪里都去教，老龄大学、职工俱乐部、区文化宫，薄利多销，钱是苦来累来的，相当于一个劳动模范。蓓蓓当然是这么看的，当年杨东以不辞而别来反抗她对他的生活安排：学电脑财会，穿西服打领带到她公司当个人五人六。表面上看，他的反抗胜利了，蓓蓓不再干预他做舞师，让老女生们寄托她们最后的性幻想。她所有的让步都在告诉杨东，她不愿意再失去他。

虽然杨东没有搬回蓓蓓家，但他每天都去陪她一会儿。他过去养的植物死了一大半，不死的也半死。死了的植物蓓蓓也不处理，就任它们一根根枯黄骨架似的站在焦土里。是无心过日子还是有心保持原状，他不得而知。他把死植物扔出去，半死的他一棵棵地救活。在他们第一次去阿亮家看孩子之后，蓓蓓常会出现一阵哑然，一种不无甜美的哑然。之后她会提起孩子：孩子来了让他住哪间屋，需要添置一个小澡盆和一张小床，附近有没有国际幼儿园，三岁他就要上幼儿园的呀。实在不行就搬家吧，杨东，为了孩子在国际化幼儿园附近买房子。

跟阿亮说好了，给他老婆一个月四千块加上年节奖金，待遇不变，唯一变化的是阿亮老婆必须到蓓蓓家上班，一天九个小时，加班费另算。工资涨幅嘛，看大家相处的情形，处得来，作长期打算，那么明年就往上涨百分之十五。二十。十五已经蛮好了,一般单位谁给你一年涨百分之十五?二十!你三三傍上那么有钞票的女大款,十五二十还跟兄弟杀价,上路吗?二十就二十。阿亮笑笑,就敲了你一记竹杠,以后还要敲的。

杨东有点后悔一开始把阿亮动员起来。不过这种忙也只能阿亮帮。

阿亮帮过杨东致命的一记忙。一个小流氓问,刚才是哪两个人先按住夜开花的?好像有三三,还有……放你狗屁,那么黑谁看得清?阿亮说,六个人都按她了!册那娘个皮,六个人,人人有份,谁也别想赖!这就是阿亮。六个人,到底人多力量大,一份罪过六个人顶,每一份罪过总是小些。六个人一块动手的,没有先后,罪过平摊。杨东偶然会梦到夜开花的肉体,被他们扼得昏死,巨大一个糟烂的布娃娃,在一个个男孩身体下晃动。他还梦到她突然站定在他面前,下面就该指认他是六个小流氓之一了。梦里他对自己说,完了完了,完了完了,这次怎么都完了。

有关我的调查正在深入。对于我这个人,我的诗和小说,好像这些人都比我自己更懂。学者,教授,博士,包括这个张蓓蓓,都比我更懂似的。他们占有的资料更全面,更丰富。他们更相信资料。假如我说我纯粹为了爱情,为了阿绿从香港回上海,他们一定会不同意。石乃瑛怎么可能有那么个觉悟?纯粹为一个舞女回到米价飞涨、日寇横行的上海?

张蓓蓓是个好律师,好律师都有点轴,死心眼,她找到的资料把我从香港到上海活动的路线都铺陈出来。这就铺陈到了舞厅里。舞厅里不少舞女跟我有过说不太清的情愫。我就是喜欢舞女,一颦一笑一嗔一怒,她们不光用脸蛋眉眼表达,她们的脖子肩膀,手臂腰身,尤其那些玉腿,全是横撇竖捺,全是词藻辙韵,全是美丽文章。世界上还有比她们更婀娜更妖娆的东西吗?我就喜欢妖娆婀娜的东西。我看见一个叫茉莉的舞女坐在沙发上抽烟,抱着铜暖炉,腿上没有丝袜,还是暖不过来,肌肤颜色发青。仗打到这时分,舞女的丝袜也省了,换米去了。我问茉莉是否有阿绿的消息。石先生吗?长远不见了。茉莉痨病的苍白脸泛起一点红晕,不算红晕,最多只是一丝红的气息。多数舞女把脸化妆化成玩偶,脸如同粉墙,包括茉莉。一样的细长眉,樱桃嘴,只有阿绿不同,阿绿只照着她自己的样子加工,强调的都是阿绿的特色,化出的更加是阿绿。

离开舞厅之前,我留了一张名片给茉莉,万一她看见阿绿,把名片转交给她。大概在回到上海的第三周,是个上午,我的主编办公室里来了一个人,送信的。阿绿的信。我当年教了她二百六十多个字,没想到真是经用。茉莉是快的,也是守信的。我给自己泡了一杯茶,尽量拖延拆信前的时间,吊足自己的胃口。饿得越紧,胃口越好,阿绿的信滋味也就越美,越发解馋顶饱。茶色渐深,细小的叶片落定,是味道最好的时候,我抿了一口茶,拆开信封。信笺里包着我的名片。不是好征候,我从微醺里惊醒。信不是阿绿写的,字体比阿绿的手迹要老练得多。语气却粗鲁直白,上来就骂我汉奸,接下去通知我,阿绿两天之前死了,服毒死的,叫我也死了心,别再找阿绿了。

我不知道在那张皮转椅上坐了多久。不知多少人坐过这张椅子，松懈的变色的老皮子在微雨的气候中反刍出人油味。我把信笺和信封来回看了多少次，信封上明明是阿绿的字啊。只能是万恶的王胖子干的，他看见阿绿给我写的信，把信纸抽出，调换成恶咒。人类都算不上的王胖子叫我汉奸？！假如阿绿真的不在人世，只能是被他杀害了。我希望阿绿服毒是诈。只要阿绿活着，我被王胖子骂成汉奸就汉奸吧。只要她活着，我就还有希望，她坐在我床上斗牌抽烟结绒线的希望。我没有过自己的小家，阿绿在我身后静悄悄晃悠的氛围就是我的小家，是我所知道的最好的家。

我从椅子上站起，走出办公室。天色比我早晨出门时暗了许多。走廊进出的真汉奸们寒暄致意，他们新的一天来了。我在幽暗的走廊里突然站住。也许阿绿真的死了，不然我不会十倍地想她。也许是阿绿和我的事败露了，王胖子要了她的命。种公猪横竖已经移情别恋，找个借口除掉阿绿太便当了。把谋杀伪造成自杀也太便当了。在冷漠的上海人里，本来人人都不管不关己的事，眼下兵荒马乱，人心更冷，阿绿一条贱命，存殁都不值冷漠的上海人茶余饭后磨牙嚼舌。

马路上下着早春的雨。春雨把上海下得格外脏。春雨把上海人下矮了，下得更加猥琐。我感觉着每一颗刺骨的雨珠。雨珠刺骨，让我好好感觉这个上海是否没了阿绿，没了阿绿的上海是什么感觉。眼前都是丑陋的伞，破旧的伞，上海给打了无数补丁。阿绿是苏州人，家里不知还有亲人吗？这世上，阿绿不会只有我这一个亲人哭送她吧？

我从香港紧追紧赶，赶回到没有了阿绿的上海。

张蓓蓓读了这一段记载。她央求杨东也读一读。杨东满脑子十年大计，宏大筹划，心不在焉地把记载翻了一下。翻到阿绿被毒死，不知自杀他杀一截，他读进去了。当时报馆的一个汉奸记者很崇拜我，常偷偷地搜我的字纸篓，想捡到一些我团掉的字纸，将来做纪念。他捡到了那封被我撕碎的信。撕得那么碎必有原因的，他坚信。所以他费了老大工夫把碎片拼起来，又做了些背后调查。多年后把这件事记载下来。阿绿是不难查的，探戈皇后夏之绿小姐，做过杂志的特写女郎。当然，我的这个汉奸同事怎么写，我已经完全不能控制了。

蓓蓓连阿绿的照片都找到了。你看他们这年代的调查手段有多可怕。阿绿那张照片不清楚，对她的美貌不公正。再说，阿绿的美在于动，就像鱼，鱼在水里是鱼，拥有江河湖海，因此美，而鱼放在盘子里就是一道菜。那是蓓蓓找到的唯一一张阿绿的照片。夏之绿，生于一九一九年，死于一九九六年，一九三七年当选上海的探戈皇后，诗人石乃瑛的缪斯，以她为灵感写出许多首诗歌。夏之绿死于一九九六年。后人多么有幸，一下就搞清了让我在一九四一年三月痛不欲生的假象。

在孩子入睡之后，室内有一种很妙的静谧。没有孩子的静和有了孩子而孩子给你创造的静是完全不同的。后一种静非常丰美，充实，前一刻哭声或笑声抑或其他什么奶声奶气的声响刚停止,细小的鼻息刚扯匀,这种妙不可言的静谧降临了。把你一天所有的劳累和烦恼都犒劳了。两人在这样的静谧里都呆呆的,生命拔节出芽抽条的声音就这么静。

夜里总是杨东起来给孩子喂奶。他不许蓓蓓起来。蓓蓓你白天上班,一个公司四十多个律师,一个律师手里好几个案子,都等你动脑筋花精力处理,不比在舞厅里教教老妇女跳舞,手脚动动就可以了。偶然蓓蓓也会起来,陪在杨东身边,看他换尿布喂奶。有一回两回,杨东起床时看见蓓蓓已坐在婴儿床边,光线就是一盏夜灯,她就那么瞪着熟睡的婴儿,像当年瞪着熟睡的他。守财奴夜深人静盘点财宝那样,一遍遍确认自己的富有。蓓蓓此刻会拉起杨东的手,无力地捏捏。她觉得是孩子救了她和杨东的关系。杨东带回个孩子,孩子又带回个杨东,这杨东跟原先的杨东不一样,懂事,成熟,主动,似乎在哪里吃过大苦头,又滚爬过来了,透着一股劳动者的力量。到底吃了什么苦头,怎样一番滚爬,蓓蓓是问不出来的。一问,他就懒洋洋地笑笑,让蓓蓓去悟。本来嘛,离开你蓓蓓还不就是自讨苦吃?

这一个夜晚,蓓蓓说了件大事:"东东,我想我们结婚算了。"

杨东的心一沉。他以为把蓓蓓算计得很好,现在怎么觉得是让蓓蓓给算到里头了?结婚?跟小勉如何交代?可是不结婚算哪回事?一男一女加一个小人,三位一体,怎么看都是要把日子长远过下去。小勉那一关一定过不去的,她等着二十年后以亿万富翁的亲妈身份登场呢。小勉非杀了他不可,不,小勉非杀了蓓蓓不可。杨东笑笑,说他怎么配得上蓓蓓?张蓓蓓的找了个跳交际舞的情人就罢了,张蓓蓓正式嫁个跳交际舞的老公,人家要看轻她的。人家是谁?她不在乎人家怎么看。她想好了:到新建的高尚小区买一个大场地,健身房或者俱乐部随你挑,装修过做舞蹈沙龙,将来就是你东东的产业。东东你想跳就跳,不想跳你就做老板。

一个舞蹈沙龙。当老板。杨东对蓓蓓傻笑一下,就我这点料。场地都给他看好了,虹桥一带,新别墅区,新楼盘,主要人口是海归人士和台湾同胞,加上一些韩国人,经济水准高,肯花钱花工夫在这种健身、娱乐、社交融为一体的休闲事务上。什么都算好了,资金也准备好了。看见了吧?谁算计谁呀?蓓蓓的算式杨东看不见得数。他以为什么都不会滑出他的控制。张蓓蓓是个控制狂。

跟蓓蓓恢复了同居关系,小勉必须同意跟他配合。但是跟小勉说蓓蓓求婚的事,等于宣战。第二天他跟小勉通电话,口气巴结得很,劝小勉想开,别太克扣自己,吃的穿的该花的钱还要花。小勉在花他的钱方面很有良心,一分钱都不乱来。他一面跟小勉绕圈子,一面满心无望,怎么可能绕到主题上去?小勉闯荡大上海六七年,听话最会听,听出他捣糨糊的意思来了。你杨东屁股撅一半,我丰小勉就知道你有几橛子屎要屙,到底你想跟我说什么?他一不做二不休,告诉小勉,事情大了,张蓓蓓跟他求婚,但被他婉拒了。小勉不说话。他说大不了再逃跑一次,带着儿子许堰一块跑。小勉突然尖叫,杨东你有那么瓜吗?(我知道这"瓜"就是四川人说傻)跑什么跑?跟她结！结了婚就不用等二十年了，什么等儿子长大认亲妈？脱了裤子放屁啊？婚后张蓓蓓的财产房产不就自然有你一半？这下是杨东不吭声了。他心里寒透了，看这四川小女子把蓓蓓算计得！你还可怜她？丰小勉纯粹一个女拆白党，杨东啊杨东，看看跟你搞到一块的女人是什么人渣？！反过来看蓓蓓，四十七岁，还那么一张白纸，若不是杨东，她一辈子都不会让丰小勉这样的人渣染上。而蓓蓓能跟小勉染上正因为杨东。杨东是媒介，带菌体，把小勉的病害传给蓓蓓，并全是无意为之。比如苍蝇，粪堆上爬一爬再去爬蜜糖。粪堆和蜜糖，苍蝇毫无偏见，不加区分，对此苍蝇也没有办法。

许堰一周岁那天，杨东把孩子带到照相馆。就像他们兄弟小时候，周岁的标准相总是该有一张的。那天"东方舞吧"正好装修完毕。"东方舞吧"是杨东起的名字，蓓蓓觉得格局小了一点，不过杨东喜欢她是没意见的。蓓蓓不知道那天是许堰的生日，等杨东取回装帧好的照片，她看见上面印的字："许堰一周岁"闷了一下。再抬起巨大的眼睛看杨东的时候，目光完全是个优秀律师的。杨东怎么知道孩子的生日是今天？猜的。猜的？孩子给送到酒店门口那个夜晚，女清洁工检查了一下脐带，判断出孩子的出生日月。蓓蓓不再看他了，看着孩子的照片，看了很久。原来他杨东都是有准备的。什么准备？杨东吓得口水都冰凉了。给孩子过生日的准备——这天进照相馆，也是这天装修完工。没有准备，就是碰巧了。蓓蓓不再说什么，去外面买了一个小巧的巧克力蛋糕和一根小蜡烛。

当晚杨东凑了两三个小菜，下了两碗素面，把蛋糕上的蜡烛点着，却已经到了孩子的正常睡觉钟点。许堰毫不给面子，毫不领情，刚过七点就开始闹觉。仪式总要走完，杨东抱在怀里，蓓蓓代替一岁的孩子许愿，吹蜡烛。可一岁的小人就是一秒钟也定不住，让他坐下，他要站起，让他站起，他又要坐下。杨东挥手就是一巴掌，打在孩子的大腿上。孩子和两个大人刹那间都安静极了，足足安静了两秒钟，"哇"的一声，许堰惊天动地地嚎哭起来。哭得太阳穴上暴出一根血管，紫色树根似的。杨东抱着他站起，孩子已经面孔赤红，上顿吃的混合奶也吐出来，小脚把鞋蹬掉了，袜子也蹬掉了。小东西装了这么久乖宝宝，可是累煞他，今天终于得以原形毕露，痛快做人了。

蓓蓓把孩子抱过去的时候似乎推搡了一下杨东。他翻过手来，看着微微发抖发红的掌心，不认识这是谁的手。他第一次掴这小人。一分钟之前他不知道那一掴子在他手臂里已经被推上膛，猝不及防地就发射出来。不，是走火了。蓓蓓抱着孩子，一缕长头发从侧边垂下来，他看不见她的脸色。她抱着大发脾气的孩子从餐厅走到客厅，再从客厅走回餐厅。小蛋糕上的蜡烛烧到了根，火苗烧得蛋糕肉疼，发出吱吱呻吟。蓓蓓什么都没有说。最厉害的蓓蓓就是什么也不说的蓓蓓。杨东吹掉蜡烛，站起来，嘴巴咕里咕哝："小赤佬，讨债鬼，不识好丑。"

他走进浴室，对着马桶站了一会儿。蓓蓓这样不响，一房子都是压力。是给他施的压力。无非她看出端倪来了，照片上的许堰长出两个乳牙，跟杨东一岁时的乳牙一模一样，两颗牙之间空一条不小的缝隙。他解开裤子，尿哆哆嗦嗦地出来。他有多少过错？一分钱没要过她的，"东方舞吧"也是她硬要为他张罗的。册那，他杨东不想回到她身边，不回来她活不了似的！

他拉上裤子拉链，推开门就走出去。你要听实话我就跟你讲实话。这样丰小勉也可以死心了，别借他杨东谋她钱财图她荣华了。为了蓓蓓将来不被拆白党丰小勉拆了，他也要提前警告蓓蓓。他不保护蓓蓓谁来保护？出了浴室，他步子趺冲地往客厅走，突然想起他没有洗手，小便完了手总是要洗的，去杀人或被人杀，便后洗手这一点总不能改变。他回到浴室，洗干净手，看着镜子里的男人，幸亏他刚才没冲出去，他这样子是有几分歹徒模样的。

孩子是怎么给哄好的，他不知道。他走到许堰房门口，蓓蓓正在给孩子擦脚丫。孩子已经睡着了。一盆水在小床边上，热气冉冉的。杨东看着这个会照顾人的蓓蓓，有点糊涂了。她的操作看起来比阿亮老婆资格还老，养过一群孩子似的。她听见杨东走到门口，回头严厉地给他个眼色。

蛋糕还是完整的，看上去已经是垃圾。什么东西在一条死鱼的眼睛里都是垃圾。他坐在椅子上，感到自己的目光是死鱼的。今夜大概死定了。蓓蓓端着盆到浴室，泼水的声音不重不轻。到底要怎样发落，快发落吧。蓓蓓却没有任何指控，独自到主卧室的卫生间洗漱去了。他拿起那张周岁标准照，许堰从哪里来，还用问吗？这个一岁的小歹徒，打算潜伏二十年打劫这个跟他无冤无仇的女人。

他拿起手机走出门去。

阿亮接电话已经知道是杨东打来的。他以为又要他老婆加班或调工时，态度上来就抵触。又要做啥？杨东把晚上发生的事简单说了一遍。阿亮一听杨东危机出来了，有大事要他出山摆平，立刻就是杨东的娘家人了。没啥了不起，先不要响，看看女大款下一步怎么说。等她告你诈骗我阿亮再出面。诈骗她什么了？杨东扬起喉咙。这个喉咙蛮难听的，太监喉咙，让杨东自己恶心。没有要她的房产也没有要她的钱，两人共同账户里一共十万元，不得已动用一次，又还回去了！十万元，还还回去？阿亮听得火气乱蹿，那你图老女人什么？牺牲色相也不能白白里牺牲啊！杨东马上护卫蓓蓓。蓓蓓不是老女人，她人蛮好的，再说她是真心欢喜他杨东的。真心欢喜，出钱呀！他阿亮穷光蛋，跟女人白相手笔也不小！你杨东这样没用场没出息的人，我阿亮做你兄弟面孔都没了！她不敢告你的，阿亮在电话那边拍胸脯。谁告谁呀？老女人告你，你请她先付青春赔偿费！这个闲话讲不出……我也蛮欢喜她的，杨东泄气地说。欢喜谁？张蓓蓓呀。

阿亮那边像是挂线了。但突然响起聒聒的大笑来。阿亮一直笑到没气。让杨东明白他怎么把他阿亮肉麻着了，腻味着了。做了女大款的玩物，还要说自己欢喜，弱智呀还是贱骨头？就是真欢喜，也不能承认的呀！这种阿污卵，跟你还有什么话好讲？好了好了，回去困觉，明天女大款发难，只管叫救命，阿亮一定出马。邻居道里楼上楼下先喊几声，青春赔偿费拿来呀，不拿来大家上法庭。小区里喊完再到她公司喊，玩女人如今有价的，玩男人就好白玩了？看看谁怕谁？！不要我喊，可以，台面下私了，我阿亮开价你先系好安全带，不要吓得一头栽死。先讲好哦，青春赔偿费要来分一半！

回去的电梯里，杨东想不清楚，自己跟阿亮究竟是不是一种人。什么事体给阿亮一看都那么丑，但黑是黑白是白，丝毫不麻烦自己。欢喜她？册那，欢喜她？这句话阿亮玩味几次，每次都喔唷一声，肚皮痛一样。是欢喜蓓蓓，杨东在电梯里理直气壮：蓓蓓是个值得男人欢喜的女人，蓓蓓此生总要有个男人真心欢喜她，这个人为什么不能是他杨东？

钥匙打开门，杨东一脚在里一脚在外，站了两三秒钟。他似乎在闻空气里有没有敌意。静极了，冰箱在厨房里打着鼾。他脱了鞋，往里走了几步，现在最吵他的，是阿亮那番话。那番话在楼下很壮胆的，到了这里怎么显得文不对题？假如蓓蓓此刻指控他，他只能俯首认罪。他来到孩子的房间门口，浅粉色的夜灯，一个温柔乡。他走进去，他的儿子啊。孩子发出这岁数孩子在睡梦里必然发出的声音，这岁数也做梦呢。儿子梦里的世界美好吗？阴影多吗？本来都蛮好的，照什么标准相呢？其实他主要是为了小勉给儿子照相的，一岁的儿子照张正面照，给亲妈一个正面招呼，一个正式致意，一个仪仗式的敬礼。亲妈在不在乎孩子，她也配得到这个致敬。杨东在照相馆就把照片从手机上发给小勉了。小勉反应朴实平淡，牙出了几个了？幸亏没喂他奶，听妈说出牙的娃娃搞不好会咬奶头。

他把许堰抱起来。孩子睡得真熟，面团一样怎么抱怎么随你揉。可能还不迟，抱着孩子潜逃吧。四川云南贵州，多少中小城市能混口饭，凭他一天干十小时的吃苦耐劳，还能混到不错的饭。什么丰小勉张蓓蓓，反正缠不清，就都丢到身后去。阿亮这种匪徒，他也惹不起，他能血腥地对别人，也会血腥地对待他杨东。他抱着孩子，轻轻走到主卧室门口。眼泪突然流出来了。他不知道是为了疼蓓蓓还是疼他自己，蓓蓓这次更惨，失去的是一大一小两个人。

他抽了一下鼻子。门在他鼻尖前面开了。一身白睡裙的蓓蓓有点恐怖，加上披到腰的头发。头发白天看是大好的，夜里人鬼之间。他赶紧按亮走廊的灯。灯光亮了，他脸上的泪痕清清楚楚。但似乎不出蓓蓓的意料。她没有睡，他当然看得出她在等他。她说她怕的就是这个。看看，来了吧？他早走几分钟就好了，鬼使神差跑到她卧室门口来做什么？自投罗网。

"我就怕你会对孩子那样。"

嗯？！

她接下去讲道理，说他当时一时冲动，孩子就抱养回来了。但天下男人都没耐性的，也没长性。现在你就开始打他，一口一个小赤佬、讨债鬼地叫，等到他长大，真淘起气来，这个家还有安宁日子过吗？这种家我见过，大人小人，夫妻之间，一塌糊涂。所以她要他杨东想好，没想好趁早把孩子送到孤儿院，说不定人家能找个像样的父亲。

什么？！

她叹口气，说她头一次看你抱着他从你朋友家出来，就知道会有这一天。

她说的他怎么不懂呢？！

她的熟人里有两对夫妇领养孩子。等发现孩子毛病的时候，大人私下就说孩子的坏话，到底种气不灵，他亲爹妈不知是什么东西。杨东，这种话她蓓蓓是不要听的。这种后果她也是不要看见。这么说孩子都是不公道的，证明他们心里从来没有把孩子当成自己的。他们自私，狭隘，冷酷。

杨东不敢看蓓蓓，眼睛只逗留在许堰的小脸上。孩子的腮帮给他的臂膀挤住，上唇被微微挤开，两颗中间带豁子的乳牙就是证据啊，蓓蓓瞎了？真看不见？

她嘴还不停，现在后悔了？心疼了？那么大个人，手掌比孩子的脸还大，真下得去手。说着她鼻子一抽，推了一把杨东，趁势把孩子抄到自己怀里。她的婴儿语言来了，我们倒霉吧？爹妈不要我们，跟了这对爹妈，从一岁开始挨打。老太太一样的语气，她人也期期艾艾的，活像个啰里八嗦的好心老太婆。

蓓蓓把孩子抱回婴儿房。他竖起耳朵，听着她如何让她自己如何动作悄然而发出的声音。杨东原地站着，笔直，一根电线杆。蓓蓓走回来，胸脯在睡衣里左右晃，成钟摆了。她的样子半夜真不能看。左右摇晃的胸脯下，一颗心是好的，极好。她擦着他身体过去，进了卧室，带的细微电流都是恼怒的。两个跳舞跳崩了的舞伴。杨东在蓓蓓躺下之后才进屋。一个脊梁对着另一个脊梁，蓓蓓没有睡着，但是也不说话。

第二天早晨，蓓蓓在早餐时对他说，她父母从来没有打过她。孩子跟小动物一样，一次暴力用下去，自尊自我就毁了。从昨夜到现在，她跟他的辩争一直在她心里持续。什么辩争？他一声没响过，就是她一个人在跟他讲道理。杨东最怕的就是个跟你讲道理的蓓蓓,哪怕是她一个人在心里讲道理。一讲道理,她就有一种特别的面目,这面目他认识。一个女人头头是道地讲道理,有劲吗?曾经小学的女班主任让全班怕她,因为她动不动请你去办公室,跟你讲道理。他又不跟班主任睡一张床。

我看见杨东走进来,走到陌生地方一样左右看,四周环顾。小区挂出彩灯,祝福大家"圣诞快乐"。我想他是在琢磨什么。

给张蓓蓓戴的是什么帽子?蓝帽子?红帽子?还是黄帽子?借她的地盘——十万一平米的豪华地盘,养他的儿子。他又不是上帝,他或许是上帝的反面:魔鬼。杨东从小区门口走进去,沿途看着彩灯和圣诞装饰,满心悲愁。

挡在前面的人凑近来。是丰小勉。杨东灵魂出窍地看着她,你怎么会在这里?刚到,小勉回答。杨东还是魂不附体,看着丰满起来的年轻女人。瘦骨嶙峋的上海姑娘里,小勉现在算胖子,一身高弹力的肉,于是你可以看到卖不掉的面包蛋糕都去了哪里。每天卖剩下的蛋糕面包不忍心直接糟蹋掉,通过自己的肠胃糟蹋,心里好受些。小勉激增的体重就是"夜上海饼家"日积月累的剩余物资。他又问她到这里来干什么。废话,这还用问,她在这里伏击他,伏击张蓓蓓。也许她在这里伏击好久了。手机这点很混账,不知道对方究竟在哪里。对方可能在姘夫的被窝里,也可能冷不防从你鼻子下面冒出来。杨东扭头往小区外面走。不能让小区物业的职工看见。小勉怎么把自己走私进了这个小区,又在里面埋伏,他不知道。也不想知道。他只知道不能让这个凶悍泼辣的村姑去攻击张蓓蓓。张蓓蓓只会讲道理,在小勉面前毫无用场,只会很滑稽很荒诞。

杨东径直往前走,小勉跟在五步之外。两人也是跳舞呢,一个带,一个随,心里都是做贼的节奏。要把敌人带开,带迷路,再收拾她。现在小勉是张蓓蓓的敌人,便也部分与他为敌。半夜三更,十二点多,她吃这样的苦受这样的冻,不做敌人图什么?一家"7—11"在冬夜寒霭中亮着灯。他穿过马路。听见身后半高跟皮鞋碎碎地跟着。进了店门,他买了两串鱼丸,一串给了小勉。跟小勉在一起,自然而然地就吃起廉价食品来。小勉是饿了,一声不响地咀嚼,吞咽。等她吃完,他把自己那一串给她。跟小勉在一起,他自然而然就舍不得吃舍不得喝,都给小勉省着。

他看着小勉吃有一种满足,男人让自己的女人自己的孩子那么解馋地吃,感到的满足。等她吃到伸脖子,喘气变长的时候,他去给她买了一杯热茶,自己也买了一杯。现在可以审问了。

"你什么时候来的?!"

"今天。"

"你当我笨蛋啊?!"

小勉不说话,眼里一个尖刻的笑。小勉的眼睛能说会道,只要眼睛就够了,其他五官都是多余。她眼睛的意思还有,我用眼睛说的你都受不了,还用我开口吗?而且她开口说的,你还不一定能信。

"是今天到你们小区的嘛。"

杨东不理她了。不理她一般能掏出她真话。到底年轻，沉不住气。她是三天前来上海的。先找到阿亮家，在那里落了脚。在阿亮家是名副其实的"落脚"，屁股都难落下。落脚落在客厅地板上。反正她一早就卷起席子被褥出门，不在人家家里碍手碍脚。是她让阿亮先瞒着杨东的，等她找到工作再挑明。

"找工作？！你又要到上海来了？"他呆了。想象不出，事情还要乱到什么地步。

"我们又不像有的人，不工作也有人养。"她又笑一下，刺激他也诋毁他，同时又是恭维他。看看我们杨东，好本事！让女人倒贴，女人心甘情愿捧着软饭给你吃！自力更生只是个态度，其实陪人家玩玩就能锦衣玉食。小勉那种道德混乱的人，让女人倒贴未必不是大本事，未必不值得炫耀不值得恭维。

杨东想给她一耳光。不过刚见面就一耳光不好。再说小勉是败北而来投靠他的：蛋糕面包终于被锅盔打败。前几天一个男人逛到"夜上海饼家"，把几张肮脏小钞丢在柜台上，要买十个锅盔，小勉决定自己败了。男人是上门捣蛋的，知道小勉一听锅盔就发飙。她把店铺交给表弟和她自己的妹妹经营，租赁契约总要顶到头，表弟说是要添加经营项目，比如锅盔、龙眼包子之类，她请他们随便，她没力气抗争了。四川人的口味厉害，什么进来都被他们吃掉、消化，巴黎上海的糕饼？照样给你整麻辣了。

"你打算在阿亮家住多久？"杨东问。

"找到工作就搬走。"

"你给我立刻搬走。你给我马上租房子去。"

他狠狠掏出皮夹，拿出一沓钞票，大约三千多元。搬回蓓蓓家之后，他自己租的那一小套房被他立刻第二手出租了，不然现在可以给小勉住。无论如何，阿亮家住不得。阿亮成了他杨东所有丑剧的后台。这可不妙。阿亮的道德是基本缺失的，夜里到客厅摸一把小勉，或者钻一钻她的被窝，太正常了。

小勉接过钞票，往皮包里一塞。半高跟鞋最初应该是深红色，他还认识。是她离开上海前买的，那时候簇新，还在跟皮肉磨合。就像他俩当时，什么都新。可现在他们的磨合也过去了，可是还是磨而不合。磨得像她脚上这双鞋一样旧，形状没了，鞋跟也歪了。农民女儿的脸三个月就可以城市化，农民女儿的脚恐怕三代之后还留着赤脚插秧、打谷挑担的自由和力量。你看那双高跟，歪成什么样子了？等于她在用两个脚掌的外侧走路，奇怪的是，毫不耽误她健步如飞。她为他省钱，煎熬着这双鞋和这双脚。不知哪儿来的一股心酸，几乎是突发的瞬间抑郁症，杨东觉得灰暗极了。他们三个人，为什么不能好好相爱，或者好好分开？现在似乎没法子了，起点就错，一开始就充满杂念，下流和低贱的元素从起点开始进来。

小勉自己供认，她看到许堰了。阿亮老婆抱下楼来给她看的。孩子长得真好，她真心叹一句，就是不认识亲妈。阿亮老婆还让小勉藏起来，看蓓蓓怎么推着儿童车带孩子散步。蓓蓓总是在晚饭后带着孩子下楼来走走。小勉什么都看见了，蓓蓓如何待许堰的，如何周到：比她许堰的亲外婆还要慈祥得多。

起风了,张蓓蓓还解下自己的羊毛围巾掖在孩子下巴下面,动作又轻又柔,就算许堰是一块豆腐脑,她那么轻柔,也不会碰坏一点的。小区院子的圣诞彩灯拼成圣诞老人,拉车的鹿,张蓓蓓一一跟孩子解说。女富豪有点迂,不过对孩子是真好。打了个大伏击战的小勉放心了,但是满心妒忌,满心不甘。狗日天下小娃儿全是白眼狼,全是有奶便是娘的狼崽子,塑料奶瓶喂奶,也能喂成亲娘,狗日的。杨东听着她酸溜溜的感慨,瞬间抑郁症恶化了。男和女之间何尝不是跳舞?两个人的舞跳得再次也能凑合跳下去,一个带一个,一个迁就一个。三个人就跳不成了,各扯各的,怎么出手出脚都是绊子,要不了多久就会扯散,甚至扯倒一片人。

他好想抽一支烟。他烟瘾不大,跟张蓓蓓在一块他冒充不吸烟者。在外面吸了烟他必须又刷牙又用漱口水。跟蓓蓓在一起他的生活很卫生,所以到了阿亮之类人面前他就可劲肮脏。他回到7-11便利店买了一盒红塔山,一抽就是假的。他喷着烟问小勉工作找得如何。找到了,还是做面包,卖面包。她对于自己的梦想倒一如既往,等有了钱,在某个高尚邻里开一间蛋糕面包店,几张小桌,十多把椅子,很典雅高雅那种。

杨东想反驳她,你的典雅高雅跟上海人的标准差太多。你的典雅连小城的人都不买账,进门就喊锅盔。不过他只管抽他的烟。人家讲到梦想的时候,你最好闭上嘴。他把小勉送到阿亮家,回到蓓蓓的公寓,天都快亮了。蓓蓓翻过身来看看他,确认他的点卯似的,又翻过身睡去了。

第二天杨东又让丰小勉埋伏一场。她找到的工作地点就在新天地入口处，咖啡店兼卖西饼，一个洋名字，她也叫不上来，离蓓蓓家不过五分钟路程，急的话三分钟就能到达。小勉听从杨东的，搬出了阿亮家，在瑞金一路的一个叫高福里的老弄堂租了一间房，几十年前叫亭子间，小得一点点，装修得娇滴滴的，淡绿墙壁白家具，跟房主合用卫生设备和厨房，租金三千五。杨东的女人，不能住贫民窟水平的房。杨东的实际负担加重许多，四川还有小勉那个从田野里退役，天天打麻将的母亲，还有正在上职高的弟弟，杨东必肩膀宽厚，都要扛着。那个"夜上海饼家"，远在三千里地之外日夜失血，它的失血要杨东不断输血。

东方舞吧也在失血。开始是涓涓细流，不久就开始大出血。杨东背着蓓蓓常常出租场地，让人在里面办瑜伽、太极拳、美容操训练班。杨东添加了酒吧、水吧，贴补舞吧的亏损。晚上七点以后，杨东的舞吧才开门。经常就是十来个五六十岁的熟客在里面走走步子，谁都没有上进心至少把步子走对。熟客大部分是台湾女人，嘻嘻哈哈地胡折腾出一身汗来，就算跳舞了。原先台湾人手面大，肯花钱，现在她们不无醋意地说，你们大陆经济起飞了，有钱了，这个大款那个富豪，杨老师该赚大陆大款太太的钱呀。有时杨东带着一两个身手稍微灵活的老女生舞一舞，试图做出起码的规范，喏，华尔兹是这样的，两人的腰尽量向后仰，上身尽量向外打开，似乎要有一种离心力，但是两人四条腿，拧得越紧越好，产生向心力凝聚力，四双脚就是陀螺的尖底，聚得越紧，转得越快，脚和上身就成了盛开的喇叭花，上身和手臂是花瓣，看看，像不像喇叭花的花瓣？嘣擦擦，嘣擦擦，看见没有？老女人们看见了，看呆了，其中一个六十岁的女生感慨，腰要向后面弯那么狠呀？我向前面都弯不下去！所有老女人都破罐子破摔地哈哈大笑。

杨东非常痛恨不思进取的老女生。他每次都想骂人，册那，那么你们照样按钟点来舞吧做什么？当然，她们是冲着杨东来的。杨老师好cute，杨老师的小屁屁翘翘的，鼻子也翘翘的，眼睫毛也翘翘的。用国语夸杨老师多不好意思，cute，英语此刻用来真方便。他知道五六十岁的老女生不会真的进攻他，但他甩不掉她们把他当玩具的想法。包括她们单独或者合伙请他吃饭，饭局上都是老不正经的调笑调情。这当中说不定会再出一个张蓓蓓，更老的张蓓蓓，当年张蓓蓓勾搭他的路线，不是一模一样？

不，不一样，他和她们可没有谈到诗人石乃瑛。他会有兴趣跟她们当中任何一个讲起石乃瑛吗？不可能。他会跟她们说，诗人就在舞池里，跳得好极了，我几乎天天跟他耳鬓厮磨，肩臂相错，之间几乎零距离，擦得出电来，擦得出火花来。诗人的风雅和至情至性，这年头哪里找去？跟你们讲也白讲，你们不配听他的故事。所以他把蓓蓓跟她们区分得很清楚。诗人和他的故事，以及他的诗是个清纯的秘密，只在他和蓓蓓之间分享。记得他跟小勉讲过一次两次，那时他还想镇一下小勉，给她留下有文化的印象。但小勉一脸不耐烦，你跟我说这个没用的事干嘛？他说不读石乃瑛就不能认识老上海，文艺和文化的老上海。小勉的回答：新上海我还不认识呢，不，是新上海不认识我，我还顾得上老上海！

新上海是以张蓓蓓这样的人为主流的。他们带来高端物质文明，建立起连西方人都奢望不起的生活标准。他们征服了被西方征服过的上海，他们正在征服征服过上海的西方。西方在他们的圈子里边缘化了。现在是钱说话，在上海混的西方人多少个真正有钱？西方的消费观念已经被他们淘汰了。西方人不会用钱，不会过日子，看看张蓓蓓这些先东方后西方再东方的海归精英，祖宗八代的聚财敛富直觉，加上穷怕了的精明勤俭，二十年不到，上海之上，又升起一个上海，这个新上海就是小勉所指的，不认她的新上海。想想看，蓓蓓那个乡村俱乐部，美国会所里的中国人，会认小勉吗？小勉和小勉的同类项，都不被那些新上海的征服者们认识和认同。在他们眼里，丰小勉们给上海带来了一点方便，但潜在的麻烦和威胁大着呢！小勉和她几百万上千万的同类项暗暗仇视新上海，仇视把洋人都比成了穷光蛋的新上海人——张蓓蓓和她的同类项。

　　杨东和小勉每隔三两天见一面。蓓蓓上班之后，阿亮老婆来接班带孩子，杨东就出门去。他跟阿亮老婆不多话，那么阴谋的默契还用说话吗？小勉上的班分早班和晚班，早班从六点到下午两点，晚班下午两点到晚上十点。尽量不在亭子间跟她见面，杨东觉得跟小勉亲热会染上小勉的气味，怎么洗他还是觉得小勉那股淡淡的体味洗不去。一个酸里带甜的小勉，甜酒酿的味道，发酵稍有点过头。年轻女人的味道真好，蓓蓓用高档香水装饰过的气味，就遗憾了。他常常把见面地点定在便宜的早餐店里，小勉一般迟到十分钟以上，这一回却迟了半小时。她把自己往凳子上一撒，脸颊上带着枕头压痕，眼皮浮肿得厚厚的。肿眼皮下一双找茬子的眼睛。她昨天去了小区，阿亮老婆不肯把许堰抱下楼，天冷，怕孩子受凉感冒。什么呀，肯定是那个老女人不让抱！她的揭露马上被杨东镇压了：叫什么，是我不让抱的。为什么不让亲妈看自己的娃娃？不是看到张蓓蓓对孩子多好了吗？还老去看什么？有意惹事是吧？这就叫惹事？真想惹事你才晓得什么叫事！

他看着这个年轻女人。两个腮帮有一点下坠。缺乏美好念头的女人稀松得早，也快，小勉才多大？二十四岁。到上海之后她体重显然有增无减。杨东在桌下突然踢了小勉一脚，你想惹什么事？！不要以为我怕你，我学坏的时候，你还没生下来。小勉怎么吃得下这份亏，手伸过桌子，拧住他大腿上一块肉。杨东就是腿上肉多，铁疙瘩一般的肉，一绷紧就把她的手摆脱了。她换了个打法，用高跟鞋当武器——新高跟鞋，杨东刚给她买的，鞋跟尖尖地戳进杨东脚背。这天他穿的是双皮革面尖口老头鞋，脚面那根叉子形的筋就在一层袜子下，几乎给尖尖的鞋跟戳断。他的反击是用筷子往她肋间捣。不知是给他弄痛了还是给胳肢了，她喷出一个带鼻涕泡的笑来，同时眼睛红了，眼白让眼泪烧红了。乡下女孩就是痛出眼泪也不承认，还是笑，用笑气死你。他收回手，觉得好无聊好下作。她一阵乱踢，他的腿肚子，脚踝骨，密集地落下她的鞋尖鞋跟。她对人的痛点真清楚，哪里受不得痛她就往哪里踢。他刚才看到了她怎样忍泪，不再还击，只是防守，两腿满桌下地跑，躲藏。她追击阻截，眼睛的笑都是黑暗的，下牙出来了，又狠又毒辣，进城后所有的怨气委屈，受的所有欺负都是张蓓蓓给的，都要打出来。

餐厅的人都匆匆进出，买了吃的，有的坐下胡塞，有的拎着东西直接离去。没人看见他们桌子下一场狂舞。杨东停止动作，随便她踢、踩，这种撒野的舞没人合作也跳不起来，她踢得一下比一下没劲，最后也停止了。就像刚跳完一支曲子，两人尚未马上解散，相互对视，大喘特喘，都是给内心的狠劲累的。杨东开始吃面前那份大饼油条，这种早餐跟蓓蓓在一起也是吃不上的。小勉看着他吃，可以用这双眼睛去看一头猪吃食。她还没闹够，憋屈窝囊着呢。他喝豆浆气她，喝得呼噜噜的。果然把她气出一声冷笑，说她以为那么高贵的女人养汉，能养出多高级的汉子呢。

杨东知道她是在逗他再次攻击。他咬了一大口大饼油条，腮骨差点脱臼。他就是不合作。

一分钟之后，她换了个语调："哎，我跟你说噢，我们儿子那间房间不行，那么阴，一点见不到阳光，你那个老女人心疼孩子，为什么不把她那间书房让给我们儿子？书房是朝南的！"

连书房朝南她都知道。小勉潜入敌后，做奸细搞侦察，伏击已经打到张蓓蓓鼻子下面了。张蓓蓓还毫不知觉到危险，夜夜睡在床上，安稳得很，做一家三口的甜蜜美梦。杨东引狼入室，这头小母狼。那一大口大饼油条差点把他噎死。他脸色肯定可怕，可怕的脸色上来，他能感到它的凉意。所有血色都褪了，嘴唇僵硬，一时说不了话，咽喉也痉挛着。他把椅子往后推一下，站起来，转身往门外走。不能在人群里现世。万一他控制不住拳脚，人群里会有多事的，把警察叫来。他们一肚子鬼胎，可经不住警察过问。

走到街上，冷风很帮忙，他动武的热情消散了。有大计策要考虑。什么计策他还不知道，只感觉到身体深处在焖煮着什么，熟了的时候自会揭锅。他这副不与小人一般见识的神色让小勉感到事情大了，不再声响。他们仍然一前一后地走，乡下两口子进城似的，男的领先，女的跟在两步之后。到了小勉的亭子间，她马上搬出一个藏在床下的小电炉，一把小铁壶，要烧水伺候他喝茶。乡下女人这点明智，真把男人惹急了，是会回头伺候的。电是偷的，房东查不出来，小勉表功地一笑。

是阿亮老婆放她进门的。阿亮老婆怂恿她说，看看孩子住的地方有什么关系？她不会告诉杨东的。那天她把许堰带到小勉上班的咖啡店来了，那个好事的阿亮老婆。跟一个一岁的孩子相守，寂寞难耐，所以她出来找小勉谈谈天。以后的几天，阿亮老婆天天到小勉店里解寂寞。看着小勉忙死忙活，跟她一句话也说不上，也能解点寂寞。小勉上早班，中午两点换班。阿亮老婆说，杨东不在家，家里一个人都没有。阿亮老婆的微笑暗示着一个可能性。小勉被那个可能性吓着了。

杨东听完，闷声问她，一共去了几次？两次。一共去了几次？杨东吐字减慢了速度。四次。杨东不响。小勉等着。杨东坐下之后上缩的裤腿里，露出一小节小腿，青红蓝紫，斑斑斓斓。小勉看到了，心有点虚。就算她不怕杨东，也该怕阿亮，阿亮和他手下一帮不干正经工作专靠"帮忙"挣钱的人是可怕的。阿亮稍微帮杨东一把忙，这世界上就可以没有小勉这样一个打工妹。世界少掉一个打工妹，跟多出一个苍蝇一样正常。

以后不要再去了。杨东闷了半天之后，就这一句话。小勉愕然，好像还有一点失落。那么大的事一下子就没了？去多了，万一碰到张蓓蓓半途回家，怎么说？小不忍则乱大谋。什么？这句话对她都太深了。何必呢？看不看，儿子都是你的，鼠目寸光，把宏伟计划破坏，他杨东说不定还要蹲班房——诈骗呀。知道张蓓蓓是干吗的吧？专干把人送上法庭的事。她律师行雇着四十多个律师，成功地把几百人送上了法庭，包括洋人。

小勉不响了，撅着嘴，抠着手指甲上残剩的蔻丹。她从来不服软，这就是她最服软的模样。过了一会儿，她带三分撒娇耍赖地看着杨东，那我要再生一个娃娃。

从亭子间下楼，走到老上海的老弄堂里，杨东想着跟小勉"再生一个"的运动还是尽兴的。小勉肉乎乎的身体穿上衣服不如过去好看，裸露着倒很美，整个肉体就是一味营养。蓓蓓有不少画册，他看过里面的西洋古典画，里面的女人和天使都像小勉，一碰就要流汁。或者，流油。掼奶油做的女人、天使。

可惜小勉什么都是，除了天使。哪怕她原先有一滴天使的血，也被毒化了。被杨东毒化了。杨东一点也没想毒化她。杨东谁也不想毒化，谁也不想祸害；他一点毒一点害都没有。可是整个事情，人物关系彻底败坏了，人人有毒要放出来。除了蓓蓓。

看到蓓蓓一进屋就脱下鞋子奔向许堰的劲头，杨东心痛极了,却也感到希望。她一个人的善良和正派也许够净化所有的毒素。蓓蓓现在每天都按时下班,到家的时间都在六点之前。她抱着孩子在客厅里乐颠颠、屁颠颠地小跑,嘴里都是婴儿语言:"堰堰戚(吃)饱没有啊?我们抖抖路(走走路)好吧?"然后她就把孩子放进儿童车,推出去兜风。兜一圈风,回到家跟杨东吃一顿简单的晚饭。阿亮老婆烧两个素菜,蛋白质一定要有的,所以不是一条蒸鱼就是一碗豆腐。杨东可以在五分钟之内完成晚餐,拿起车钥匙就跑路。晚上是他上班的时间。孩子睡得早,蓓蓓有时会让阿亮老婆加班,自己去看杨东教舞,兴趣来了就跟他跳几圈。阿亮老婆对挣双倍的加班费没意见。蓓蓓跳舞毫无希望,但是在那帮老女生里够做明星了。因为她用功,使劲;劲使得有些拙,有些过头,但强过瞎混。在杨东看,大多数老女生都是瞎混,跟一个三十来岁的 cute 男舞师抱抱,肌肤之亲一番,采阳补阴。蓓蓓从来不带朋友来,杨东回到她身边之后,再也没见到她的闺蜜,她的海归朋友。杨东当时失踪,他们讲了他许多坏话,只能用最坏的话来讲杨东,才能减轻蓓蓓的心痛。为杨东这种男人心痛,蓓蓓在他们心里也完了,也一塌糊涂。蓓蓓把杨东这种破烂收回来,她自己不是破烂是什么?

  杨东带蓓蓓跳,给其他老女生作示范。蓓蓓不优美,至少动作准确。至少她卖力地把动作做准确。杨东不禁想到丰小勉的舞评: 她是一辆大车,没有引擎,自身不发动,由杨东这辆油门十足的小车拖着走。可是蓓蓓连跳舞都显出人格和美德,一点不花哨,一点不取巧,辛辛苦苦地进一步退一步,转个圈。

"想不想知道石乃瑛最终的结论吗——是不是汉奸,怎么给处置的?"她在一个旋转之后出其不意地问道。

杨东看着她,中年女人的皮肤一出汗就发出一种蜡光。因为那层细绒毛完全脱落了,小勉刚出现时脸上的那层细绒毛。蓓蓓跟石乃瑛的错案较上劲了,非要为诗人翻过案来不可。天生的律师。四十七年前,她母亲把一个天才的优秀律师生到这世界上,注定是要偿还石乃瑛英名的。

"其实他见到阿绿了。见到夏之绿一面。就是扫了一眼。在舞厅外的华山路上,夏之绿坐在一辆轿车里。他也坐在轿车里,两辆车正好交会。所以他知道阿绿没死。"

舞曲停了。蓓蓓跟杨东站成一个告别的造型。蓓蓓正要讲下去,一个老女生过来。一张陌生脸,对她自己的母亲可能都是陌生的,因为每一项五官都是在美容床上重新诞生的。她说话带奇怪的口音。韩国人。他跟韩国老女生跳起来。这是个体力过人的中年女人,小坦克一样进退。跳完一支曲子,她笑笑,刚要告别,下一支曲子开始,她直接把他拖进一个漩涡。蓝色多瑙河。他的眼睛去找蓓蓓,想跟她道歉,没听完她的故事。也为韩国女人向蓓蓓道歉,先客后主,不能陪她蓓蓓继续跳了。但他看见的是怎么一副眼神啊!蓓蓓巨大眼睛微微眯上,眯成两个弯月,柔软地照耀着杨东的全身。不能想象有比那更自满和欣赏的目光了。杨东从来不知道蓓蓓藏有这样的柔情。他在她的眼睛里跳得绝好,尽善尽美。于是他越发飘起来,往优美里飘。蓓蓓的眼光里,他像王子一样带着小坦克飞旋。国际比赛也没有让他这么飘过，他从没有进入过比赛第二轮，更别说决赛圈，但此刻的蓓蓓让他获得了决赛冠军。原以为是女人生来征求欣赏，可他比女人更需要欣赏。蓓蓓会欣赏他，他今晚是一只雄孔雀，为蓓蓓欣赏的大眼睛开屏。大眼睛里还有更多的表白，比如折服，比如情欲，比如诗。恋爱的心都在写诗，没形成字句，没落到纸张上罢了。

两人回家的路上，蓓蓓没有提他跳得多么好，她只说："东东，I love you。"最含蓄也最热烈的时候，她就会说英文。这样的话用中文说，多不好意思。

他知道那句话是他跳舞赢得的。那是在给他挂冠军的桂冠呢。他搂住蓓蓓，黑暗里忘掉了她比他大出的年岁。

在床上他说，搬家吧。搬家？为什么？不是说应该搬到国际幼儿园附近吗？闵行有个小区，联排别墅，刚开盘，就在国际学校和幼儿园附近。可是上班怎么办呢？那么远……杨东不做声了。蓓蓓一分钟就想通了，只要孩子能受国际化教育，上班辛苦点就辛苦点。来回三小时起码的。买房处说开车到上海只要半小时，不堵车的话。纯粹废话，不堵车还叫上海？两人笑起来。两人今晚说什么都是情话。蓓蓓那样看着他，看得他飘飞，为她的眼光值得一死。士为知己者死。士也为知己者容。提出搬家是突然的计划，打破他原先计划的计划。这个计划今夜奇袭了他。来回三小时，才好呢！离上海越远越好，堵车，太棒了！把丰小勉死死堵住。把阿亮、阿亮老婆统统堵死。

房子买下来，装修好，一共才用了一个月。杨东是底层百姓，原先在底层混得不错，各行各业的弟兄都有，专干装修的，电工木工泥瓦工，稍微一召集，来了半院子人。三天活路一天干完。阿亮问他和蓓蓓新家在哪里，杨东大而化之，不远呀，就在闵行那边。他知道阿亮不肯让老婆跟到闵行，在外有多少女人，阿亮不能没有老婆。一天没老婆阿亮的日子都会过乱。再说他挣的那点钱，老婆一个铜板花出三个，他和儿子吃穿不愁，那点钱给他自己呢，三块钱花成三毛，不到月半就饿肚皮。听完阿亮黑着脸，老婆四千块工资加加班费再加红包礼钱，一月六七千，一下飞了。杨东准备这一幕发生的。他把一个信封往阿亮手里一塞，以后带你老婆到闵行来白相。阿亮的手掌就是秤，信封的分量告诉他里面装着两万元，还是新票，旧票子要稍微重一点，沾了人油人垢还有人欲。杨东这一记是漂亮的，阿亮眼睛睛了天。他知道杨东赚钱不易，舞场上一步一步赚来的。舞场一夜五小时，光是走路也要走十几里地，漫说还要带一个个老身板转圈，简直是人形拖拉机。两万块，杨东要拖拉着老阿姨们长征呢。阿亮拍拍杨东的肩膀，三三待他没闲话说。毕竟是难兄难弟，慢说还一块造过大孽。

要只为了担心那个四川姑娘捣蛋，不必跑到闵行去，阿亮的手离开杨东肩膀时说。他阿亮可以让她滚出上海，再也不要回来。不要不要，杨东猛摇头。小勉到底是他小人的亲姆妈。杨东的两个女人阿亮都见过，女律师不是四川姑娘的对手，赤脚不怕穿鞋的，懂吗？懂。早点给她颜色看，做出点规矩，小娘儿不敢太放肆，懂吗？懂。阿亮等着呢。等杨东一个首肯，哪怕一个默许，他就去给小勉做规矩去。

杨东还是摇头。小勉多可怜，大上海只有他杨东一个人可依靠，儿子已经认了别人做妈。小勉头上压着多少人等？上海的任何人等都能欺负打工妹。连阿亮这种闲杂人员，不务正业游手好闲的混混，都可以让小勉滚出上海。就连一个吃软饭的杨东，都能看低她。他要护着小勉，那柔嫩的胖乎乎的小身体简直就是被人踩碎了壳的小螃蟹或小蜗牛，任何一只脚都能踩扁她。任何人都可以让她遍体鳞伤，任何伤害都可以置她于死地。他要挡住那些向她踩去的脚。

世界上只有一个东西比小勉没壳的肉体更软，就是杨东的心。他知道这一点，为这一点绝望。假如他不这样心软，事情何至于这么麻烦？过去他听中学的女物理老师说，假如把一堆麻绳扔在某个角落，不去管它们，谁也不去碰它们，久而久之它们也会纠缠成一团，难分难解，择不出头绪。何况是一堆人，何况是一堆心术不正、正不压邪的人，关系比麻绳乱百倍，局面还不是一连串死结，一个接一个的圈套，连环的绞索？

搬到闵行他和蓓蓓过的日子清静而充实。蓓蓓玩笑说，他们正享受美国中产阶级的苍白幸福；美国带孩子的夫妇就像他们一样搬到郊区，买一幢大房子，一天天乏味而匆忙，只有周末两口子跟孩子真正团聚。这是为了孩子父母做出的起码牺牲，蓓蓓告诉他。他和蓓蓓每天辛辛苦苦地上班——一个白班一个晚班，辛辛苦苦堵车，辛辛苦苦陪孩子学步学语。他俩那么忙，他都没有顾上问蓓蓓，究竟石乃瑛的结局是怎样的，究竟他是不是汉奸。他们忙着重复每一天。只有孩子每一分钟都不重复，突然就听到他蹦出一个新词，冒出一个新表情，突然就发现他高大了一截。现在许堰已经能步子稳健地从院子一头走到另一头。杨东有时捉住自己在想念着什么：想念杂乱的工人新村。这里太乏味太温暖，并且可预料。有了孩子，谁也不需要不可预料的事体发生。

不可预料的事体还是在发生。八月下旬的一天夜里，闷热得如同高压锅内。杨东从舞厅出来正好十二点。他走到停车处，打开广州本田的门，发现车里有些异样。似乎所有东西都被动过，又似乎没有。一种怀疑自己女人出轨，却无法找到痕迹的窝囊恐惧感觉来了。第二天他下午四点从家里出门，随便吃了点东西，跟保姆打招呼说晚上会晚一点回家，四个老女生要请他消夜。他怕堵车，常常预留三个小时给路上。保姆是闵行本地女人，五年前还在菜地里种菜，老实口讷，这是杨东相中她的要素。杨东走到院子里就看到一个人影在墙外闪了一下。不需看到人光是影子他都认识。他追出去，绕墙拐个弯。丰小勉全身防御地站在跟邻家的围墙夹出的小路上。她那样子是只要他动一动，她就会扭头飞奔。她会朝公共的花园跑，花园里长腿短腿可以打平，谁也跑不快。他没有动。反应来得飞快：昨天夜里是她动了他的车子。怎么开的锁他不好奇，这种女孩混长了都会长本事，低级下流的熟人里找个撬锁的还难吗？那个撬锁教练跟她一块钻进车子都有可能。进了车又不为了偷车，似乎什么都没有偷，图什么杨东当然知道：他们把GPS打开，找到最经常使用的一条路线。杨东开车去闵行总是用 GPS，堵车太厉害的时候，GPS 会指出另一条参考路线。蓓蓓买了新房子后，地址就清清楚楚输在里面。

她就是来看看孩子的。半年没见，梦里都想。不要跟我捣糨糊，杨东脸上一个恶心的笑容，要钱就说要钱。真的，是真想孩子。要多少？这么毒的太阳，趴着墙头，为了能看到孩子一眼。五千块够吗？杨东，狗日的，老子日你先人，不让我看一眼娃娃，老子今天不走！丰小勉急了口音变了性别都会变，张口就是老子。

搬到闵行半年，小勉没有闹过大事，也没有提出要看孩子。杨东把蓓蓓交给他打理家用的钱都花在小勉身上了。现在的小勉跟过去不是一个人，下了班还剩一大把时间，哪里去消磨？跟一个四川女老乡认了干姐妹，时间花在逛街上，钱花在廉价衣服首饰上。曾经天真质朴的川妹子现在打扮得能去站街。那么粗的腿，裙摆只到内裤下面，鞋子后高前也高，闪闪发光不知缀了多少假宝石，一双脚在八月阳光下点彩灯，点圣诞彩灯。杨东在舞场跳大半夜，几十里舞步走下来，舞厅的收入还不能持平，还要扛着丰小勉一家和那个继续不关张的"夜上海饼家"。他怕她大闹，把保姆或者邻居闹来，软下态度嗓音，让她在这里等，他去把许堰带出来。大概孩子午睡还没有醒，夏天天长。他进了大门，脱下鞋，轻手轻脚登楼梯。许堰刚醒，下床气特大，所有的玩具都给他扔开，保姆看着救星一样看着杨东进来。

抱着孩子刚下到楼梯转弯处，就看见小勉坐在门口换鞋的凳子上。见了鬼，他刚才进来怎么没有关门？他不敢说话，朝着她狠狠摆下巴，要她快出去，滚出去。保姆马上会下楼来。已经晚了，他感觉着来到身后的保姆，两眼像灯一样照着小勉打开。

小勉稍微欠了欠身。一个知趣的乡下亲戚，为自己做了不速之客害羞。小勉还是老实单纯的，看见这个大房子六星级的豪华，七星级的雍容，已经不敢造次了。保姆疑问的目光简直就是有声音的。杨东马上说，张总和我怕孙阿姨带孩子忙不过来，想再找一个专门做清洁的钟点工，房子太大了。姓孙的闵行保姆叫蓓蓓张总，似乎蓓蓓在家也下不了班。孩子已经自己下地，一手扶着楼梯栏杆，一手由杨东牵着走下楼梯。小勉不知道自己下一步该做什么，甚至不敢朝孩子多看。杨东请小勉到小客厅坐，工作条件和薪水谈判在那里进行。小勉从凳子上站起来，走一步拉一拉裙子边。这房子这么高雅庄重，室内的沉暗都是雍容的，地上铺着丝地毯，墙上挂着油画，落地窗前摆着雕塑和大钢琴。她没进过教堂，但在这里她的神色就像进了教堂，短裙子和裸露的粗腿让她感到极端不适。钢琴是蓓蓓为许堰买的，孩子一到三岁就开始让他学起来。假如小勉为蓓蓓城里的公寓惊艳，那她此刻就被震慑了。原先以为上海分成十八层，而十八层的上海都在她头顶压着，她在最底层，现在一看，上海何止十八层！压在她头顶的一层层上海根本没有顶，没有极限，让她望断云霄！

杨东在小客厅里怜悯内疚地看着丰小勉。她的感觉此刻他完全能体验，不，她的感觉就是他的感觉。一层层的上海，他的小打工妹被压在最底层。他此刻陪着她呢，望不断压在头顶的一层层上海。张蓓蓓的房子在顶层的上海。张蓓蓓也在顶层的上海。他那么为小勉难过，忘了该说点台词，免除闵行保姆的怀疑。许堰没有跟着进来。音响放着钢琴曲，许堰的钢琴课从一岁半开始。孩子随便怎么玩耍淘气，钢琴声都给他伴奏。美国的育儿书蓓蓓读了一座小山，早期教育多么重要，尤其对一个父母基因不详的孩子。保姆跟在孩子后面进了小客厅。房子太大，在这里做钟点工你吃得消吗？他说的是台词。小勉眼泪都要流出来了。孩子的亲妈一旦进了这里，只能在孩子身边做钟点工。小勉配合他说台词，房子是有点太大了。不说台词怎么办？闵行保姆站在近旁呢。小勉接下去的台词是：我回去再考虑一下吧，不晓得能不能发一份车贴？这个我们也可以考虑。能请你留下手机号码吗？杨东鼻子也发酸。没有手机，买不起。那怎么联系你？还是跟家政公司联络吧。小勉即兴台词说得好极了，还有些知识，家政公司都知道。一个打工妹当然清楚所有求职门路。小勉站起来向门外走，还是紧拉慢拉那条不成体统的迷你裙。不是杨东慑住了她，是这房子。房子显出的权力和势力：蓓蓓那样雄厚的钱财，可以跟权势匹敌。杨东的胸口胀得难受，全是对小勉的同情。

　　杨东开车从车库里出去，慢行在小区的大路小路上。小勉一定没有走远，会在哪里等他。他可以载她回城里。三十七八度的气温，他不能让自己的女人挤公车。公车里黏臭的人体个个是三十七度的小高炉，他的女人绝对不能被那些小高炉熬炼。杨东在公车站找到小勉。小勉似乎不吃惊，淡漠地上了车，淡漠地坐在他身边。豪华大房子里，杨东吃的豪华软饭让她晕眩,还没从晕眩中康复。

孩子长得蛮好吧?嗯。小勉偏着脸,对着窗外望呆。比你上次见,长高好多了吧?高了。小家伙快三十斤了呢!美国混合营养液就是厉害,开始不喜欢吃,吃到现在断不了了,三顿饭之间还要加两顿混合奶。哦。小勉倦倦的,似乎这个话题最让她提不起精神,最让她乏。没怎么塞车,往往就是这样,早出门对付塞车,结果一路畅通。杨东跟小勉搭讪,就像最初遇到她。

他把小勉带到东方舞吧,带进换衣间,还有时间给小勉一点温柔。他锁上门抱住她,她反应消极。他解开那条丑陋的迷你裙搭扣,裙子如同失控电梯,一下落到地。几乎同时,他左腮帮子上落下一记耳光。丰小勉站在裙子形成的圈套里请他吃了一记耳光。按照他们的惯例,他是会立刻回请的,应该说是他的本能,是条件反射拿更有质量和分量的耳光回请她。但不知怎么,今天本能和条件反射就死了,他愣愣地站在裙子套住脚踝的女子面前,等着她继续请他吃耳光。这记耳光在那个大房子里就开始积聚能量。雷电不动声色地在云层里积聚能量,开车一路,他看不透她的云层里积聚了如此的霹雳,等不及自己把双脚从裙子里迈出来,就骤然变天。这是个滑稽至极的场面,光着两条腿的女主角丰小勉却泪流满面。

小勉提起裙子,哭出声音来。大上海把所有的欺负凌辱集中在张蓓蓓和杨东身上,由他们俩对丰小勉具体执行。杨东任她哭去,哭得有点道理嘛。道理还蛮充足。她低头时,从她衣领里滑出一星亮光。一颗极小的钻石。真钻石。不然她小勉不会戴那么不起眼的饰品。她珍藏的一堆假水钻跟手电灯泡那么大，戴在身上在半里路外就跟人发信号。他的怜爱平息了一些。她多花费他一笔钱，他对她就少一分内疚。她现在对花他的钱很想得开，连钻石项链都给自己买起来了。

多少钱？什么？钻石坠子。假的。撒谎。是假的，你给我那点钱能买得起真的？！杨东不说话了。真的说成假的，问题更大。别人送她的。谁？帮她撬车锁的人。杨东早该想到这一天。小勉不难看，年轻，时间打发不掉，无事寻非是一切邪恶的起源。

"谁送给你的？"杨东看着她。那个钻石不到半克拉。最多半克拉。

"我自己送给自己的。你不送给我，我还不能善待一下自己？"

杨东笑笑。刚才还大喊大叫，说是假的呢。

"谁送给你的？"他连嗓音都没有提高。老侦察员机器般的重复询问，最终一定能把嫌疑犯的心理摧毁。

"我自己买的！"她倒把嗓音提高了。

"小声点。谁送给你的？"

根本不理会她的狡辩，直接掐断她的思路，继续重复提问。老侦察员一点脾气没有。小勉不说话了。

"就告诉我，谁送给你的？"

"是假的……"她肩膀一扭，脖子扯一下，眼睛拿捏得更动人，更骚。她以为这次撒娇耍赖又能引渡她到安全国度。

"跟张蓓蓓在一起快三年了，别的没进步，真假钻石还会看吧。"

她又不说话了。心里在斗争要不要招供。

帮她撬车锁的人不仅有贼胆,有贼心,也有贼脑子。一个很会动脑筋的老贼,想到GPS能带路,把这个小女贼带到蓓蓓的新房子。怪不得阿亮说,女律师弄不过这个四川姑娘的。赤脚的不怕穿鞋的,丰小勉背后一支赤脚大军。拜干姐妹的四川老乡难道不会给小勉介绍能买得起半克拉钻石的男人?

"是我自己买的。"小勉视死如归,十分坦然。

"发票有吗?"

她一愣。他冷笑。这一会儿他多盼望她对不起他!她跟别的男人混上,再好不过,他跟蓓蓓从此安全了,带着许堰从此享受他们中产阶级的苍白幸福了。反正小女子的卵巢里有的是蛋,慢慢去下,跟撬锁的老贼想生多少小贼就生多少。只要她坦白,他一定不会怪罪她,一定会欢送她,给一笔赡养费他都在所不辞。可是她就是不交待。一口咬定是她自己买的。她的镇定和磊落让他动摇了。小勉走过来,胸脯贴着他的腹部,手在他脸颊上摸摸。打疼了吧?对不起哦,她的抚摸在说那两句。他们之间的和解从来没有语言。不是说,再生一个娃娃吗?她的抚摸从脸颊往下移动。

他跟小勉从换衣室出来,舞厅的大挂钟指着六点四十五。他该上班了。舞厅该开大门了。打开门,两个老女生果然已经等在门口,一见到小勉马上老不正经地打哈哈:"杨老师今天艳福好啊——这么漂亮的美眉也是来学舞的?"杨东瞥一眼小勉,桃子正熟,把两个老女生比成朽木了。难怪他母亲说,十七八岁无丑女。小勉收起下巴,压低了脸,水灵灵的目光从低处射出来。很勾人的。这副目光是新学的,杨东头一次看到。他再次感到小勉身后有一大片他看不透的雾霭。

他跟两个老女生调笑的时候,小勉当观众。东东,有人叫他。回过头,一股冷气从后脖梗顺着脊梁骨吹下来。蓓蓓拎着那个装舞鞋和舞裙的运动包,头发盘在头顶,她今晚想跳舞了。他冷得下巴也抖了,蓓蓓你什么时候来的?他问着蓓蓓,眼睛余光照着小勉。小勉跟蓓蓓见过,在区文化宫舞厅,好在那时候小勉的脸大半在口罩下面。蓓蓓说她来了一会儿了,看见杨东的车停在车场,舞吧的门却锁着,敲了半天没敲开,所以她去给杨东买了个三明治,跳到夜里十二点,怕他会饿。杨东解释说他当时一定是在淋浴间淋浴,没听到蓓蓓敲门。老女生们像是心里有数,鬼头鬼脑地相互看看。

一下子拥进来的十五六个男女解救了杨东。不然他的紧张可能连一岁半的许堰都会觉察出来。十五六个人中有五个男的,其余是女的,都在三十岁以上,四十岁以下。蓓蓓搞惊喜派对,把公司里的单身男女都请来联谊,每个单身男女都带了自己的伴,加上陆续到来的老女生,杨东的生意一下子兴隆红火。蓓蓓介绍杨东是她国标舞的启蒙老师。但她让雇员们知道她和杨老师的关系比一般师生要近那么一点。杨东跟蓓蓓公司的雇员握手,十几个人,一一地握,笑容被刻在了脸上,刻得脸疼。他没有忽略对丰小勉的监视,这种时候只要她稍微不乖,一句不得体的话,杨东就鸡飞蛋打。虽然他回到蓓蓓身边受到的宠爱多倍于从前,蓓蓓肯定不会放松对他的警觉。

第一支曲子，杨东赠给蓓蓓。一支惊心动魄的探戈。双人舞，所有人暂且在一边观摩。小勉眼睛雪亮地看着舞池里的男女。杨东带着蓓蓓每次从她身边舞过，都被她的目光划一刀。他注意到小勉接了两个手机来电。还注意到她离开舞场一会儿。蓓蓓当着公司雇员的面，跳得更卖力。太卖力是错误的。什么叫跳舞，舞就是让音乐和节奏流到你的血里，音乐自己会流满你四肢，全身，那就是舞了，优美的纯粹的舞就是这么回事儿：一半是人跳舞，一半是舞跳人。

我同意杨东对跳舞的总结。不让舞附体，你就没有舞魂。舞是张满风帆的风，而你是帆，没有风再好的帆也是一堆死布，生命和魂魄在哪里？我跟阿绿跳舞，我们互为风，互为帆，血液里走着音乐，肢体灌满节奏，知觉化成韵律，那种让舞来带动你的感觉，简直成仙了。那是我和她魂魄的lovemaking。一样销魂。不，更加销魂。这是我为什么找不到阿绿的替代品的原因。一个男人只有一个女人是为你生的，一个舞伴只是一半，只有把另外一半找到，才真正舞得起来。跳舞搭档和所有人类兽类的搭档都一样，暗示和意图，正负极电流一般，所有天衣无缝的搭档都相互通着电。跟茉莉也探戈，也华尔兹，只不过是跳舞，舞没有附体。魂魄没有交媾，最后的释放不会发生。

可我连茉莉也没了。茉莉在为我带信之后被日本兵杀害了。一个晚上舞厅来了几个日本军人，把十几个红舞女列起队，一个个淘汰。茉莉却自己淘汰了自己，主动从当选姐妹的队伍里走出去。伍长拦住她,要她跟他跳头一圈舞。灯光一变,舞曲开始,伍长发现茉莉不见了。茉莉的抵抗那么柔软,淡雅地驳了占领军的面子,但还是没有逃脱惩罚。伍长追到楼梯上射杀了她。楼梯上的地毯一颗血星子也不见。收拾得够快呀。

我随便找了个舞娘,给她买了一杯香槟。她告诉我她叫碧兰。随便叫什么吧。我们昏暗地舞动起来。我问她,换了她在茉莉的位置,她会怎样。幸亏日本人没有选上她,她说。假如选上呢?不过没选上啊!她倒露出几分得意和幸灾乐祸来。这种甘于平庸不求上进的人反倒能安全活下去。万一呢?万一被选上?你必须知道自己会怎样!这是我突然站定对碧兰说的。她笑笑,说她不晓得会怎样。必须晓得!叫碧兰的姑娘觉得我疯了。疯人不写诗是疯子,疯人写诗就是诗人,写诗不过是狂病症状之一。

才九点钟,舞厅里的菲律宾乐师刚预热了手指和嘴唇,准备大吹大奏一夜,可我要走了。连茉莉都没有了的地方,连阿绿的魂都不归来的地方,留不住我。我为碧兰买了第二杯香槟,她目送我的背影移出她的渐渐迷醉的视野。

我走到静安寺路上。寺庙无灯,在灯繁光乱的上海夜空以完全的黑暗显出它的轮廓和宁静的存在。宽阔的马路上,日本兵三两一伙,叫的唱的都有,真拿自己当上海滩头等客人。不,他们拿自己当上海滩的头等主子。他们民族著名的沉静呢?到别人的国家可以这样杀人无度,醉酒无度,吵闹无度。我突然觉得这是个弱点太大的民族。应该送一两个去见鬼。恋爱不成，杀人照样可以挥发激情。杀人和热恋都让你达到高潮。我叫了一部差头，希望上车后杀人的热情会得以冷却。一个年轻的日本军官拦住我。他认识我，到报馆来登寻人启事的时候，听说石乃瑛任该报总编辑，特意登门拜访。石先生的诗翻译成日文的不少，他用中文说，三流的中文，不过够他用来气我：很理解石先生在一九三七年十二月底写的诗，那里面的反强暴情绪，可是，我要是您，就不会当这家报纸总编辑。南京屠城你在哪里？我问他。在南京，两国交战，军人只尽天职。他的回答很是理直气壮。在舞厅里杀害茉莉也是他们的天职。他对我当汉奸报纸总编辑倒有意见。要杀人就杀了他。但是必须找个安静的地方，从容地杀。我问他想不想继续探讨我的诗格和我的人格，因为他在这两者里看到了分裂。他不胜荣幸。我向座位里面挪了挪，请他上车就坐。杀他之前我要让他明白我是谁，我的人格和诗格是否分裂。很好，他只别了一把手枪。我身上也有手枪，先起杀心的为强，先下手为强。我杀了他，王融辉王胖子那种不齿于人类的东西也就明白我是谁了。王胖子也配用阿绿的名义来骂我汉奸。车子上路了。我身边的日本青年继续探讨我之其人其诗。车拐上海格路，一辆黑色雪铁龙迎面过来。我见过阿绿的座驾。庆幸的是路窄，雪铁龙的纱窗帘未合拢，我能看见路灯照亮的车内：那个刀削出来的侧影，那个我每天睁眼闭眼都看得见的女人。我失口叫起来，阿绿！司机回过头，先生说叫什么？我请他立刻掉头转回，追踪刚开过去的黑色雪铁龙。年轻的日本军官在车头掉头时倒在我身上。两个男性敌人肌肤相碰，天下没有比这更难以忍受的事。但他现在已经成了龙套，随时可以退场。恋爱续上了，杀人的激情已经被转换。

十字路口，雪铁龙停下来等待绿灯。我看见阿绿的影子在车后窗的纱帘里。对于她，我不用肉眼就能看见，官窑花瓶似的背影，瓶颈是脖子，两肩流水。我对身边的龙套说：请下车吧，对不起，我碰到一个死而复生的朋友。什么？死而复生都不懂？有字典的话回家查查。年轻的日本军官开门下车。被一个著名作家和诗人刻毒一下，他不是太在乎。也许三流中文的隔膜帮了忙，没让他听出我的刻毒。他下车还没站稳，我们的车已经向前开去。他该感谢阿绿，阿绿今晚让他捡了条命。

跟着黑色雪铁龙不知穿了几条街，司机说，先生，我们又兜回来了。我的眼睛始终定在纱帘内的背影上，没注意逃的和追的都在兜圈。现在前方又是静安寺的黑暗庙宇了，雪铁龙刚弯过舞厅大门，向愚园路慢悠悠一拐。

从雪铁龙下车的身影进了舞厅。旗袍不是黑色就是墨绿。还有一种黑色，我命名为孔雀黑，从黑色里闪出的绿色蓝色紫色，眼睛几乎捉不住，孔雀羽毛的黑色中含有幻彩，随着日光天光变化，它也变出隐绰的绚烂。我给阿绿买过一段绸料，就是孔雀黑。做出的旗袍穿上身，不妖的女人也神秘，慢说阿绿半人半妖。

我跟进舞厅去。在楼梯上跟她说话最好。她在上我在下，一声呼唤：阿绿。可是楼梯上没有阿绿。正是舞厅好光景，上上下下的油头粉面牛头马面络绎不绝。不少日本人。间谍特务也少不了。今夜怎么了？挤满人肉！阿绿没了，人肉开了条缝,她消失在肉缝里。

"就在我们第一次见面的舞厅,石乃瑛跟夏之绿最后见了一面。我最近查到的资料。他们俩还是见上面了。那天晚上是一个姓乌的棉纱大老板在舞厅包场,包下了露台上那个小舞池。大老板跟王胖子同乡,都是无锡人,所以让王融辉一定说服阿绿到场,让阿绿跟他跳几圈。石乃瑛不知道那是设的局。夏之绿也不知道。"

蓓蓓此刻跟杨东从舞池上来,杨东送蓓蓓到茶座休息,蓓蓓忽然想起这个段子。杨东指了指身后,苦笑,老女生一大群,都在等他去陪练。蓓蓓的雇员们也不能冷落。蓓蓓笑笑,摆了摆手,去吧,难得一晚好生意。

其实杨东是要看管丰小勉。这里不能有她那颗穿超短裙的定时炸弹。丰小勉一动不动坐在那里,看着舞池里一对对舞男舞女在游动的灯光里过往,但杨东几乎能听见炸弹擦擦擦地走动。不知定的是什么时间。

等他转到暗处,再转到明处,小勉走了。他出一口长气,定时炸弹的起爆时间没设定在今夜。他顿时轻了许多,搂着韩国老女生飞旋。有人在哪里鼓掌。侧脸一看,鼓掌的是蓓蓓。

第二天早上,蓓蓓问他,钟点工的事决定了吗?杨东正在刷牙,一听这话,牙膏全咽下肚子,一根食管又凉又辣。嗯?他瞪着镜子。蓓蓓已经涂上了口红,两片嘴唇对抿。昨天不是来了个钟点工吗?口讷的闵行阿姨对有些事并不口讷,钟点工离开不久她就给女主人打了电话,一定是这样。她来这个三口之家不久，但这家里谁吃谁的饭她苗头轧得很清。哦，那个呀，他低头吐出剩余牙膏泡沫，孙阿姨五十多岁的人了，看她推吸尘器直拍腰杆，哪天闪了腰就讨厌了，找个年轻的做重活。蓓蓓凑近镜子，轻轻往眼皮上刷颜色。本来这套五官太大，多占了份外的地方，还要夸大它们。那她肯来吗？谁？那个年轻的钟点工。从"年轻的"三个字里，杨东的耳朵尝出一丝怪味。不肯来，房子太大了，打扫起来吃不消。蓓蓓笑笑，这种年轻女孩，让她们好吃懒做她们就幸福了。

　　她往浴室外面走去，在门口，又想起什么。到人家来面试工作，穿那么短的裙子，三角裤都要露出来了，像个鸡！幸亏她嫌我们房子大，吃不消，要不还不知道谁吃不消谁呢！

　　闵行的老实阿姨一点也不老实啊，在两口子之间，这种事是不作兴说的呀！杨东这样想着，把牙刷出血来。不是昨天打电话告诉蓓蓓的，一定是今天；假如蓓蓓昨天就收到了阿姨的小报告，她昨夜跳舞不会那么忘情。一定是今早蓓蓓去婴儿房看孩子，闵行阿姨嚼了舌根。那么短的裙子，像个鸡。好吃懒做，裙子遮不住三角裤的鸡，谁吃不消谁？！裙子是短了点，但小勉可没有好吃懒做，她一天上十小时的班，十个小时站立奔跑，屁股一分钟都不准挨椅子。打工妹在这个大都市都是奴隶。可丰小勉一个月挣的钱不够张蓓蓓买条丝巾。半条也不够。什么Hermes，什么Gucci，什么Dior。小勉为奴一辈子，到张蓓蓓的岁数，或者更老，照样没指望一个月挣出张蓓蓓一条丝巾的钱。

　　等他穿好衣服，下到楼下，蓓蓓已经上班去了。整个空间叮叮咚咚，奏着肖邦的玛祖卡。闵行阿姨在喂许堰吃蛋羹。孩子两条腿粗壮结实，小勉的腿。牙齿是杨东的，两颗大门牙之间缺半颗牙。十岁的杨东放学经过一个牙科诊所，那时候私人开诊所是凤毛麟角。牙科诊所上着门板，杨东一直以为里面是个修车铺。一天从门板里走出一个花白头发的男人，拍拍杨东的头顶，小弟弟长得真漂亮，假如牙齿修好就更漂亮。他把杨东领进门板里面，墙上挂的不是各种车胎，而是牙齿防治图片。杨东差点就是个兔唇儿，花白头发的牙医告诉杨东，门牙间的缝隙就是兔唇将要形成而没有形成的证据，翘鼻子也跟兔唇有关。杨东的俊俏归功于百分之十的兔唇基因。他在杨东两个门牙上粘上了点什么，于是两颗牙都宽大了一些，缝隙基本被填满。十几年之后，一颗门牙上粘的神秘材料脱落，缝隙再现，只不过比原始的要细。哪天另一颗门牙上的粘合物也脱落，他就是许堰的成年版。

他的脸在闵行阿姨面前绷得铁硬。夺过那碗蛋羹和小勺，去吧，我来。阿姨叮嘱，烫啊，吹一吹。知道！阿姨听出来，他实际在说，让你多嘴！给人家当保姆嘴巴不安分！阿姨讪讪地走了。他把一勺吹凉的蛋羹送进许堰嘴里。一颗门牙和另一颗做不成隔壁邻居，中间隔了条弄堂。孩子的长相正在水落石出，渐渐会显出杨东的原版来。这几个人当中，个个是定时炸弹，就是不知谁头一个起爆。

接下来一个月，上海一连几场风雨。毒辣的夏天安全过度到清凉的早秋。郊区的蝉声哑了。杨东想，什么事也没发生啊。几个定时炸弹这样就饶了他了？蓓蓓最热衷的话题是孩子的早期教育。她跟他商量，国际幼儿园开了小小班，是否应该让许堰入学，小小班的早期教育很科学。杨东当然举双手赞成。这样可以请闵行阿姨走路了。他真的趟过了雷区，水雷地雷都没有爆。小勉也很乖，除了要钱，平时与他相安无事。他和小勉一周见一次，都是吃一顿午饭，或早晚饭。他暗暗祈祷，大家就这样长处下去吧，三个人好好相爱，不相爱相濡以沫也行，他可以好好待这两个女人，至少他会试试。

蓓蓓还是隔三岔五到舞吧陪他，偶然带几个公司雇员。反正他们是胡跳，华尔兹的曲子他们照样蹦迪，杨东只赚酒钱门票和水钱，都是折扣价。蓓蓓总是调侃，说杨东给她雇员的折扣还不够大。他俩的真实关系雇员们还在猜谜。

这天晚上蓓蓓要求杨东跟她跳伦巴。他从来没发现蓓蓓可以跳得很色情。回到家十二点半，蓓蓓没有困意，拿出一瓶红酒。对红酒杨东现在基本扫盲了，心里估价这瓶波尔多价值五千以上。等于小勉两个半月的工资。约等于杨东在舞池里走一百多公里舞步。今晚他在舞池里几十公里走下来，两个脚脖子酸胀，脚像是大了许多。但他不愿意扫蓓蓓的兴致，坐到她身边。蓓蓓指指旁边的沙发，喏，你坐那里，好说话。

酒下去一杯，蓓蓓看着空酒杯里留下的深红。酒不错。嗯，是蛮好的。好久没跟他夜谈了，孩子把他们单独相处的时间挤掉了。是的，有孩子是不一样。好像话说尽了，两人都干在那里。杨东站起来，拿起酒瓶，往蓓蓓的酒杯里倒酒。要不干嘛？相互间总不能一直晾着对方啊。蓓蓓的一只手挡住酒瓶。我不喝了，你也别喝了。杨东的腰弯到九十度，从那个度数侧脸看蓓蓓,一脸正确。你坐下,东东,我有话跟你说。

杨东慢慢坐下。舞池里走大的脚把拖鞋胀得满满。

蓓蓓从放在身边的皮包里拿出一张单子。是一家医院开的单子。医院有个中文名字,也有个英文名字。蓓蓓需要看医生做体检都是去这家合资医院,这他知道。这是 DNA 的结果,蓓蓓说。杨东不知道她在说什么,意识里一片吵闹。

"这是亲子鉴定。你跟许堰的。"

原来第一颗起爆的定时炸弹是张蓓蓓。这个成了精的女律师调查成癖,谁都不信任。一个石乃瑛,几十年的历史,两百多首诗歌,十几本散文传记,还没有把她忙死,她调查的地下隧道挖到杨东脚下来了。这么多天的风平浪静,夏天和平过渡到秋天,原来她在他脚下埋了颗雷。不,他夜夜搂着个定时炸弹睡觉。不,搂着个原子弹。他每天跟原子弹 lovemaking。现在看见她的蘑菇云了吧?遮天蔽日。人证物证,跑都没得跑。自此之前他有多少机会跑掉?带着儿子跑得远远的,惹不起躲得起,这不是常常在他脑子里穿梭的念头?那他怎么了?谁绑住他了?

他的手被拉住。不知什么时候,蓓蓓移到他身边,把他的手拉到自己两个手掌之间。不去看她,她肯定眼泪汪汪。绑住他的就是这个张蓓蓓。一年零四个月前,在舞厅洗手间门外的那一瞬,那个失而复得的蓓蓓,那个泪水洗脸的蓓蓓,钻进杨东怀里,杨东不抱紧她都不行。

"东东,你有多少次机会可以跟我讲实话……"

杨东面前果然是泪汪汪的蓓蓓,受尽欺负、欺骗,她拉着他给她做主呢。杨东的心软得稀烂。

"孩子的母亲是谁?"

杨东抬起头。蓓蓓难道不知道短裙子钟点工和整个事件的关系?又是两大颗泪珠从蓓蓓眼里滚出来。此刻她脑子里一定在上映一幅幅场景,杨东完美的裸体跟一个青春女子的裸体交合,这些场景让她痛出了眼泪。因为她知道她的东东可以多么温柔和激情。孩子的母亲是谁?是谁?到底是谁?她心焦的等待如同秒针一般擦擦擦地紧催。

"……一个开点心店的。当地人。"他回答说。

"她为什么不要孩子呢?"

"……她家在农村。条件差。"

"你们为什么不结婚?"

杨东抬起头看着她。他想说什么?蓓蓓,这还用问,我心里放不下你。或者,对你蓓蓓我还是很有感情的。不,好像这些话都不够真实。因此他只能看着她。蓓蓓懂得,他眼睛里的表达远比将要组成的句子准确。心里发送的直接由心去接收,那些复杂的不成语言的信息才不会流失。

"你不爱她,对吗?"

杨东点点头。心里焦灼,怕她接着问:那你还爱我吗?

"那你跟她怎样了结的?"

杨东释然了不少,蓓蓓没有问那个最难回答的问题。

"我走之前把所有的钱都给她了。八万多。"

蓓蓓把半事实当作百分之百的事实接受了。八万多在那个小城什么概念?银行里做做理财,家里有个泡菜坛子,再种三分地，可以过一辈子了。

"你为什么不说实话？……为什么呀？……嗯？"

慢着，这个女人怎么又全身心地进到他怀里了？怎么还敢让他抱？不怕他一抬手掐死她，就跟不当心掐昏了夜开花一样？他们这伙人下手都没轻没重。

杨东推开她站起来。这回不能留下那么多东西，所有衣服都要带走。既然是张蓓蓓送给他的，跟她客气什么？他在衣帽间刮起风暴，把一根挂衣杆上的衣服席卷到两个箱子里。蓓蓓上楼来拉他。不是这意思啊！她哭着说，是你东东的孩子，不是更好吗？杨东动作稍微慢了一点，好什么？比抱养陌生人的孩子要好多了呀！现在不少人借腹怀胎，子宫是陌生的，孩子是自己的，就算杨东借腹生下了许堰。

杨东的手停在箱子里。蓓蓓的脸跟他一根水平线，她一条腿跪在地上。哭泣时的大眼睛大鼻子显得更大，红肿的关系。蓓蓓按住他的手，能听我说完吗？从他把孩子带回家她就猜到七八分了，东东这样的英俊男子，年轻力壮，在外面漂流一年半，没有女人才真的不近情理呢。

什么？他怎么听不明白？这女人会有这么高尚？舞池里一夜走了几十里舞步，疲劳此刻才完全追上来。他崩溃一般坐到地上。这对男女在氧气有限的衣帽间里，隔着箱子面对面坐在地上。

蓓蓓两手依然按在他的手上。听我说，东东。他看着她，表示听着呢。孩子是你杨东的，就是我张蓓蓓的。她不是没有过痛苦，没有过挣扎，自己跟自己在心里挣扎了好几个月。对杨东最终说实话抱过希望，希望一次次落空，那是她最挣扎的时候。你不能指望我一点挣扎都没有吧？杨东摇摇头，不指望。蓓蓓伸出手，摸着他的面颊。孩子有兔唇基因，她带孩子去看过牙医，她就从那里入手调查的。现在她彻底踏实了，有了亲子鉴定，证明许堰真的是杨东的骨血。

"东东，你知道的，I love you."

本来他走的决心都给打岔了，一听"I love you"，使劲地抽出双手，把箱子盖上。我还没有说完呢！他拎着箱子走出衣帽间，走到楼梯口。蓓蓓惨声叫道："东东！"

他回过头，狠狠向阿姨的房间使了个眼色。张蓓蓓你要点面孔吧，还想让多嘴的阿姨给你往全小区广播吗？阿姨不在，她打发阿姨回家休假，因为她计划要跟他谈话，有外人不方便。杨东看着她，多可怕呀，她都是计划好的，他给她计划到里面了。她的计划还不知多大，天罗地网，把许堰和小勉都一网打尽。推开婴儿室的门，蓓蓓从后面扑上来。

"孩子睡那么熟，你想干什么？！"

这还用问，既然已经有亲子鉴定，儿子当然归老子。

"你一定要走的话，就走好了，孩子先不走。"蓓蓓把他拽出来。她此刻力道像个男人，眼泪也没了，很凶的一张脸，"你不能半夜三更把孩子就这么抱走！孩子会受惊吓的！"

又是她正确。这一堆乌糟糟的事务，一堆烂麻绳，眼看就要你勒死我我勒死你，只有孩子没错。救救孩子吧。

"要是你冷静下来还是要走，那就等你落定了，再来接许堰。"蓓蓓说。

她的正确让他无力，无望。

"要不你今天也不要走了。都两点了。我把客房的床给你重新铺一下。一夏天没人进去过，床单可能返潮。"

她继续正确。杨东躺在干爽散发着香气的客房床上，想到蓓蓓确实从头到尾没什么不正确，始终正确。唯一的不正确就是认识了他，欢喜上他。还不好意思欢喜，藏在 I love you 后面欢喜。那份欢喜是笨了点，拙了点，但分分毫毫都真。蓓蓓之前，杨东没有给女人死心塌地地爱过，但碰到真爱，他是识货的。

早上醒来，他听见钢琴声伴奏的婴儿会话——许堰在说："妈咪，斗啦斗啦！（走拉走啦）。"客房跟小客厅只隔一道门。蓓蓓纠正许堰："走啦走啦。堰堰，走。走啦。"跟一岁多的孩子她也要百分之百的正确。许堰提高嗓音坚持错误："堰堰斗啦斗啦！"孩子们都像小狗，到时候不带出去遛遛，不得安生。蓓蓓："说，走啦走啦……你不说，妈咪不带你出去哦。"许堰避开说"走"字，大喊起来："堰堰要突去！（出去）"

杨东拉开门。蓓蓓跟许堰都戴着棒球帽，穿着几乎一模一样的白色长袖 Polo 衫，卡其色裤子。怎么看都是一对母子。杨东的心又是软得稀烂。

"你看，把爹地吵醒了吧？"

许堰瞪着眼睛，小勉的好奇和疑问从许堰脸上投射出来。爹地怎么会睡在这个房间里？他又看着妈咪，爹地怎么成客人了？杨东上去把孩子抱起来，问蓓蓓今天怎么没去上班。跟公司打招呼了，晚一点去。至少等孙阿姨来了再走。好像昨天夜里什么也没发生过。别提它它就没发生。蓓蓓就是要造出那种假象。近乎生离死别的一幕,就把它当个噩梦吧。你看,一切照常,孩子照样好胃口,吃了两个蛋,急不可待地要你带他出去遛遛,消食。这个秋天的早晨哪一点不好?谁忍心在这样的早晨提分离?

可是那条调查的地下隧道到底挖到哪里了?到底还要在谁的脚下埋雷?蓓蓓是不会停止调查的,天生的律师,对此她也没有办法。

"跟我们一块出去走走吧。"蓓蓓在门口建议。

杨东跟了上去。在门口的挂衣钩上,蓓蓓摘下一件运动夹克,给杨东披上。

一家三口,秋高气爽,生活是美丽的。

三个人坐在小区的花园里,玫瑰还像夏天一样肥肥大大,最早的菊花却也开了。一个老妇人牵着一条白毛小狗过来,许堰跌跌撞撞地跑出去,一老一小一条狗开始交流。杨东和蓓蓓眼前一幅好日子的广告似的。蓓蓓迷恋这幅广告,大眼睛眯起来,弯下来。

"我们可以搬得更远。"

杨东吓了一跳。发现是蓓蓓在说话。她在最陶醉的时候还能作打算。

"搬到美国去。华人社区有跳舞的俱乐部。你可以教舞。我想了很久了,早就想跟你办了结婚手续就搬到美国去。昨晚我一夜没睡,想了一夜。早就该去美国了。我父母老了。晚辈应当住到他们身边。对吧?他们看见堰儿会开心死了。"

她想了一夜，各种复杂的可能性都想到了：杨东可能跟许堰的生身母亲仍在扯不清。

那个女人可能会冒出来。甚至有可能杨东借她张蓓蓓一块宝地养活孩子和那女人，玩一个长期的慢性的仙人跳，最后讹走张蓓蓓一生积蓄的钱财房产，人家还是一家子。什么样的无耻勾当律师没见过？人无耻到什么程度会惊着律师？杨东看着十点的太阳从背后把他和蓓蓓的影子投在地上，阳光难得的清澈，人的影子难得的黑。

"我的事务所可以交给合伙人经营。"这也是她一夜思考的结果，"少赚点钱就是了。多赚少赚对我来说，还有什么区别？又改变不了世界。不如改变一下我们自己的生活。"

她仍在和他以及他儿子"我们"。

那团烂麻绳都是死结，索性斩断。去美国。杨东让思路往那个方向走了走。把他那套两居室的房子卖了，钱呢，一部分留给丰小勉，另一部分留给父母。感谢上海房地产的涨势，两三年一个空心跟斗翻上去。去美国，所有死结都斩断了。美国是个好地方，不问来路，是来路不详的人的新大陆，新起点，美国历史上有多少来路不详的英雄？多少欠了巨款，逃了大税，惹下大祸的人美利坚她都包藏。凭什么不包藏杨东？去美国。去美国。新大陆可以让蓓蓓的心从此放下，连亿万资产都追讨不回来，谁有那本事追讨一个杨东？再说杨东有什么可追讨的，走得跟刚从产道里出来一样赤条条。

首先要去找中介卖房。这种中小户型非常好卖，中介立刻接手。从房地产中介公司出来，杨东饿了。早上蓓蓓跟他谈去美国，他心里绷得紧，什么也没吃。紧张抵饿，抵了早餐中餐。下午陪中介去他出租的房子里照完了相片，跟房客打好了招呼，又谈好售房价格，四点多了，他的肠胃吵闹无比。他想到好多天没见小勉了，房地产中介公司离小勉上班的咖啡店十分钟步行路程，去她那里吃点什么喝点什么。很快要大大地对不住她了，要远别了，（或许是永别也难说）。他和儿子要把她扔下，扔在十八层上海的底层。也许给了她卖房子的钱小勉可以在上海上升几层，开个小面包铺，让她小小的梦想成真。等儿子长大，继承张蓓蓓的遗产，几十年卧薪尝胆，那可就实现了一个浩大的梦想。

咖啡店领班瞪着杨东写在餐纸上的名字，抬起头瞪着杨东。丰小勉？是这三个字吧？对的。杨东心里直冒火，他的字虽然是丑八怪，笔画不缺呀，还用再问一遍核实？没有这个人。什么意思？杨东亲眼看见小勉在这里上班！事实上，他亲自送她来上班，而且还点了吃的喝的，让她服务过！领班叫来一个女服务员，把餐纸往她眼前一送，店里有叫这个名字的女孩吗？四川姑娘。四川姑娘一共两个，一个就是这个女服务员，还有一个，昨天辞职了，但她绝对不叫丰小勉。大家都很忙，啊，对不起，先生大概记错店家了。领班把杨东送到门口。门外七八张桌椅，百分之八十坐的是洋人。有那单个的洋人一杯咖啡一个笔记本电脑混一个下午，眼睛东瞅瞅西看看，开通的姑娘们穿得暴露，裙子短得一个比一个惊世骇俗，洋人们的脖子就转一百八十度，迎着她们来，目送她们走。她们个个都是小勉，不过是些苗条的小勉。

杨东想想不对劲,再次进入咖啡店。他把小勉的长相特点,身高体重告诉了领班。领班马上说,她不叫丰小勉,叫李静,横竖找不到她了,她辞职了。昨天辞职的四川姑娘叫李静,有身份证为证。身份证?对呀,求职来的都要登记身份证的。能看看李静的身份证吗?领班看看杨东,不大像歹人,为难地说,一般是不能把雇员的身份证随便给人看的。当然不能随便给人看,杨东急得谎言流利,我是那个姑娘的小娘舅!领班这次很长时间地看了杨东一眼。少白头。高档衣装。衣装在上海滩比身份证还证明身份。他说他进去跟总经理商量一下。一会儿领班出来了,带着杨东拐到店铺后面。雇员洗手间隔壁一个小办公室,桌上放着一张身份证复印件。小勉的照片是没错的,旁边的名字是李静。雇员洗手间的水箱漏水,唏里哗啦的声音满走廊都是。领班看看杨东,又看看复印件,是她吗?杨东摇摇头。要说是,小勉就成了个假冒身份的骗子。

可是她到底是不是骗子?到底是谁生下了儿子许堰?他私底下养活的女人到底是谁?杨东心里就响着这几句追问,一直响到他月月付租金的亭子间。他不知道自己一路上怎么开的车,一路上为什么没有听见任何车喇叭,心里那几句问话始终在雷鸣。

亭子间没人。钥匙他是有的。开门的时候,房东女人从楼上探了一张脸出来。房东是温州人。温州人有商业远见,预料到上海就是将来的香港,哪怕一巴掌大的土地只够点一颗豆子,收起来都是金豆子。因此他们不仅炒新楼,也炒这种老楼,在上海到处做地主。杨东没有跟她赔笑寒暄,月月给她汇租金的人来了，房东女人是知道的，赔笑该是她。进了亭子间，一股淡淡的烟味。杨东心想，丰小勉是不抽烟的，或许李静抽烟。这种打工妹一个人里藏几个人格，你真搞不清楚。他打开小窗子，窗台上洒着烟灰，一个小碟子里放着几个烟蒂。那扇窗她一般不开，下面就是全弄堂的分类垃圾站，气味和苍蝇都是爱上蹿的，因此只有抽烟的时候才开窗。抽烟的人企图把烟关在外面。烟蒂上没有浅粉红的影子，小勉或李静最爱浅粉的唇蜜。

　　他开始抄家。他做过坏男孩，知道一般人认为牢靠的藏东西地方。撬开抽屉，用手在抽屉上膛上摸索。打开一个个鞋盒子，伸手到鞋尖里去挖。千万不能忽略床下，牢固的胶条可以把一支手枪固定在床垫反面。还有床垫和床板之间。床垫本身，看看是不是有被刀划开的地方，床垫的海绵能饱吸多少秘密。抄家成绩很大，抄出了许堰的出生证，还抄出四个身份证，照片是同一张脸，名字和出生日期各有区别。李静、张丽、冯小励。再加上个丰小勉。四个人格住在一个身子里，也不嫌挤。他还找到了那个钻石项链的盒子，一家连锁的大众档次的珠宝店，张蓓蓓是不屑往里面踏脚的。盒子的丝绸衬底下面，搁着一张叠成很小的纸。那是发票，钻石价值一万一千元港币。杨东不知道丰小勉在六月份去过香港。也许去香港的是李静或者张丽要不就是冯小励，她们代丰小勉去香港购物，丰小勉在咖啡店照常早班晚班。项链是用信用卡付的，不是小勉的信用卡。信用卡有一联小票被钉书针钉在发票上。持卡人的签名是天书，或者说是画的符咒。

像是突然开了心窍，杨东觉得这符咒眼熟。他一定在哪里见过这鬼画符。什么时候，在哪里见过一只手那样随笔一涂，具体的他想不起来了。不，他快要想起来了。在想得起和想不起之间，一段灰蒙蒙的雾霾。

轻轻的敲门声。不好，被他抄得底朝天房间来不及恢复原状了。

"是杨先生吗？"敲门的人问。是房东女人。

杨东赶紧推门出去，再把门带严。房东女人笑眯眯地站在外面。

"您有事吗？"杨东问道。

"事情倒不是大事，"女房东操温州国语，"就是这位小姐啊，"她下巴向杨东背后的门里伸了伸，"夜里回来太晚了，有时候两三点钟才回来，又是洗漱又是冲马桶，有时候还煮方便面，方便面的味道楼上都闻得到。吵得别人睡不好哎。跟她讲了几次，她每次都答应改正的。"她笑笑，告状就告到这里。漫不经心，把偷电用电炉的恶劣行径也点出来了，把"这位小姐"夜里的不安分也暗示了。谁家安分的女孩在外面混到凌晨两三点呢？

杨东看着女房东。她还有话要讲。她要是不讲他就会问：有没有男人来找过她？她经不住他那样看，又笑笑："杨先生，丰小姐不止你一个表哥吧？要不就是堂哥？"

来租房时是用杨东的身份证登记的，关系是表兄妹。什么样的表兄妹，没人感兴趣，如今干爹干妈表兄弟姐妹包容了一切说不清的男女关系。杨东还是看着她。女房东再笑笑："上次来的一个是堂哥还是表哥，我也没好意思问，在房间里抽烟。打开窗子抽，走廊里也闻得出来呀。租房的时候明明讲好不能抽烟的。"

"她年轻不懂事，钱女士你以后有话跟她直说，没关系。"

"还是你杨先生通情达理，有话我敢跟你说，不敢跟丰小姐那个堂哥说。"

杨东的心跳得又急又重，从内里擂他的胸骨。女房东正在形容那个堂哥，顶多一米七身高，肩宽腰圆，脸看上去不像他杨先生这样清爽。堂哥来过两回，每次上了楼梯就钻进丰小姐房间，怕房东家里的人看到，小便也在丰小姐房里，因为丰小姐拎着个啤酒瓶到卫生间，朝着马桶哗啦啦地倒。他们的外孙看见的。啤酒瓶倒出来的是黄色液体，肯定不是啤酒，啤酒舍不得倒在马桶里。杨东想不起这个身高一米七的人是谁。或者说他不愿意想起这个人。

他就要狠狠地、彻底地对不起丰小勉了（或者李静、张丽、冯小励），带着她的骨肉逃亡到太平洋彼岸，因此他希望她也对不起他。只有她辜负他，他对她的辜负才让他好受，短痛才不会变成长痛。出生证是很有用的，可以加快领养手续的办理。张蓓蓓出钱，他找关系，到附近哪个小城市的孤儿院办出领养证件，许堰就像洗钱一样给洗白了，洗出个合法身份来。上海就从此不再有那一家三口人。等丰小勉知道，已经太晚，许堰都开始英文的婴儿会话了。

晚上教舞的时候，杨东心里轻松起来，华尔兹在蓝色多瑙河上旋起涟漪。他顾不上纠正老女生们的动作和步伐，自己跳自己的，在蓝色多瑙河上一个涟漪接一个涟漪。从门口转过，看见门被推开，进来的人他不看都知道是谁。假皮革超短裙下两根肉柱子，让高跟鞋拐着，向他挪过来。秋凉了，肉柱子也不怕，照样赤裸着。当了母亲的年轻女人，她的孩子敢相认吗？他杨东都不敢相认。

杨东想跳完最后一个旋律再接待她，却不行，她那两根微型柱子般的高跟敲着快板下了舞池，伸手便推。狗日的，把老子的东西还给老子！旋律断在半腰上，涟漪碎了，踮脚尖转圈的杨东倒在地板上。刚要爬起，微型柱子鞋跟向他跺下来，于是他眼里便是一张微带双下巴的脸，鲜桃子熟过了头。狗日的，你搜查老子！偷老子东西！狗日小白脸！面首！鸭子！女大款养的汉！叫你吃软饭！微型小柱子一下一下朝他的胸口和肚子上落，他眼前一时间都是微型柱子。老女人们一开始不知怎么下手拉架，等到听出点名堂又不十分用力拉了。这场架拉慢一点，可以把三个人之间的故事听得完整一些。他抓住那只高跟鞋一拉，发现那只是一只鞋，鞋的主人把两只鞋都脱了，轮番用鞋跟在他身上捶打。他身上到处都在疼，不久就会泛起五花八门的红蓝青紫来，一定的，丰小勉正让一米八二的杨东发生大型窑变。

等他站起来他才发现自己为什么几次爬不起来，只能老实地吃揍，原来他的髋关节扭了。于是他半个人歪着，一条腿长一条腿短跟着小勉（或者李静、张丽、冯小励）来到舞吧门外。在门里他不能打人骂人，还要做杨老师呢。到了门外他可以复辟自己的流氓本性。别说残了一条腿,半瘫也能揍死她。她还横呢,把老子的东西还给老子!他还给她一记铜板掌,一记老拳,再一记老拳。熟透的桃子烂了,红艳艳的汁水流下来。她往地上啐了几口,眼睛还使劲看一眼,看血里是不是有碎牙。一个男人突然出现在她身后。光凭灰暗的轮廓杨东就一眼认出来了。在那张信用卡上画符的是谁?还用细想?阿亮点钱的时候是很大方的,请杨东吃过瑞金花园的西餐呢,拉完了卡,眼睛也不看地在小票上唰唰唰,一个鬼画符出来了,派头几何好啊!丰小勉在最底层的上海混,学会底层的保护方法,过去她怕杨东是怕他背后的阿亮,现在她聪明了,直接绕到杨东背后跟阿亮肩并肩。

　　男人打女人,像腔吗?阿亮没有开口,他站立的姿态表达得更清楚。那样一站,就是仲裁人,靠山,弱者的后盾。阿亮什么时候把他杨东的女人偷走的?是她在他家落脚那一阵?还是后来小勉去找他诉苦、告状时两人勾搭上的?杨东早就担心这个。其实他担心什么?阿亮和丰小勉还会不搞到一块去?阿亮在女人身上花钱照样痛快,前脚代老婆收了杨东一个红包,后脚就去香港给小勉买钻石项链。小勉眼里,杨东是被女人养的汉,她呢,又是被女人养的汉养的女人,而阿亮是个养女人的汉子。阿亮养多少女人啊?挣钱东一榔头西一棒子,可女人全养活了,没有养死的。所以她选择让阿亮养,哪怕偷偷地养,那么偷偷摸摸,连卫生间都不敢上,尿憋不住撒在啤酒瓶里,让小勉把啤酒瓶拎去马桶间当夜壶倒。活在底层的上海的人,可以这样活着。原来杨东以为他蹲过底层,见识过底层,现在明白底层下还有底层，没底的底层。

阿亮站在小勉身后，四川妹子更辣，嗓音简直是正宗麻辣烫。狗日的杨东，把老子的东西还给老子！阿亮用仲裁者的声音重复，把身份证还给她吧，拿她身份证干什么？四个身份证，你要哪一个？哪一个是你真正的身份？这些话他一句也说不出口，只是恶心地悲哀地笑了笑。老女生们出出进进，希望跟进剧情。杨东扭了髋关节的那条腿像一根尾巴，一条被打败了的狗科畜生的尾巴。狗日的，没错，是狗日的。狗日的把东西还来！小勉还在叫喊。

杨东一瘸一拐朝停车场走去。敢跑你？！小勉狗仗人势地咬上来。杨东回过头，不是要你的身份证吗？都在车子里。

阿亮和小勉跟在三步之后。他的腿疼，站下来休息，他们也跟着休息。打开本田的后备厢，拿出双肩背，杨东的手伸进包里，又停住了。现在杨东可以做他自己，不必做杨老师。

快点拿出来啊！小勉要自己动手了，但阿亮拉住她。女人是偷了杨东的，兄弟还是兄弟，脸不必撕烂嘛。快点，老子还有急事呢！夜里十点多的急事，能是什么？杨东看着小勉假皮革裙下的两根肉柱子。要哪一张身份证？都要！你偷了老子啥子就还啥子！一共三个身份证，都要？！都要！阿亮感到小看杨东了，他没那么好对付，站立的姿态微妙地变了变。

"你一个人用四个身份证，用得过来吗？"

"关侬啥事体？"阿亮挺身而出，要拉架了。拉偏架。也许下一架直接在两个男人间开打。

当然关他杨东的事体。跟他在一起过了一年半的女人，他儿子的生身母亲,到底是谁,怎么不关他事体?总该知道她真姓真名吧?假如她不是那个两年多前认识的丰小勉,那她也就不是他儿子的母亲,跟他儿子许堰一点关系没有喽?要是想确证这个女人是杨东儿子的母亲丰小勉,最好大家去警察局证明。杨东的儿子不能有四个亲妈,杨东儿子的亲妈不能有四个身份。让警察看看哪个身份证是真的,谁是那个真身份证的持证人。

"狗日的杨东,我十月怀胎生下堰堰,你没看见?"她又要上手,阿亮再次拦住她。

要那么多身份证无非能多干几桩非法的事,做暗娼,当骗子,贩毒聚赌,坑蒙拐骗偷,被抓一次换个身份。要不谁用得过来一大把身份证?用它们当牌打扑克呢?杨东不疾不徐地揭露着。阿亮一个没拉住,小勉上来就抓双肩背。杨东的髋骨不争气,差点又倒在地上。

小勉拿着双肩包就跑,高跟鞋毫不影响她提速。阿亮没有马上跟着,对杨东说:"何必呢?"

他偷了杨东的女人,倒潇洒,问杨东"何必"。

起床的时候他看见床头柜上放着几张纸,是些影印件。蓓蓓的历史文学上海文化研究又有了新进展。石乃瑛在夏之绿腹内留下了一个孩子。阿绿因为引产差点丢命。王融辉知道自己没有生育能力,自然就猜出孩子是谁的。阿绿尚未脱离危险就给石乃瑛写了一封信,信被王融辉截获。这一段史实很重要,蓓蓓的亲笔批示说,承前启后,正好接到阿绿出席棉纱大亨乌老板的舞会那一段。

杨东慢慢下床,拖着扭伤的髋。房子里很静,蓓蓓已经上班了,阿姨也带着许堰"斗啦","突去"遛弯了。他扶着床头,再扶着墙壁,一点点往门口移动。他这几天一直睡在客房。蓓蓓也不催他搬回去。他装好的箱子蓓蓓也没有替他拆开。他们都需要搭台阶给对方下。昨晚回来得晚,他想喝几口酒,又怕万一拿错了蓓蓓收藏的好酒,一开瓶子几千没了,因此他倒了一杯阿姨烧菜的加饭,在微波炉里加热之后喝下去。结果一觉睡到十一点。

淋浴刮脸完毕,他听见有人回来了,在客厅里说话。孩子突然大声哭起来,给蝎子蜇了一样。他加紧穿衣服。等等,怎么是丰小勉的嗓音?!她怎么又来了?!杨东拖着伤腿,以最快的速度往大客厅走。在场的不止丰小勉和闵行阿姨,还有张蓓蓓和小区保安队长!杨东回头看一眼,可以直接上楼,拎着那两个箱子从后门出去,永远地出去。可是儿子呢?他不能把儿子留给这些莫名其妙的人。

蓓蓓感觉到了他的到场,叫了一声:"杨东,你进来!"不是"东东",从此不再是她的"东东"了。闵行阿姨在杨东进客厅的时候抱着啼哭的许堰出去了。

丰小勉今早在张蓓蓓房子附近转悠,被闵行阿姨看见了,她报告了蓓蓓,又打了电话给小区保安队。闵行阿姨太不木讷了,警惕性那么高,简直就是闵行女民兵!等蓓蓓从公司回来,保安已经捉获了丰小勉。蓓蓓指着小勉问杨东,她是你找的钟点工吧?嗯,是的,她不肯来做。小勉坐在单人沙发上,裙子更往上缩了一截，两条粗腿几乎从腿根开始暴露。即便不算什么好女人，也不必费心尽力地把自己往更坏的女人打扮啊。保安队长哼哼一笑，自然不肯做工，钟点工赚钱多辛苦，哪有偷容易！交代吧，你在我们小区都偷了什么？保安一口安徽巢湖普通话，这里大家都用各自认为的普通话沟通交流，大上海南腔北调的普通话是硬通货，无障碍流通。小勉看都不看他，眼睛垂着，睫毛真长，杨东过去怎么没发现她有这么长的眼睫毛？说呀，偷了谁家的东西？说不说？！保安队长一拍茶几。小勉睫毛抖也不抖，一声不吭，面无表情，吓唬谁呀？老子十六岁闯上海的时候你还在安徽的水田里摸黄鳝呢，老子十六岁就习惯做上海人眼里的嫌疑人了，现在是老牌嫌疑人。

蓓蓓告诉杨东，闵行阿姨其实经常看见这个姑娘在他们房子周围转。杨东紧闭着嘴，他满嘴实话，实话仍不断秽物一样从胸腹往上涌，一张嘴准会喷射状呕吐。该是说实话的时候了。昨晚看到狗男女阿亮和丰小勉，他感到羞耻透了，都是他一手造成的。他无法再回到张蓓蓓身边。他该告诉她，告诉小勉，他不爱她们，他们这一场勾当跟爱连边都沾不上。蓓蓓假如还要坚持说 I love you，他一定请她闭嘴，请她不要恶心他。你以为我们还是石乃瑛那时代的人，还会像他那样爱？我们都是狗男女。他的卧薪尝胆大计该收场了。

"不说就搜她。"蓓蓓说。声音还是有理有节的。

杨东眼里，小勉的睫毛动了一下。底层的人和顶层的人终于交手，小勉不知是该害怕还是该兴奋。

"保安队里有女保安吗？"蓓蓓问。

保安队长说没有。

"那只能自己来搜了。"蓓蓓站起来,不失礼貌,对女嫌疑犯一笑,"对不起了,小姐。配合一下吧。"

丰小勉的身体明显地绷紧。杨东发现自己开口了。"家里丢过什么东西没有?"

"一搜就知道丢过东西没有。我的东西太多,自己也没数。"蓓蓓仍然不失礼貌,不失高贵,高贵得过头了,拿腔拿调的,"你说呢,这位小姐?排除一下怀疑,对你也有好处嘛。来,配合一下吧。"

杨东不得不在心里佩服小勉,真是个顽强的女人,到这种地步都不想连累杨东。她站起来,拉扯一下假皮革超短裙。蓓蓓示意她往前走,往客房方向走。杨东心乱透了,想自己该怎么救局,救小勉,也救自己。包括救张蓓蓓。到此为止,蓓蓓一直是正确的,在杨东心里是有地位的。一旦蓓蓓真要剥下小勉的衣服,亲手搜身,她在杨东心里的地位就会彻底改变。也许就此垮塌。为什么,杨东也不清楚。他只知道,一贯讲文明讲人权的张蓓蓓跟一个非法抄搜打工妹身体的女富豪不是一个人,前一个必然否定另一个,后者必然取代前者。假如两张面目同属于一个女人的话,必有一个是伪装。

保安队长跟上去,似乎是要去帮忙。张蓓蓓谢绝了他,向杨东做了个手势,要他帮忙。杨东那条伤腿在姿态上体现的不情愿比他内心还要强烈和准确。蓓蓓却是叫他去替换下闵行阿姨,让阿姨跟她一块搜身,而他去照顾许堰。

小客厅里轻轻地奏着钢琴。许堰专心致志地用 Lego 搭一个错综复杂，形状神秘的造型。杨东无心无意替他搭了一块上去，却被他扯下来，自己另挑一块搭上去。为什么要那块而不要杨东这块，只有孩子自己知道。孩子自己心里有个本能和直觉的设计。

张蓓蓓和闵行阿姨把小勉押进客房浴室。门没有关严，杨东竖起耳朵，可以听见里面的指令。钢琴婉转优美，过分专注的许堰嘴里流出口水，口水拉出一根长长的丝，在钢琴伴奏中一伸一缩。

"请把衣服脱下来。"

……

"把衣服脱了。"

……

"背心也脱了。"

……

"胸罩。"

肖邦的夜曲抑郁而优美，生着严重肺结核的音乐大师在一个世纪前怎么会想到，他的曲子此刻为一场搜身丑行伴奏。

"脱掉！"

太侮辱人了。杨东发现自己的两个手掌成了两个铁榔头。

"干啥子？"小勉的嗓音飙起，"想看脱衣舞啊？！"她改用地道的四川麻辣语言："想看老子脱衣舞，打票！"

小勉的反抗真爽，让杨东从头爽到脚。赤脚的不怕穿鞋的，百万赤脚大军中的女战士丰小勉开始反攻。钢琴声中，许堰继续他的搭建。

"请你自重一点,不然后果自负。"张蓓蓓的声音照样理性礼貌。

"快点脱!"闵行阿姨今天是家丁、狗腿子,比主子凶恶多了,"你不脱,我们来给你脱,更加难为情!"

"你来给我脱?!来啊!老子金枝玉叶,给你免费看啊?你以为跟你们这两个老×一样,撕开搁在大马路上都没人看!倒找钱人家都不看,都要捡两张烂树叶给你们盖上!"

杨东看到一个七八岁就骂山门的小丰小勉,或者小李静、小张丽、小冯小励。浴室里不知什么碎了,香水瓶,要么就是洗手液。小勉的哭喊随着玻璃碎片落地而飙升:"我日你先人!"

杨东拖着比尾巴还没用的伤腿,一蹦一跳地朝浴室冲锋。两个老女人,该死的,她们一定跟小勉动武了。

许堰被他亲妈的哭喊吓得一哆嗦,也哭起来。杨东停下来,回过头,看着儿子。许堰已经做惯顶层上海人的孩子,习惯钢琴伴奏的轻声细语,钢琴伴奏的玩耍和吃喝拉撒,他不知道那都是假的,是他父亲为他骗来的。为他骗来一个好生活,牺牲了他的亲妈。杨东不能允许这场牺牲。他头皮一硬,撇下哭泣的儿子,冲进浴室。

眼前是一个赤身裸体的年轻女子,浑身肿胀的青春,一手捂住胸,一手捂住两腿根部。哪里捂得住,从她两只小小的手缝里,青春四溢。一地撕碎的衣服,一地血迹,小勉的手指被碎玻璃扎裂了。本来这个顽强的姑娘是要鱼死网破的,现在败了。非法搜身顺利完成。张蓓蓓看见门口的杨东就宣布:"好了，搜出来了！喏！"她把手里四个身份证往洗脸池台子上一甩，全是王牌，一举抠底。"从哪里搜出来的你猜得到吗？内裤里！"

"下作坯！一看就晓得不是好东西！"闵行阿姨说，"把身份证统统交给警察，让警察查查看，她用那些假身份都干了些什么坏事体！"

"孩子哭成那样，你还在这里干什么？"杨东对阿姨说，底层人的叛徒比底层的歹徒更让他憎恨，"把孩子带出去玩一下，狼哭鬼嚎，把孩子吓都吓死了！"

闵行阿姨看看主子蓓蓓。主子一抬下巴："把孩子带出去玩吧。"狗腿子颠颠地走了。

"把衣服穿上吧。"杨东捡起小勉的裙子和外套，放在她面前。从橱柜里拿出一个小药箱，又取出一条创可贴："自己包一包伤口。"

蓓蓓看着他。随她看去。

"身份证让我看看。"

蓓蓓下巴指指洗脸池的台子。

杨东拿起四个身份证，向浴室门外走去，说要拿放大镜仔细看。他一瘸一拐走到走廊，听见浴室里一声闷响，接着是一声低哑的呻吟。真打起来，顶层人哪里是底层人的对手。杨东没回去看看，谁把谁打得如何了。

大客厅，保安队长跷着二郎腿，一杯茶喝到现在。

"什么也没搜出来。她什么也没偷，你可以回去了。"杨东对队长说。

队长犹豫着站起来。

"走吧,耽误你这么长时间。谢谢!"杨东用他的普通话对队长说。

队长意犹未尽地被杨东送出门。门口一张半圆桌,摆着一个半圆玻璃花瓶,一大蓬早开的金色绣球菊。杨东从抽屉里拿出一把剪刀,是专门拆信拆印刷邮件用的。他把三个身份证剪碎。只留下一个丰小勉。

他回到客厅的时候,丰小勉出来了。虽然内衣都给撕碎了,但她的头发理好了,裙子拉直了,高跟鞋也蹬上了。他一句话都不想说,把那个带丰小勉名字的身份证还给她。

他听着高跟鞋踩在柚木地板上的好听声响远去,出门了。门外是十月的正午,天高云淡,高跟鞋声音清脆爽利,正午阴影最小,几乎没有阴影的丰小勉远去了。回阿亮身边去了。

蓓蓓躺在浴室的地上,打击是从后面发生的。因此她的脸朝着地面。小勉高跟鞋上的微型柱子又做了一回武器。一摊血迹从那不够漂亮不够年轻的脸上流出来。但愿碎玻璃别让她破相。他拖着伤腿,疼痛无比地蹲下来。蓓蓓已经醒来了,眼睛没有完全睁开,那么大的眼睛,半睁着大小比较合适。他把她抱起来。她低哑地说:"东东……"他把两个手指放到她嘴唇上。可别又来"I love you",他现在虚弱,伤痛,吃不消那么恶心的话。

夜晚降临,许堰在他的塑料小澡盆里嬉水,一会儿一阵咯咯的笑声。钢琴奏鸣在空气中。钢琴旋律流在孩子的血管里,这就是蓓蓓要的。蓓蓓躺在床上，杨东走到她床边，把剪碎了的一小堆身份证放在床沿上。蓓蓓看着那一小堆塑料垃圾，又看着他。

杨东把他和丰小勉以及许堰的始末讲了一遍。只用了五分钟，就讲完了。结尾时他说，我等着警察的传唤。他把没有装完的两个箱子打开，又塞进一堆许堰的衣服和尿不湿，把箱子装进了本田。他再上楼的时候，许堰已经洗好了澡，换上了干净衣服。他叫闵行阿姨去睡，孩子归他带。

他抱着孩子下楼梯的时候，脊梁上火热，是让张蓓蓓的大眼睛瞪的。

我和杨东又相会在舞池里。他把少白头染黑了，脸容却没了那一点点孩子般的憨味。他在老龄大学教国标舞，赚可怜的工资，儿子的生活水平从顶层落回到底层。他和孩子都暂时住在工人新村的父母家。许堰开始重复他的童年，闻着各家炒小菜的重油重盐、糟鱼糟肉以及臭咸菜臭豆腐气味长大。他不经常来舞厅，因为每次来，他都是在舞池边上空等。花大钱请男舞师陪舞陪吃陪喝陪着做鬼才知道的某些事情，已经是上一代老女人的风尚。偶然有些老顾客想到东东，打个电话，约他陪跳陪吃。除此外，他新生出来的哀伤微笑和目光深度，都默默阻拦了老女生们进一步的邀请。

他卖了房子，用一半钱把小勉彻底送出自己和儿子的生活。小勉的裙子还在短上去，身份证也在多起来，阿亮会帮她印发随便多少身份证。她夜里做什么要做到凌晨两三点，问都不要问。连杨东这样的穷鬼都会收到:"女大学生,女演员,居家少妇,上门服务,有需请电……"诸如此类的手机短信。万一哪天他杨东真有所需,致电那个肮脏的服务总站,上门服务的难说不是丰小勉。

一旦杨东来舞厅,总能看见我。我知道他能看见我。是他的舞步和姿态告诉我的。好的舞者交错,避让,穿插,各自不妨碍的同时,又相得益彰默契配合,使得舞厅里每个舞者都是主角,又都是配角。既是独舞又是对舞还是群舞,个体和群体在一个心领神会的总调度下组合和变幻。他穿插过我的时候,我和他就像两股对流的水涡,尽管逆向而来,却成全了对方的圆满。

至此为止,他还没在这个舞厅碰到张蓓蓓。蓓蓓也是偶然来此地,坐在舞池边的茶座里,点一杯苏打水和一杯可乐。可乐是为杨东点的,她知道杨东背着她总是喝可乐。背着她的杨东更不成熟,她就是心疼那个不成熟的东东。杨东和许堰在她身边时,她有时会恍惚,似乎杨东和许堰一个是大儿子一个是小儿子。

跟杨东和许堰在一起的时候,她的生活对于杨东也是有缺页的。杨东不知道她对他的了解有多彻底。宽容又有多彻底。她爱得那么没出息,才会生出那样彻底的宽容。那样爱是丧失自我的,要不得,为此她不想活过。张蓓蓓的尊严不容她活下去,但那个总也对杨东不死心的张蓓蓓贪生怕死,要她千万活下去。活下去,等着杨东向她坦白,讨饶;不,不等他讨饶,她就会无条件饶恕他。她组织的那场调查多么细致严密,把杨东缺失的一年半内容一页页地找了回来，衔接得平滑无痕。调查从杨东的手机开始。她偶然发现杨东使用两个手机卡。杨东刚回到她身边不久的一天，两人相约吃晚餐，她从公司直接去餐馆，坐下等杨东的时候，发现她的手机不见了，想不起是丢在公司还是落在车上。此刻她看见杨东一面挂手机一面匆匆走进餐馆大门，她赶紧迎上去，用他的手机拨了司机的手机号。司机接电话的口气粗鲁，张口便问："喂！啥人啊？"疑点是从此出现的。司机对他女老板和杨东的手机号码烂熟于心，看到来电显示是陌生号码，于是粗鲁，于是质问"啥人"。蓓蓓回答司机："是我。"司机有点惊讶："张总？你用谁的手机在打电话？"蓓蓓说："哦，一个生人。"其实她已经明白是怎么回事了。她让司机把她落在公司的手机取回，送到家里。在交接手机时，她从司机手机上获取了杨东的另一个手机的号码。接下去的调查一点也不难。一天早上趁杨东还在睡觉，她在他皮夹里找到了杨东二线的手机卡，装进了她自己的手机。手机卡里存了不多的电话号码。她颤抖着坐了很久才开始拨打其中一个号码。对面是个年轻女人："喂！"什么样的女人？音量那么足，频率那么高。她正要挂电话，女人说："杨东，昨天你说要打电话来，咋个没打？！"蓓蓓赶紧挂了手机。杨东和她断了又续上的关系衔接不上，一年半的缺失内容里，这个年轻女人是主要情节。

女人在四川，在她曾经寻找过东东的小城里，开着一家不死不活的西饼店，做的西饼吓死人的难吃，甜得发傻。这是她派出去的侦探给她搜集的情报。根据情报，杨东和这个女子有一个儿子,是男孩,杨东把孩子带回上海的时候,跟孩子妈差不多决裂。

不知多少夜晚,蓓蓓就着夜灯的暗淡光线,看着熟睡的杨东。她想,只要他此刻醒来,她一定会告诉他,她什么都知道了,什么也都能理解。理解了,宽谅还会远吗?一夜他真的醒了,可她的嘴巴却背叛了她,话到舌尖临时改成:"冷吗?下雨了。"或许是杨东醒来那个刹那的神色让她的话自己改变的。那是一种惊愕恐惧的神情,似乎一个在逃的孩子藏在某处睡熟,却被一束电筒光亮惊醒,刹那间意识到自己并没有甩掉追踪者。她不愿做那个追踪者。蓓蓓躺下来,轻轻拉着他的手,感到他手心的汗由冷变热,慢慢干了。他再次逃到一个安全的所在,躲藏起来,睡着了。在这世上她所必需扮演的一切角色里,她最不愿扮演的,就是那个惊醒他的追踪者。

那个夜晚,她在自己家里偷偷摸摸,像一切被她蔑视的女人那样,把手伸进男人的皮夹,衣袋,箱子皮包。在杨东的箱子夹层里,她找到一把淡紫色的塑料梳子,梳齿间的缝隙很宽,专用于梳理那种又密又长的女人头发。正值青春的头发。再去翻检他的手机相册,想找到一张幸免于删除的照片,看看那又密又长的头发下的脸孔究竟多年轻。无意中收到一则短信:"堰儿怎样?还吐奶吗?回复!回复!回复!!!!"过一阵又看到一则短信:"你填错了账号,这边的银行已经把钱退回你账户了。"一天夜里,她从他的电脑上翻出几张照片,于是认识了"堰儿"。照片上四个月大的男婴跟杨东毫无相似之处,但一种神秘的血缘记号就在孩子的气质和神情中。那一瞬间她想起萨什卡，童年时她的一只杂牌雄狗，大约能判断出它身上的西伯利亚狼狗和中国田园黄狗血统。两岁的萨什卡失踪了，几年后他又回来，并带了一条血统更复杂混乱的雄狗回来，但蓓蓓能认出它就是萨什卡的儿子。

蓓蓓见到许堰真人的时候，一切怀疑都排除了。孩子当然是杨东的。当时她抱着许堰坐在本田车厢里，知觉溶解了一般。透过那双黑白分明的眼睛端详她的正是杨东自己，目光和神情比眼睛本身更说明问题。借着那柔软微湿的小小手掌抚摸她面颊的也正是杨东自己，完成了杨东从未开始的对于她的触感认知。还有那双不停蹬踏的小脚，杨东让孩子重演他自己人之初的舞蹈。突然一下，孩子双手抱住她的右手，将她的食指塞进嘴里，嘬吸起来。她的手指从来没有被那么柔软的东西包裹，吓人的柔软！她几乎叫起来。但她很快就感觉到那柔嫩口腔的嘬吸力量，几乎要从她的指尖嘬出乳汁来了。是感动还是恐怖，她说不清，也许极致的感动就该伴随轻微的恐怖。后来跟孩子单独在一起的时候，又发生过同样的事，许堰再次把她的手指当乳头嘬吸。她脱下衣服，把孩子的嘴巴轻轻按在乳房上，小嘴巴顿时找到了乳头，尽管是连花咕嘟都没有打过的乳头。乳头瞬时感觉到小嘴巴内部的一切：尚未萌发牙齿的柔韧牙床，微微带棱的上腭，一团软肉的小舌头……嘬得太有力了，一股钻心的疼痛从乳头顶端刺进整个乳房，随着神经网络散布，她整个身体被疼痛通了电。她觉得孩子这样嘬下去，一定会嘬出乳汁来，一直作摆设的乳房也会被嘬成真正的乳房，她的血会化成乳汁，她会成为一个真正的母亲。孩子含着她的乳头睡着了。她拔出乳头，发现它由原先的暗红变成粉红，又圆又大，饱满得真像是灌满浆汁。原来这样，女性乳房的最后发育，是她的孩子催促的。催成女人最终的成熟的是孩子，不是男人。可孩子呢，进口高质混合奶液不能够完全使他饱足（她），没有他（她）和母亲肉体间的亲密，他的饱满总是缺失那么一点。因此，当杨东在舞厅上班的夜晚，蓓蓓就用自己的乳房给许堰催眠。被外国婴儿含在嘴里叫做 pacifier 的胶皮奶嘴，在蓓蓓和许堰单独相处时是多余之物。Pacifier，顾名思义：安慰器，安宁器具。客观上，蓓蓓的乳头仅起到安慰和安宁的作用，但她相信在她和孩子的潜意识里绝不仅仅这一点，孩子的嘴巴和她的乳头打通一条秘密通道，直接通着两个灵魂。

这只是蓓蓓跟许堰之间的秘密通道，不对任何人打开，对杨东也绝对封闭。她一面保持跟孩子秘密通道的畅通，一面继续对杨东进行的秘密搜查。每次杨东回到家，她都抱一份期待：他今天会向我坦白。然而期待总是落空。有时她突然想到，三个人也许就能这样过下去，不需要真相，天长日久，假象会代替真相，变成真相。全都取决于哪边分量压过哪边，假象这边日复一日，年复一年，累计了足够的时日，压倒了曾经昙花一现的真相，你还能说，那真相绝对不可颠覆？完全可以这样理解：杨东一次偶然出轨，带着出轨的后果——一个美好的后果回家来，如此而已。假如他偶然出轨的后果是许堰，一份杨东生命的复制和延伸，又何必计较他出轨的过程？

一夜许堰醒来，大哭大叫，蓓蓓赶紧跑到他房间,听见他口齿含混的哭叫似乎是"妈……妈妈!"她从摇篮里抱起孩子,孩子以泪眼看着她,又叫了几声"妈!"七个月的孩子,是谁教他叫妈妈的?她撩起睡裙,露出已经有些松坠的乳房,孩子的双唇一下合拢在乳头上。她眼泪流下来。她的泪不是假的。孩子对她的依恋,对她乳房的依恋不是假的。不揭出真相,这就是真相。就在那一刻,大门开了,杨东轻手轻脚地进来,夜里十二点半舞厅打烊,一点十分左右他到家。她拔出乳头,拉下睡裙,每次都会有轻微的肿痛。可不能暴露她一直以来用什么在笼络许堰,或说贿赂孩子,贿赂孩子叫她"妈妈"。杨东回到家他们总是有个小聚会,小别赛新婚。杨东注意到了她身体和乳房的变化,孩子催成的最后一部分女性发育。他们搂抱在一起的时候,她觉得自己的身体有双份的爱:她通过爱孩子来爱杨东,又通过爱杨东更爱孩子。她爱许堰并非仅仅因为他是个可爱的孩子;她那么爱他恰恰因为他不是任何人的孩子,而是杨东的孩子。堰儿咂着毫无实际内容的奶头,她让杨东的生命在她怀里重走一遍。这一遍可以按她的心思走,堰儿将会长成一个更合她心意的杨东。

直到她看见那个打工妹之前,蓓蓓都觉得日子就会那么过下去。许堰会说十来个中文词,六七个英文单词了。有时她听到杨东说,对了,蓓蓓,跟你说件事。她就会一阵心惊肉跳。等她听到杨东说舞吧电费太高,他换用了节能灯,或者说他考虑很久,觉得舞吧还是需要再雇三四个男舞师,否则跳不起来……蓓蓓的心脏都会刹那间经历热胀冷缩。她一直期待要听到的至此仍没听到,反倒是她感到侥幸,感到躲过了初一又躲过了十五。有时候她发现自己滑到这样的思路上：她和杨东有个心照不宣的谋约，因为她蓓蓓没有生育能力，杨东只能花钱租用一个年轻女人的子宫怀胎，生出许堰，子宫租用期满，租金付清，并且赠送了优厚的红包，这桩双惠的交易公平合理，当事的三方都满意，还有什么必要去跟杨东大伤和气，惹出一大场刨根问底上纲上线的追究讨伐？

年轻的打工妹毕竟还是出现了。在小区花园里，在小区大门外的林荫道上，年轻女人一双肮脏的高跟鞋，跟着她和许堰，半年下来，跟了十里路不止。树木开始扬花了，年轻女人戴起大口罩，藏起大半张脸，蓓蓓却从那露出的小半张脸认出她，从口罩上那双眼睛认出了她。那个曾经承包文化宫舞厅点心店的女孩。一贯追踪调查别人的张蓓蓓被人跟踪，笑话呀。她安排反跟踪，发现了打工妹的名字（或说名字们），住址，工作地点。这是个跟上海盘根错节的底层错节盘根的女子。底层的底层，一个庞大的生气勃勃的排污纳垢系统。她的调查发现阿亮是这个系统里的老大之一，那种专门让你阴沟里翻船的人物。也许他可以让杨东在阴沟里翻船。他们十六七岁时一块做小流氓的劣迹，蓓蓓也调查出来了：六个男孩用一个叫夜开花的浪荡女工做生理课活教材。

就在那时，她开始做准备，把杨东和许堰带到四川妹子无法跟踪的美国。

丰小勉回到上海就做了阿亮的女人。可怜东东被蒙在鼓里，照样用教舞的血汗钱供养四川妹子和她远在四川的家庭。蓓蓓替杨东不平。有时早晨起床，杨东还在熟睡；他天亮后那一觉睡得最熟，蓓蓓就往他皮夹里放几张壹佰圆钞票。一次三五百，不易察觉。这样他手头总是宽裕些，那个小女人勒索他的时候，他不必太为难。

他们搬到闵行的初期，几乎是太平盛世。直到丰小勉穿着超短裙闯回来。没有退路了，去美国的日程必须提前。美国是她的大后方，把杨东和许堰都撤到那里去。美国之大，藏起他们这亲情复杂的一家人还不容易？她跟合伙人说她患了严重失眠症，必须向公司告长假，以后主要由他们来经营。"少赚点钱就是了。"正如她在向杨东亮出亲子鉴定的第二天对杨东说的，"多赚少赚对我来说，还有什么区别？又改变不了世界，不如改变一下我们自己的生活。"接下来要办杨东和许堰的入境手续。如果杨东和许堰的父子关系能够得到医学的亲子鉴定，一切就简单了，免除了孩子领养或者过继手续。一切本身是多么简单？两根头发就可以鉴定亲生父与子。

那天晚上阿亮带着丰小勉找到东方舞吧衅事，以及丰小勉用高跟鞋作武器攻击杨东，蓓蓓其实是目击者。她下班后自己开车到了虹桥，刚停下车就看见阿亮和杨东以及丰小勉走进停车场。杨东的本田停在她后面，车尾和车尾之间有一垄矮冬青树。丰小勉用鞋跟打杨东的时候，她的手几次按在车门的锁上，却没有出去给杨东做援军。非但不增援杨东，她还在心里帮四川妹子使劲，用高跟鞋踢、跺杨东，最好把杨东跺成泥。剁成泥杨东就会彻底认清打工妹的野蛮低贱，认清脱离低贱对于他杨东和许堰是多么重要。尤其对于许堰，杨东在张蓓蓓和丰小勉两个女人当中为他定夺一个母亲人选，中选者还用说吗？对于许堰，是否出生由不得他选择，但是否成长为一个低贱野蛮的人，完全可以选择。换句话说，许堰不能选择萌生他的子宫，但他成长的环境是可选择的，所以一定要选择。

对整个故事的意识，她是有的。怎么会没有意识？因为故事的后一半几乎是她编撰的。她必须相信自己的编撰：杨东偶尔出轨，让一个年轻女人怀了孕。或者，编撰得更彻底一些：鉴于她蓓蓓过了育龄，杨东是得到她的某种暗示，出去借用了一个年轻的子宫。子宫有什么呀？不就跟实验室的培养皿一样？一个肉温箱，让一颗精子和一个卵子相遇，华尔兹一会儿，渐渐纠缠，成了扯不清的探戈。在子宫又小又黑暗的空间里，用不着温经理在两者间扯皮条，便探戈出成果了。出了许堰这样的美好成果。意外不过是出在了这里，杨东被子宫的主人讹上了。她蓓蓓要做的，当然是帮着杨东把讹上来的子宫拥有者打发掉。

都是她编撰的。整个故事。就像石乃瑛，不编撰，他对阿绿一场旷世之恋就成了一厢情愿。当一个人热恋到膏肓时，其实是自恋，恋的正是爱入膏肓状态中的自己，恋的正是那个能忘我舍身去爱别人的自己。假如你偷偷移走她对面那个被施予爱的对象，也不打紧的，对象已经无处不在，无处不在的对象使她举步皆舞，顾盼皆情，静或动都是一簇无焰的火，最是内热，最是烫人，直到自耗成灰。

况且还有孩子。许堰让她做了一年零七个月的母亲，让她偷享了哺乳的秘密幸福和疼痛，让她那一对乳头无花而果，哪怕是象征的果实。杨东和许堰离开后，她两次偷偷造访工人新村，像个人贩子一般偷偷窥测许堰。又一个夏天来了，孩子在浓油赤酱的炒菜空气里玩耍，光着脊梁，一个光葫芦头湿漉漉都是汗。他骑的儿童脚踏车被他身后的祖母叫成"黄鱼车"，童音的吆喝响在麻将桌边上："咸鱼要吗？"过一会儿又换一种东西吆喝："棒冰吃吗棒冰？"

只差一点儿，同一个孩子，会在美国加州旧金山近郊一个富豪区骑儿童车，一生也不会知道他父亲童年时熟识的低贱的咸鱼推销员。

蓓蓓不知道杨东究竟为什么彻底离开了她。她不知道那次对丰小勉私下抄身是最后一根稻草，压翻了杨东心里的天平。她以为抄出四个身份证对子宫拥有者的低贱和野蛮是最好的揭露，这样的揭露比她自己任何言辞都更能让杨东觉醒，认清子宫是子宫，感情是感情，两下里可以毫无关联。子宫可以花钱租用，现在这种租赁不是很寻常的？也许四川小女子的子宫比一般无名子宫会贵个几十万，甚至上百万；最昂贵的子宫也是有价的，她蓓蓓完全付得起。几十万上百万在于蓓蓓，一昼夜的股市起伏而已。因此她拿着那四张假身份证，看着被她和保姆剥光的年轻肉体，感到胜利终于来了。从脑后来的那一击是她毫无防备的。什么都能成为野蛮低贱者的武器，那一击是什么样的爆发力，只一击就要了她半条命。事后她只记得在被击倒的刹那瞥了一眼镜子，看到年轻女人的肉体丰满得发横，某些原始人崇拜的那种象征丰收、饱足、无限生育力的雌性图腾。杨东带着孩子走了之后，她一连七天眩晕作呕。不用医生检查她也知道，她正在度过一次中度脑震荡。

她很奇怪自己的反应。一个无原则、一味溺爱的老太婆的反应。张蓓蓓是谁？以法律和道理多年当赢家的女人，怎么随便就让丰小勉和杨东那样的人赢了自己，赢了法律？并且，她跟自己也不讲道理了，放弃了道理。讲得清道理她还会再到舞厅来吗？面孔不要了，自尊也不要了，依旧为跟杨东可能的相遇而战栗？就像那次的失而复得，她无意间向舞池转脸，那不是，她的东东就在灯火阑珊处。万一再次失而复得，对他说什么她都想好了：石乃瑛的汉奸冤案终于被翻过来了。应该说是我翻过来的。不仅靠资料和证据，更是靠逻辑。这是一个感情案件，感情有它无逻辑的逻辑，找到了，整个疑谜一解百解。

这不是，蓓蓓今天又来了。今天不同，她在茶座里坐了一会儿，下到舞池里来。一个男舞师二十八九岁光景，操湖北口音的普通话。湖北人？是啊，姐听出来了？蓓蓓笑而不答，吞下被他称为姐的不适。她可以做他阿姨。他还是个男孩，一个瘦男孩，穿戴跟当年的杨东大同小异，少的是杨东的几分憨气。他迎着蓓蓓走来，蓓蓓稍微犹豫，接受了他。一个舞对子凑起来，蓓蓓却不再被动，拖着这个年轻的瘦男孩起舞。看上去是双人舞，其实是单人舞，因为谁也没伴随谁。就像这舞厅里世代的舞者，其实都独舞惯了，从来感觉不到一直以来舞得多么孤独。蓓蓓拉一个人，不是为了共舞，是为了遮挡她的独舞。没有一个人形挡箭牌，独舞在这里会被人议论：快看，那女人疯了还是花痴？一个人跳得起劲呢！甚至会有人打搅她：哈罗，女士，能请你跳一支曲子吗？池边那么多闲得长毛的舞师，狼多肉少啊。舞厅生意难做，舞师们坐在舞池边打手机游戏，挖耳朵，消化晚餐，望呆，或者跟闲着的女舞师结对，在空旷的舞池里打几转，至少填掉些空旷。这就是为什么杨东越来越少上舞厅的门，即便所有等生意的男女舞师都兜上生意了，他也将是池边坐板凳的那个。

蓓蓓跟湖北男孩各跳各的，各想各的心事。蓓蓓瞥了我一眼，突然开口了。她问湖北男孩，可曾见到过一个叫石乃瑛的诗人。小湖北佬笑笑说，过去这里有个舞师叫杨东，就说过这种鬼故事，没人信他的。你信吗？蓓蓓跟我对视一眼。不同他一般见识。

现在我跟蓓蓓是同一种人，爱入膏肓的人。我开始伴她跳舞，仅仅隔着那个肉身舞伴而已。蓓蓓确实跳得不好，不曼妙，可是心起舞了。要紧的是心要舞起来。万一见到杨东她会跟他说，喏，这不是石先生吗？我也看见他了，他的华尔兹确实跳得出神入化，他在带我跳舞呢，要紧的是，跟他跳，我感觉到什么叫做被舞蹈附体。

她还会跟他讲，石乃瑛如何追逐着夏之绿来到露台舞池。露台舞池的地板是半透明的，如同一池碧水正在凝结成冰，下面的灯光透过来，一池魅影在薄冰上起舞。他怎么找不到阿绿呢？明明见她上了楼梯的呀。棉纱大王乌老板按说应该要阿绿伺候他跳舞的呀。

魅影里出来一个人。男人自称是韩先生的朋友，姓李，几乎是九十度的方腮帮子。李先生把我拉到楼梯口，跟我说了一句不着调的话。有人要干掉我。我笑笑。除了王融辉王胖子，谁和我这么不共戴天？石先生，你必须马上离开这里。李先生继续拉着我，要把我拉下楼梯，拉出舞厅。我的手臂在空中抡了个圈，甩开李先生的抓握。我为什么要离开这里？还必须？！他这次拉得我铁紧，手指是五根绳索。我们现在到了一个角落里。石先生，我得到情报，军统今天夜里要到这里来，他们晓得你在这里，是一个股票大亨向他们告了密。他们是来暗杀你的。杀一儆百，让大众看看，汉奸名流的下场就是那么不堪。我认真了一瞬，又笑笑。

李先生九十度的方腮帮子搓动，角度更锐。军统不知道你是我们的人。数不清多少层的单线联络，于是乎绝顶保密反而成了信息梗阻，等军统下达暗杀令的老板确认你是中统刚招纳的人，大诗人你恐怕早被军统刺客送上黄泉路了。再说，石先生你一定听我的。我是爱你的诗歌文章才来同你讲实话的，这种时候，中统也不可信啊！他们也有可能把你出卖给军统，因为衡量杀掉你的宣传力度比留下你强。想一想，你现在是众所周知的投日名流，是日本人攻心战的战利品，又成了他们的攻心战工具。不知底细的人把你当成坏样板，他们就是要敲掉这块样板，让日本人看到他们攻心战的大败，所有的文化名人也会暗自掂量。

我的脊梁开始发凉。战争中什么无耻事体不会发生？

快走吧，李先生下巴狠狠往楼梯口一摆，我已经给你叫了一辆黄包车，就停在马路对面静安寺门口等你。

不早不晚，一个女人从化妆室出来。阿绿。我什么都忘了。什么又是不该忘的？什么还是要紧的？从上海追到香港，再追回上海,最终在我初识她的地方追上了她,起点和终点重合了。阿绿也看见了我,却从我身边擦过去,行走线路连个逗点都没有。假如不是知她太深,我会怀疑她脑子被掏空了一块,有关我的记忆的那一块给掏出去了。可谁有我这么知她?她眼里自裁般的痛苦只是一闪,除了我谁能捕捉?她的灵魂只向我打开千分之一秒,随即关上了,把我关在外面。我说阿绿,你果真在这里……阿绿头也不回地走了。茉莉从日本伍长身边走开,阿绿也要当茉莉?我那一刻大概像世世代代被辜负的恋人一样蠢,一样不要面孔,紧追在阿绿身后。一个马褂笔挺的男人过来,把我挡住。不是王胖子的打手,就是乌老板家丁。我不知怎样就跟他扭成一团,不知怎样就满脸是血。只听见那男人对我咬耳朵:"汉奸滚开。"

句点不能打在这里。我成了条疯狗,后爪腾空,前爪斜刺里扑抓出去。

身后一双手紧紧抱住我。手是李先生的。石先生快走!你听见他叫我什么吗?你石先生是大人物,大人不记小人过,一个当差的话石先生万不可计较。我来不及告诉他,那封由阿绿写的信封里装着什么样的语言。我是汉奸?!爱国志士给茉莉当也罢了,也要给王胖子这种人当?我不能容忍王胖子叫我汉奸,不能容忍任何人叫我汉奸,最不能容忍的是当着阿绿叫我汉奸!

这点李先生是明白的。我跟阿绿那一瞬的戏剧,明眼人一看就懂。更何况石乃瑛爱舞女玩舞女的名声早就坏在上海滩上了。石先生,你必须走了!

我怎么可能此刻走掉？让汉奸骂名成为阿绿听到的关于石乃瑛的最终定论？

石先生，听我忠告，假如军统刺客此刻到了，对你下手，那么你的骂名或许就再难昭雪。因为当汉奸被除掉的人，以后死无对证啊。

我看着这个男人，正方的腮帮此刻不显得像开初那样刺眼。他感到自己的劝说正在奏效，便进一步劝导。

只要不死，总有容你辩白的时刻，总会有证人站出来为你作证的日子。这是个大乱世，误杀人是常事，人死了就永远无法辩争了。假如石先生在意她，他的嘴向阿绿离去的方向努了一努，假如你在意她如何看你的人格，更是要活下去，活下去才有向世界讨清白的时日，才有向她证明你清白的时日。

李先生是没错的，活下去，活到最后的审判日，才能让阿绿明白我的贞节，对自己民族的贞操，男人的操节比女人更重要。

……否则，你被作为汉奸处置了，可能还要被作为汉奸载入史册，李先生还在同我摆明利害，他的手抓皱了我的衣袖。石先生，你不是一般人啊！

他不由分说地拖着我下楼梯。在一段楼梯和另一段之间，我听见露台舞池上双簧管吹得风流极了。此次跟阿绿失之交臂，谁知道会不会再见到她。这女人命薄，脸上都写着。好心的李先生一个不当心又被我挣脱。

回到露台舞池，人似乎更多了。黑领结 waiter 们推进来的不知是第几轮唐·培里侬香槟。太平洋战争爆发，上海库存的香槟被饮尽之后,红男绿女们怎样继续奢靡?听说可以从葡萄牙绕道而来,停泊澳门港,再进入上海。香槟的祖国是日本的敌人,香槟不是。香槟曲线卖国。也难说它在曲线救国。唐·培里侬的后人或许可以用九曲十八弯收回的酒钱养活法国地下抵抗战士。战后呢?不知唐·培里侬香槟功过怎样算?

我从车上拿起一杯粉红香槟。阿绿在跟一个年轻男人跳舞(乌老板的儿子或是女婿),全身被我的目光牵绊。棉纱大王打肿脸充胖子,棉纱价钱明明被日本的廉价高质棉纱和人造棉纱挤得抬不起头,还要自己抽自己的血举办这场晚会,暗示国人,只要他乌老板有寿可贺,就说明中国棉纱不死。一曲终于结束,我把香槟酒倒进嘴里,走向阿绿,脊梁上也被目光牵绊。李先生已经明白他拦不住我了。我忘了问问他,我的哪一本书是他顶喜欢的。许多人说他们喜欢我的书,经不住细问,一问就会发现他们什么也没读。对于大部分人我只是个耳熟的名字。

他们都不如张蓓蓓。蓓蓓的记忆力惊人,背电话号码尤其灵光。在她那里,我的诗歌每行字数就像编了号,她轻易就能背下来。她是个做事讲究方法的人,只是对待杨东,她常常用错方法。但是她对杨东还不死心,就像我。即便蓓蓓跟我讲了我的结局,我都不会死心。看看我们现在走到哪一步了:我放下的香槟酒杯腿杆太细,我的手指刚离开它就倒了,跌在薄冰般的地面上,粉碎。黑领结 waiter 拦住足蹬薄底皮鞋的人们,怕他们被碎玻璃扎伤。

似乎我无意打碎的香槟酒杯成了个信号，灯光随即也碎了。人们的眼睛还需要几秒钟来适应昏暗，趁此机会我可以把阿绿带走。

　　可是阿绿被隔在昏暗的那一头。露台外面，远处近处的霓虹灯路灯照射过来。原来不是战乱时期常发生的停电，是有人专意制造昏暗。李先生被昏暗隔在另一头。制造昏暗的目的是为什么，不难猜测。假如你死了，被作为汉奸处置了，可能还要被作为汉奸载入史册。阿绿的影子就离我三步远。两步。只要再迈一步，我就能跟她舞起来。假如你在意她如何看你，更是要活下去。只有活下去，才有向世界讨清白的时日，才有跟她证明你自己品行的时日。

　　蓓蓓此刻伴随我。我们各自跳各自的独舞。她知道我在问她，后来怎样了？我向着阿绿，而不是向李先生迈进最关键的一步，那后来呢？……

　　蓓蓓的巨大眼睛看着我，意思是你千万别迈进。非但别进，而且要退，飞快地从阿绿身边撤退，从这舞厅撤到静安寺路上，跳上李先生为你叫的车。车都等凉了，你还在这里耽搁性命。蓓蓓在后人写的许多有关我的书里得知了我的结局，这结局是我自己不知道的。快撤退吧，蓓蓓的大眼睛几乎发出叫喊来。

　　我被枪杀了吗？

　　没有枪声。谁会那么傻？灭一个文人，还用动枪？既然是舞池，用舞池的办法解决。一只脚伸出来，造成一个最难堪的舞蹈失误，就解决了。剩下的，另一个待命而来的人用一团毛巾堵住叫喊。这以后呢？

蓓蓓想讲给杨东听的，就是这以后。

后来许多石乃瑛学者以为他们搞清的结果是这样：石乃瑛在舞厅外面遭受车难身亡。

但是蓓蓓用当今科学技术搞清的结果不同。她会这样告诉杨东："东东，其实石乃瑛在舞厅里就被勒死了。杀手把他抬到马路上，假造了一个肇事现场。估计他早离开舞厅两分钟都会幸免于难。"

你看，这不就毫不费事跟杨东续上了话题吗？有了共同话题，再看其他吧。

假如杨东对这个话题仍然感兴趣，比如说他想到夏之绿，那个阿绿怎样了呢？

阿绿嘛，她当然不知道自己被人用做了诱饵，也不知道石乃瑛究竟为什么被撞死在马路上。但她冥冥中知道诗人的死跟她有关。她一次次离开他都是为了救他的命，就像两人最后一次见面那样，她想把他带到最开始，他们谁也不认识谁的最开始。他们不认识，他就安全了。对于她永远是是非之人这点，她自己比谁都清楚。她从舞厅直接回到家，取了珠宝钻石，离开了王融辉。她从来没打听石乃瑛的政治品行，是不是真汉奸。对于阿绿这样的女人，比政治和爱情重大的事体多着呢，更值得她操心：她要活下去啊。

冬天的下午，幽暗的舞池里走进一个人来，身边领着一个四岁的男孩。曾经的老女生之一约杨东教舞。因为父亲生病，母亲在医院陪伴，杨东无处寄托与他相依为命的儿子许堰，便拖着这条小尾巴一道来了。杨东像过去一样老实忠厚，总是比预约的时间早到十几分钟。他按心里的曲调走着舞步，随他走动的还有许堰，还有我们这些老舞厅摆脱不掉的舞魂。我和杨东像以往那样默契，身体一个套，一个扣，你让过来，我绕过去。每一个回旋，他转首，我回顾，相视无言。我想告诉他，要是他昨天来，就会碰上蓓蓓。喏，蓓蓓就坐在那个位子……他朝空空的茶座看去。他看的是蓓蓓第一次就坐后来一直就坐的位置。事情就从那里开始。事情也就从那里坏起。

经理走过来，告诉杨东说有人找。温经理退休了，这位经理是河南人，漂在上海滩二十年，手下训练了几个河南舞男舞女。舞厅里已经没有几个正统上海佬了。找杨东的人站在楼梯下，杨东在楼梯顶层就认出来了。丰小勉人瘦了些，额上一排厚厚的刘海，身上一条宽松的牛仔背带裙。高级的婊子尽量让人看上去不像婊子。

小勉说想孩子了，是来看孩子的。

杨东说孩子让他父母带着，正在长成一个小劳动人民，跟他杨东一样，赚血汗钱。

她一定是事先知道许堰跟杨东到舞厅来了。小勉穿内增高球鞋的脚踏上楼梯，一级两级三级。

杨东明白，不许她看孩子，她肯定会让他出钱，用钱买亲妈退席。杨东在她到达自己面前时问，要多少？小勉装得特像穿背带裙的女学生，说，什么多少？杨东不再说话，拿出钱包，手用力一挖，连整带零全挖出来。钱本来用去大修汽车的，只能再说了。小勉给杨东的手一巴掌，钞票打得满天满地。那个数目的钞票，小勉瞧不上。她和阿亮以为杨东还能得到张蓓蓓的经济关怀，以为有希望把杨东拉进他们的拆白党，一块儿拆蓓蓓。阿亮银行里没钱，小勉可能连银行都没有，但儿子就是她的银行，有张蓓蓓投资，她这一生可以吃儿子穿儿子，急了还抢儿子。河南经理过来了，后面跟着两个河南保安。外地人对外地人，横对横，我们可没有上海人的客气。

小勉转身走了。人转身走了，狠毒的目光没走，留在杨东脸上，剜着杨东的肉。过了几天杨东又想起小勉的目光，发觉它带着最后通牒的意味。

其间杨东接到他过去一个老女生的订单，订礼拜六下午四点半到八点的香槟场。这位老女生六十许，丽人也，善悦浪，长期住美国加州，此次跟几个老女友结伴来上海，嘱咐东东好好陪她们跳几天。现在杨东只有碰到这些昔日老女学生的时候，才能正经赚一笔。

四点钟杨东到舞厅，下午一点到四点最便宜的茶舞刚收场。杨东洗过染过的头发梳得平实朴素，像个中学体育老师。杨东一向不好意思油头粉面，他觉得这本来就是个油头粉面的行当。他换上舞鞋，舞衣——黑色细羊绒衫，领口一根拉链可关可开，打开可见他脖子上一根蓓蓓送他的白金项链。下着黑裤子，好面料，看去挺括，静止时坠重，动起来又飘抖，类似我们时代叫做凡力丁的料子。蓓蓓为他置办的名牌货，做行头够他用一辈子。杨东好久没接到一单挣钱的生意了。

四点半到了，老女生没来，却来了个衣衫不整的老太婆，一双混沌痴眼，橄榄身形，两头尖，中段特别臃肿，细看是两个袋状大乳直垂腰际。杨东很快认出她是谁来：夜开花。她怎么进的门？有人给她出了门票钱。八十多年前，盛宣怀的七小姐开了这个舞厅，曾经任张少帅、卓别林华尔兹，任陈纳德陈香梅探戈，最终举行订婚晚会，任节烈舞女茉莉抵抗侵略，如今向任何买得起门票的太婆开门。还是个少了一半头脑的太婆。

老太婆走近杨东，伸出一根手指。

杨东突然明白将发生什么，夺路就走。阿亮把半痴老人拉进他们的拆白党了。曾经还有三分性感两分姿色的夜开花使杨东噩梦成真，原来夜开花是阿亮和小勉的最后通牒，对他伸出一根指认的手指是最后通牒。阿亮和小勉动员风烛残年的夜开花左不过是这样：杨东现在钞票不要太多哟！白相的都是女大亨，你指认他，要他赔偿青春损失精神损失健康损失，反正女大亨买单。

出了门他看见一辆轿车里下来四个穿得像小女生一样的老女生，疯疯癫癫地说笑。他跟她们背道而驰地离去。

张蓓蓓在搬家公司把家当打箱运走之后，卖了车，这晚乘出租车来到舞厅。心还没死透呢。万一碰上东东，她还可以做最后的劝说，去美国吧。到了美国，就只有我们两个人。两个人只属于自己，属于彼此。本来嘛，爱就是两个人的事。她哪里知道，当她动手剥光小勉的衣服甚至剥掉她的内裤搜查赃物时,她就再也找不回她的东东了。

可怜蓓蓓都成了石乃瑛专家了,还没从我的故事里弄懂,爱从来不只是两个人的事。你想从社会、阶级、民族里光光剔出两个人的爱,从上下十八层的大上海光光摘出一个蓓蓓一个东东?几世纪前的莎士比亚就用罗密欧与朱丽叶宣判了你的幼稚。

她坐在曾经认识杨东的座位上,这是最后一晚的等待了。

杨东那天跟老女生们爽约,回到父母家,一连好几天不出门。关闭的手机压在枕头下,他压在枕头上。儿子绕着小床,一会儿挖他的鼻孔,一会儿抠他的耳朵,一会儿又揉揉他的头发,再拽拽他的脚趾。没有多少玩具的男孩,父亲是他的玩具。对自己的来历冥冥中感兴趣的孩子,对给了他相似五官、相似四肢的成年人好奇。

在家里呆了三天,杨东听见有人跟坐在门口择菜的母亲搭讪。他起身,大声问母亲谁来了。母亲把他卧室的拉门推开一条缝,做了个鬼脸,一个十三点。他朝窗口外面看,可不是个十三点?夜开花着一件碧蓝带红花的毛衫,下摆宽大,洋娃娃的裙子似的。她站在杨家门口,向门里张望。

当晚,杨东开车带着儿子离开父母家。他带儿子吃了一餐肯德基,又给儿子买了一个哈根达斯冰淇淋,然后他不知怎么就开到蓓蓓的公寓楼下。几个月前,他收到蓓蓓的短信,说杨东走后,别墅空得她受不了,搬回城里公寓了。杨东在路边停下车,拉着许堰走到门口。守门人还认识他,放他进了大门。走进院子,他看着楼上一扇窗,那窗通向蓓蓓的书房。书房对过是许堰曾经的卧室,儿子在那里做了几个月的小王子。但这里对现在的许堰是彻底的陌生,陌生到敌意的程度。似乎这样的整洁宁静不近人情,而这整洁宁静是高档的一部分。许堰怯生生地拉拉父亲的手,问他们到这里来做啥。来做什么?他是来投案的,蓓蓓是律师,不能不管他的案子。

儿子说他要撒尿。冬天人的尿多,孩子一冷更憋不住尿。就是为孩子能尽快撒尿也要上楼找蓓蓓呀。见蓓蓓第一句话难道就说:让孩子用一下你的卫生间,孩子憋不住了。以这个借口找上门合情合理,不是吗?接下去谈投案的事就顺理成章了。十几年前六个男孩子造的孽,凭什么夜开花就指认我杨东一人?

儿子又说,爸爸,要撒尿。

孩子的恐惧头一个反应也是尿。孩子恐惧这地方。这地方的存在本身就欺凌了工人新村的孩子。别说孩子,连成年的他都想尿了。在肯德基吃炸鸡时喝的那一大杯可乐,此刻变本加厉,在下腹胀成一个巨大的水气球。蓓蓓道理多,一些道理是该听的,比如她反对喝可乐,道理是可乐含咖啡因,不仅不给身体补水,反而带走身体原本的水分。

他听到刷刷的水声,回过头,一个小人正昂然地对着低矮的长青灌木撒尿。许堰的气真足,尿喷射出来,略呈一根弧线,地面的灯光照着细小的弧形水柱,尿液带出的体温在冬夜里冒出蒸气。一嗓子叫板乍起:"谁家的孩子乱撒尿?!"

一个不到二十岁的细瘦保安冒出来，揪住许堰的后衣领。杨东忘了，这里到处埋伏着保安，没事则已，有事马上有管事的。

孩子受了惊吓，骤然停住尿。这在老辈人是忌讳的。孩子撒尿受惊吓，憋回尿去，是伤腰子，那么嫩的腰子呀！

杨东对儿子说："再撒！撒完呀！"

保安放开孩子就推杨东。孩子像只小狗，浑身抖毛似的打了个寒噤。尿是彻底憋回去了。

杨东的尿感也一下子消失。愤怒可以内向蒸发尿液呢。他后悔刚才没跟着儿子一块尿。保安再次推搡他时，杨东一脚踢回去，趁保安没站稳，把他摁倒在地。现在的男孩都不怎么会打架，来自农村的男孩也错过了成长的最重要一步：学打架。杨东没费什么事就把保安摁结实了，一只手掐在保安的细脖子上。十七年前掐住夜开花的力气还留了一半，似乎这会儿他要把那一半力气使出来。从两个方向跑过来四个保安，拽开了杨东。杨东被四个保安往物业办公室拉的时候，听见许堰大声哭起来。

蓓蓓乘的出租车停在小区门口，没下车就听见一个男孩的哭声。她走进小区的门，瞥见一个保安粗枝大叶地在哄一个三岁左右的男孩。男孩不吃哄，越哄哭声越高。灯光不太亮，蓓蓓只看见男孩脸上亮晶晶的都是眼泪鼻涕。蓓蓓很怕这种满脸眼泪鼻涕的小东西。

等蓓蓓进了家门，一阵空空的寂静扑来。尽管她出门前给自己的回家预先开了几盏灯,造成有人迎接的假象,但杨东和许堰走后留给她的寂静还是太浩大太深邃,足够淹没十个蓓蓓。她突然想到男孩的哭声有些耳熟。她走到书房,打开窗子,那个哭泣的男孩已经不在院子里了。

杨东在物业办公室坐了一夜业余班房,大腿给儿子当枕头,到天亮时,腿真的成了枕头,麻木得像灌满陈糠。

冬天的雨疲惫无力。早晨一辆湿淋淋的车载着蓓蓓去机场。车刚出小区的门,杨东抱着还没完全醒来的儿子走到院子里,自己的皮夹克盖着儿子。他很为自己骄傲,昨夜受尽责骂侮辱,但他没说出张蓓蓓的名字。只要张蓓蓓出面,保安一定会马上释放他。这里的保安有几百个上帝,每一户业主都是他们的上帝。

蓓蓓坐在车里,杨东顺着蓓蓓的轿车留下的车辙往前走。

你看,这就是没搭档好的舞,你一脚踩空,我一脚绊住,全乱了。

舞厅这次是彻底大翻修。杨东带着儿子投靠了辉哥两年多,总算躲掉了夜开花的指认。春节前他带儿子许堰回到上海来探亲,偶然路过静安寺,发现斜对过的舞厅消失了。他推着自行车过了马路,考古一样走进废墟,看见一块木牌,告示着舞厅正在彻底翻修。

我和许多舞厅的老东西一样,不会被翻修掉的,翻修只是为了更好地保持它的老。老是值钱的,上海跟欧洲所有国家一样，开始倚老卖老。

楼梯也消失了，杨东无法上楼去看看舞池到底怎样了。满地堆的都是石灰水泥。要用这么多新东西来加固那个老。

他抬起头，看见我。一九四一年舞厅那次人为停电之后，我就没有出过这个舞厅。要想知道舞厅所有男男女女的故事，我看见的，要算全本大集了。

现在你知道了这个故事，也就知道我是谁了。

图书在版编目（CIP）数据

舞男/(美)严歌苓著.-上海：上海文艺出版社.2016.4
ISBN 978-7-5321-6017-4
Ⅰ.①舞… Ⅱ.①严… Ⅲ.①长篇小说-美国-现代
Ⅳ.①I712.45
中国版本图书馆CIP数据核字（2016）第051257号

出 品 人：陈 征
责任编辑：谢 锦
装帧设计：钱 祯

书　 名：舞　男
作　 者：严歌苓
出　 版：上海世纪出版集团　上海文艺出版社 出版
地址邮编：上海绍兴路74号　200020
发　 行：上海世纪出版股份有限公司发行中心发行
　　　　　上海福建中路193号 www.ewen.co 200001
印　 刷：山东临沂新华印刷物流集团有限责任公司
开　 本：650×958 1/16
印　 张：14
插　 页：2
字　 数：133,000
印　 次：2016年4月第1版 2016年4月第1次印刷
书　 号：ISBN 978-7-5321-6017-4/Ⅰ·4805
定　 价：37.00元

告 读 者：如发现本书有质量问题请与印刷厂质量科联系
电　 话：0539-2925888